B.C. SCHILLER

RUSSISCHES MÄDCHEN

ISBN: 1523297018
ISBN-13: 9781523297016

Lektorat: Wolma Krefting
Korrektorat: Sybille Weingrill
Titelgestaltung: www.afp.at
Bildernachweise: xxl winter country road: 11733849, Cameron Strathdee, copyright iStock
blonde elegant woman in gray coat rear view: 62689204, Voyagerix, copyright iStock
Women's haircut a girl with braids Stock Photo: 48283143, Milenko Savovic, copyright 123RF

ANMERKUNG

Wir haben uns erlaubt einige Namen und Örtlichkeiten aus Spannungsgründen neu zu erfinden, anders zu benennen und auch zu verlegen. Auch die Wirkungen des Nervengiftes können auch in anderer Form und Dauer auftreten. Sie als Leser werden uns diese Freiheiten sicher nachsehen.

Wichtige Hinweise für das richtige Hundetraining haben wir von Sascha Steiner, dem besten Dogprofi Österreichs, erhalten. Wir bedanken uns recht herzlich.

ÜBER DIE AUTOREN B.C. SCHILLER UND IHRE THRILLER

Barbara und Christian Schiller leben und arbeiten mit ihrem Rhodesian Ridgeback Jabali in Wien und auf Mallorca. Gemeinsam waren sie über 20 Jahren in der Marketing- und Werbebranche tätig und haben ein totales Faible für packende Thriller.

Bisher sind drei Thriller mit dem Ex-Agenten und Hundeflüsterer **David Stein** erschienen:

DER HUNDEFLÜSTERER – David Steins erster Auftrag

SCHWARZER SKOPRION – David Steins zweiter Auftrag

ROTE WÜSTENBLUME – David Steins dritter Auftrag

DIE TONY BRAUN THRILLER:

TOTES SOMMERMÄDCHEN – Prequel „Wie alles begann“

TÖTEN IST GANZ EINFACH – der erste Tony Braun Thriller

FREUNDE MÜSSEN TÖTEN – der zweite Tony Braun Thriller

ALLE MÜSSEN STERBEN – der dritte Tony Braun Thriller

DER STILLE DUFT DES TODES – der vierte Tony Braun Thriller

RATTENKINDER – der fünfte Tony Braun Thriller

Alle Tony Braun Thriller waren monatelang Bestseller in den Kindle-Charts bei amazon und erreichten alle die Nummer 1.

Wenn Sie laufend die **B.C.SCHILLER-NEWS** erhalten wollen, dann senden Sie uns doch bitte Ihre E-mail-Adresse an bc.schiller@blue-velvet.com oder melden Sie sich einfach auf unserer website an: www.bcschiller.com Tauchen Sie ein in die B.C. Schiller Thrillerwelt.

Wir freuen uns über jeden Fan auf Facebook und Follower auf Twitter – DANKE!

www.facebook.com/bc.schiller

www.twitter.com/bcschiller

www.bcschiller.com

www.amazon.de

B.C. SCHILLER

RUSSISCHES MÄDCHEN

THRILLER

„Die Liebe bringt einen Menschen immer dazu,
etwas Schreckliches zu tun."

1

MOSKAU – REDAKTION DER ZEITSCHRIFT „MY PISHEM PRAVDU – WIR SCHREIBEN WAHRHEIT“

Als die Journalistin hinaus in die Kälte trat, ahnte sie noch nicht, dass sie bald zwischen Leben und Tod schweben würde.

Wenn sie gewusst hätte, dass sich alles schlagartig ändern würde, dass nichts mehr so sein würde, wie es einmal war, dann hätte sie sicher wesentlich mehr Zeit für ihr Projekt „Sinyaya ptitsa - Blauer Vogel“ geopfert. Sie hätte eingehüllt in den blauen Dunst unzähliger Zigaretten in ihrem engen Zimmer gesessen und ihren Blog geschrieben. Doch da sie von all dem nichts ahnte, stand sie schlecht gelaunt oben auf der mit Eis überzogenen Feuerleiter, kraulte ihren Hund Boris und vertrödelte ihre Zeit.

Sie klopfte sich eine Zigarette aus der zerknautschten Packung und versuchte, mit klammen Fingern ein Streichholz anzureißen. Nach mehreren erfolglosen Anläufen gelang es ihr, und sie inhalierte genussvoll, obwohl gerade in Moskau eine Antirauchkampagne mit drastischen Bildern lief und man allen Ernstes darüber nachdachte, das Rauchen gesetzlich zu verbieten. Aber Verbote waren dazu da, um gebrochen zu werden, so wie sie immer alle Regeln brechen wollte, das lag in ihrer Natur. Mit einem tiefen Seufzer blickte sie von der rostigen Feuertreppe auf die rußgeschwärzten Fabriketagen gegenüber. Jetzt im Januar wirkte Moskau noch viel düsterer, härter und unnahbarer als gewöhnlich.

Es war ein eisiger Morgen, und der Himmel hing so tief über der Stadt, als wollte er sie wie mit einer schweren grauen Decke ersticken und in den Boden drücken. Die bunten Lichter in den Fabriketagen gegenüber versuchten das farblose Leben aufzuhellen, aber sie waren auf verlorenem Posten, denn der Winter hatte Moskau fest im Griff.

Boris war die überdimensionierte Mischung aus einem türkischen Kangal und einem russischen Samojeden. Mit seinem zotteligen weißen Fell schien ihm die Kälte nichts auszumachen, er lag zu ihren Füßen auf der vereisten Plattform und blickte nach unten in das Meer aus Nebel und Beton. Hastig rauchte sie ihre Zigarette zu Ende und schnippte den Stummel über die Brüstung nach unten. Von einem Hustenanfall geschüttelt, beobachtete sie den Flug der glimmenden Kippe, die elegant wie eine Sternschnuppe durch die Luft segelte, in das Grau eintauchte, verschwand und wahrscheinlich auf dem rissigen Boden des Hinterhofs verglühte.

Sie musste an die letzten Wochen denken, an die ständigen Streitigkeiten mit ihrem Chefredakteur, der viel zu vorsichtig und zaudernd war und jeden zweiten Artikel von ihr ablehnte. Das war eine Katastrophe, bedeutete es doch weniger Geld zum Leben, und sie würde sich so nie ein eigenes Apartment leisten können. Während sie ihren düsteren Gedanken um ihre Zukunft nachhing, blieb auf der vorderen Seite des Redaktionsgebäudes ein schwarzer Kastenwagen stehen, aus dem drei Männer stiegen. Während sie sich zu Boris hinunterbeugte und das weiche Fell ihres Hundes kraulte, betraten die drei Männer bereits zügig das Foyer, verriegelten die Eingangstüren mit einer stabilen Kette und liefen die Treppe nach oben in den zweiten Stock. Dort war die Redaktion der Zeitschrift „Wir schreiben Wahrheit", für die sie arbeitete.

„Was macht deine Pfote?", murmelte sie und kramte gedankenverloren die Zigarettenpackung wieder aus ihrem Parka, um sich noch eine Zigarette anzuzünden. Dann griff sie nach der Pfote von Boris und besah sich den Stützverband, der den Vorderlauf des Hundes stabilisierte. ‚Heute Abend muss ich endlich zum Tierarzt, um die Zerrung untersuchen zu lassen', nahm sie sich vor. Dafür musste sie den Chefredakteur wieder um einen Vorschuss anbetteln.

Sie hatte zu wenig Zeit für ihren Hund. Tagsüber die Arbeit in der Redaktion, abends die konspirativen Besprechungen, die sich um ihr Blog-Projekt drehten, und dann auch noch die brutal strahlenden Moskauer Nächte bis zum Morgengrauen mit viel Alkohol und wenig Sex. Das war selbst für die 25-jährige Natalia Romanowa ziemlich anstrengend. Boris sah sie mit seinen großen dunklen Hundeaugen vorwurfsvoll an, so als würde er ihre Gedanken erraten, und hechelte leicht.

„Da bist du ja!" Mia, die Praktikantin, stand in der Tür. „Vladimir sucht dich. Es ist dringend!"

„Was will er denn schon wieder?", fragte Natalia und kraulte Boris hinter seinen Ohren. Dem Hund schien das zu gefallen, er brummte wie ein Bär. Sie blies warmen Atem in ihre kalten Hände und kleine Dampfwolken stiegen auf, wie helle Inseln aus unerfüllten Wünschen und den Träumen, denen sie hinterherjagte. Natalia schüttelte den Kopf und lächelte spöttisch über diese albernen Gedanken. Sie war doch eine ehrgeizige Journalistin, da blieb keine Zeit für Sentimentalitäten.

„Das wollte er mir nicht sagen. Nur, dass es dringend ist. Er tut sehr geheimnisvoll", hörte sie die Stimme von Mia hinter ihrem Rücken.

„Ist gut, ich komme gleich."

Währenddessen standen die drei Männer bereits vor der kompakten Stahltür, die in die Zeitungsredaktion führte. Nach mehreren Übergriffen von radikalen Schlägertrupps hatte Vladimir, der Chefredakteur, eine Sicherheitstür mit Nummerncode anbringen lassen, damit seine Redakteure ohne Angst und in Ruhe arbeiten konnten. Während einer der Männer den Code eintippte, zogen sie sich die schwarzen Mützen über das Gesicht, sodass nur noch schmale Sehschlitze frei blieben. Dann öffneten sie beinahe synchron ihre schwarzen Nylonrucksäcke und holten kleine handliche Maschinenpistolen hervor. Als die Tür aufschwang, traten die drei Männer ein und feuerten ohne Vorwarnung auf die arbeitenden Journalisten.

Oben auf der Feuertreppe waren merkwürdig abgehackte Geräusche zu hören, vermischt mit lauten Schreien. Natalia schnellte in die Höhe und Mia umklammerte ängstlich ihren Arm.

„Was war das? Ich muss sofort nachsehen!", rief Natalia.

„Das klang wie Schüsse." Die Stimme von Mia zitterte.

„Du bleibst bei Boris", flüsterte Natalia. „Ich bin gleich wieder zurück."

„Aber du kannst mich doch nicht hier alleine lassen."

„Ich muss wissen, was da drinnen los und was mit unseren Kollegen passiert ist."

„Ich bleibe nicht allein hier draußen. Ich habe Angst."

Mia drängte sich an Natalia vorbei, stieg die Feuertreppe nach unten und taumelte wie unter Schock in die Redaktion zurück.

„Warte auf mich. Wir gehen gemeinsam. Das ist doch gefährlich“, warnte sie Natalia, doch ihre Stimme ging in dem Lärm unter. Es waren Schüsse – kurz und abgehackt, spuckend wie ein alter Dieselmotor. Absurd, aber genau so hörte sich der alte Traktor ihrer Mutter an, wenn er langsam losfuhr. Aber hier fuhr kein Traktor durch eine kältestarrende karge Landschaft, sondern es waren Schüsse aus Maschinenpistolen, die durch die graue Luft sirrten und den Tod brachten. Sie hatte dieses stakkatoartige Geräusch schon einmal gehört, in Wolgograd, als sie über eine Demonstration berichtet hatte und die Polizei plötzlich wie aus heiterem Himmel auf die Menschen feuerte.

Mia war verschwunden und die Geschosse jaulten rhythmisch durch die Luft. Plötzlich, mit einem lauten Knall, zerbarst das Fenster über ihr unter einer Kugelsalve und Glassplitter regneten auf sie herab wie glitzernde Kristalle. Eine große Scherbe traf ihren Arm, durchschnitt ihren Parka, den Pullover und blieb tief in ihrer Haut stecken.

„Verdammt!“ Mit einem leisen Schrei zog sie die Scherbe aus der Wunde und versuchte, mit ihrer Hand das Blut zu stoppen.

„Mia?“, flüsterte sie, obwohl sie wusste, dass ihre Stimme in dem Schusslärm nicht zu hören war. „Mia, wo bist du?“

2

MOSKAU – REDAKTION DER ZEITSCHRIFT „MY PISHEM PRAVDU – WIR SCHREIBEN WAHRHEIT“

Aus der Ferne war das Heulen von Sirenen zu hören, das sich durch den Schusslärm seinen Weg bahnte. Sicher hatten Nachbarn bereits die Polizei alarmiert. In dem Fabrikgebäude gegenüber hatte man in der Zwischenzeit die bunten Lichter gelöscht und die Ziegelfront wirkte grau und abweisend. Wahrscheinlich hatten die Mieter Angst oder wollten einfach keinen Ärger haben.

Der Ton der Sirenen wurde durchdringender, und Natalia bemerkte plötzlich, dass keine Schüsse mehr fielen, dass Stille herrschte – eine Stille, die aber nicht beruhigend wirkte, sondern bedrückend war. Vorsichtig kroch sie am Boden vorwärts, stieß an der Türschwelle an einen am Boden liegenden Körper.

„O mein Gott“, keuchte sie, denn jetzt erkannte sie, dass es Mia war, die in einer Blutlache auf dem Boden lag und mit einer Hand monoton auf den Boden klopfte.

„Bitte halte durch. Rettung ist schon unterwegs“, flüsterte Natalia und wollte Mias Wange streicheln. Doch dann vernahm sie plötzlich ein Geräusch, und im letzten Moment rollte sie sich blitzschnell unter einen Schreibtisch, dessen ausladende Seitenteile sie verdeckten.

„Da ist noch jemand“, hörte sie eine gedämpfte Stimme mit einem leichten Akzent, den sie aber nicht einordnen konnte. Mit angehaltenem Atem lag sie unter dem Schreibtisch, starrte auf den dünnen Blutfaden, der sich von ihrem Arm nach unten bis zum Handgelenk zog, um sich dann auf dem Boden zu verflüchtigen. Ein schwarz gekleideter Mann mit einer Sturmhaube über dem Gesicht ging langsam zwischen den Tischen auf den Schreibtisch zu. Seine Maschinenpistole hielt er angewinkelt im Arm, bereit, sofort abzudrücken.

„Hast du etwas gesehen?“, rief ein anderer Mann.

„Ich glaube, ein Mädchen hat überlebt!“

Natalias Atem stockte, und sie hatte das Gefühl, als würde ihr Herz stehen bleiben. Fest presste sie die Augen zusammen, so als könne sie sich dadurch unsichtbar machen. Dann hörte sie Mias Schrei in einer Kugelsalve verenden und der Mann ging wieder zurück.

„Alles sauber.“ Die dunkle Stimme klang zufrieden und die Schritte im Gang entfernten sich. Natalia blieb noch einige Minuten unter dem Schreibtisch versteckt liegen, dann stand sie zitternd auf und blickte verstört umher.

„Das ist nicht wahr!“ Sie hielt sich die Hand vor den Mund, um nicht laut aufzuschreien. Noch vor Kurzem hatte sie mit den zwei Mädchen, die jetzt tot auf dem Boden lagen, am Redaktionstisch gesessen. Sie hatten den Text einer kritischen Frauenband durchgelesen und wollten ein Interview mit den Musikerinnen ausmachen. Aber jetzt waren Lenka und Daniela tot, lagen mit verdrehten Gliedern da, Blutlachen hatten sich rings um sie gebildet. Sie drehte den Kopf nach rechts, zum Leuchttisch. Jiri, der Fotograf, war so von Kugeln durchsiebt, dass sein Oberkörper eine einzige klaffende Wunde war.

Wie in Trance taumelte sie weiter, fühlte sich in einem nie enden wollenden Albtraum gefangen.

Als sie sich zu Vladimir, dem Chefredakteur, kniete, der neben seinem Schreibtisch lag, wurde sie plötzlich von einem Weinkrampf geschüttelt, ohne dass sie dagegen etwas tun konnte. Tränen rannen ihr über die Wangen und sie schluchzte laut auf.

„Vladimir!" Der Kopf des Chefredakteurs zuckte, als er Natalia sah. Sein Jeanshemd war dunkel von geronnenem Blut und aus seinem Mundwinkel tropfte unablässig das Blut. Verzweifelt versuchte er sich aufzurichten, sackte aber zurück. Ganz langsam schob er seine Hand über den rissigen Beton und fuhr mit den Fingern an der Unterseite seines Schreibtischs entlang. Immer wieder spuckte er Blut, sein Atem ging pfeifend und seine Augen waren verdreht.

„Vladimir. Bleib ruhig liegen, es kommt gleich Hilfe." Natalia versuchte ganz vorsichtig seinen Arm von dem Schreibtisch wegzuziehen. „Du musst ruhig liegen bleiben. Du schaffst das."

„Lass mich", flüsterte Vladimir.

Unter Aufbietung all seiner Kräfte riss er sich los und tastete mit seiner Hand weiter entlang der Unterseite des Schreibtisches. Endlich hatte er gefunden, wonach er suchte, und ein verzerrtes Lächeln strich über sein kalkweißes Gesicht.

„Du bist jetzt dafür verantwortlich", keuchte er beinahe unhörbar, als er endlich ein elektronisches Teil von der Größe einer Streichholzschachtel aus dem Klebeband gelöst und es Natalia in die Hand gedrückt hatte.

„Was ist das?" Sie tippte auf das Display an der Oberseite.

„Ein Videoabspielgerät." Mit zitternden Fingern drückte er auf eine winzige Taste an der Seite und ein kleines Fach öffnete sich. „Hier ist ein Chip mit einem Film ... Er zeigt, wie skrupellos unsere ... Militärs und die westlichen Länder wirklich sind. Alles ist gelogen.

Alles ... eine Täuschung. Der Film ist gefährlich. Du musst dich in Sicherheit bringen ... den Chip gut verstecken ... die Wahrheit an die Öffentlichkeit bringen."

„Ich will den Film jetzt schnell sehen." Sie aktivierte das Abspielgerät und starrte auf die schrecklichen Bilder. Die Sirenen wurden immer lauter, und Natalia hörte, wie Autos mit quietschenden Reifen vor dem Haus hielten.

„Ich gebe den Chip der Polizei", sagte Natalia und wollte aufstehen, doch Vladimir hielt sie mit seiner blutigen Hand zurück.

„Nein ... das ist verrückt ... kannst niemandem trauen."

Die Stimme von Vladimir war nur noch ein Flüstern, ersterbend, von der Kälte bereits in Eis verwandelt.

„Versprich mir bitte, dass du ... alles aufdeckst. Mach jetzt, dass du wegkommst, es geht ... um Leben und Tod."

3

MALLORCA – HUNDEASYL AMORES PERROS BEI PALMA

EINE WOCHE SPÄTER

Etwas war anders, dachte der Mann, als er den Motor seines verbeulten Land Rovers abstellte und den Blick über das Fabrikgelände schweifen ließ. Doch er wusste nicht, was ihn an der Szenerie störte. Es war wie immer: Ein kalter Wind pfiff über den flachen Hügel, von dem aus man einen unglaublichen Blick über die Bucht von Palma hatte. Das Meer funkelte verführerisch und ein aufsteigendes Flugzeug reflektierte die Sonnenstrahlen. Die Vorderseite der Fabrik lag im grellen Sonnenlicht und offenbarte seine verwitterten Furchen wie ein altes Gesicht, in dem ein ganzes Leben tief eingekerbt war. Eine Tür fiel klappernd ins Schloss, wurde von einem Windstoß wieder aufgerissen und erneut zugeschlagen. Sand stob in kleinen Kaskaden wie Goldflitter in die Höhe, senkte sich lautlos über den staubigen Vorplatz, um wenig später erneut aufgewirbelt zu werden.

Der Mann lehnte den Kopf zurück und fuhr mit dem Daumennagel über die Narbe, die seine rechte Augenbraue zerteilte. Der Sand war wie ein rasender Bote, der die Erinnerung zurückbrachte. Die Erinnerung an Hitze und Staub, an Wüste und Tod. Er schloss die Augen, und mit einem Mal war wieder alles gegenwärtig. Es kam ihm wie gestern vor, obwohl in der Zwischenzeit schon sechs Monate vergangen waren. Er lag im Staub der libyschen Wüste, war hinter eine verbeulte Platte aus Wellblech gekrochen, die ihn notdürftig schützte. Der Sturm wirbelte den feinen Sand auf, der sich wie eine undurchdringliche Wand näherte, und die feinen Sandkörner drangen in jede seiner Poren. Für einen kurzen Moment hatte der Sturm nachgelassen, und er hatte den beinahe völlig im Sand begrabenen Schulbus gesehen, dessen Dach vielleicht zehn Meter vor ihm emporragte. Sofort hatte er seine schützende Deckung verlassen, war zu dem Dach gekrochen und hatte mit seinen Händen das kleine Fenster am Dach freigeschaufelt. Mit seinem Stiefel hatte er die Glasscheibe eingetreten, wollte sich gerade hineinzwängen, als ihn eine Windböe von den Beinen riss und der Sand sich wie ein todbringendes Tuch über sein Gesicht legte, um ihn zu ersticken.

Langsam öffnete der Mann die Augen und trommelte sanft auf das Lenkrad des Land Rovers. Dann betrachtete er seine Handflächen, die von dünnen, frischen Narben durchzogen waren und deren Gewirr von Linien an die Karte einer Großstadt erinnerten, an die Karte einer Stadt, die Leben heißt.

Diese Wunden hatte sich der Mann zugezogen, als er sich mit beiden Händen an der Öffnung im Dach des Busses festgehalten hatte, um nicht von dem Sandsturm weggefegt zu werden. Die scharfkantigen Glasränder hatten wie feine Klingen seine Hände zerschnitten, doch er hatte diesen Schmerz nicht gespürt. Alles, was er wollte, war, in den verschütteten Bus zu kriechen, um dort gemeinsam mit der Frau, die er liebte, zu sterben.

David Stein war damals nur knapp dem Tod entkommen und die Erinnerungen an das Erlebte wurden immer unwirklicher. Die Bilder lösten sich auf, wurden wellig und unscharf, wie alte Fotografien, die von einem Fluss davongetragen werden. Jetzt stand er vor dem Eingang des Hundeasyls und wunderte sich, dass die Hunde nicht bellten. Plötzlich wusste David, was ihn so gestört hatte: Kein einziger Hund in dem Hundeasyl gab einen Laut von sich. Diese Stille irritierte ihn.

Langsam stieg er aus seinem zerbeulten Land Rover, strich sich nachdenklich über die streichholzkurzen blonden Haare und ging über den leeren Platz auf die verwitterte Front des Gebäudes zu.

‚Wieso höre ich keine Hundegeräusche?', dachte er, während er das Tor aufstieß, das in den Innenhof führte. Dort standen die großen Zwinger, in denen immer ein Rudel Hunde gemeinsam lebte. In den Zwingern gab es Hütten, künstlich angelegte Wasserläufe und kleine Teiche. Es waren Bäume gepflanzt worden und überall lagen bunte Betten und Decken umher. Es waren Zwinger, in denen sich die Hunde wohlfühlen konnten – nur waren jetzt keine Hunde zu sehen. Die Türen standen offen und alle Zwinger waren leer.

„Was ist hier passiert?", murmelte David und griff sicherheitshalber nach einem rostigen Eisenrohr, das an der Wand lehnte.

„Miguel?", rief er. „Wo bist du? Wo sind deine Hunde? Wieso sind die Hunde nicht in ihren Zwingern?"

Doch das Klappern der offenen Eisentüren war die einzige Antwort auf seine Fragen.

Auf einer Staffelei stand eine halb fertige Tafel, die Miguels Frau Ana gemalt hatte. „Amores Perros" war darauf zu lesen, darunter waren grob einige liegende Hunde skizziert worden, die zu dem Schriftzug aufblickten. ‚Ein schönes Logo für ein Hundeasyl', dachte David. Er hatte das Areal für seinen katalanischen Freund Miguel gekauft, der ein großes Herz für verwahrloste und alte Hunde besaß. Auf einem geheimen Konto namens Amores Perros in Zypern war eine Menge Geld eingegangen und mit einem Teil davon hatte David für Miguel den Erwerb der früheren Hundetötungsstation mit den dazugehörigen Grundstücken finanziert. David hatte es schon vor einiger Zeit seinem Freund versprochen und immer war etwas dazwischengekommen. Doch schließlich hatte er Wort gehalten. Früher war das Gebäude die Hölle für die Tiere gewesen, jetzt war es das Paradies für diese herrenlosen Hunde.

In der Mitte des Hofs lag ein brauner Stoffballen auf dem Boden. Als David sich hinkniete, stellte er fest, dass es der Teddybär war, den er Jorge, einem Sohn von Miguel, geschenkt hatte. Jorge war sein Patenkind und der Teddybär war dessen Lieblingsspielzeug. Etwas stimmte hier ganz und gar nicht. Denn niemals würde Jorge den Teddy achtlos auf dem Boden liegen lassen.

Vorsichtig schlich David an der Mauer entlang, die zu der großen Halle führte. Früher waren dort die Tötungszellen für die Hunde gewesen, jetzt war es der gemeinsame Aufenthaltsraum für die Tiere, wenn es im Winter draußen zu kalt und regnerisch war. Vor der Halle befand sich ein kleiner Schuppen, der als Waschküche und Futterstation diente. Die Tür war nur angelehnt und schlug ständig wie eine Trommel auf und zu. Es war das Geräusch, das David zuvor gehört hatte. Mit der Fußspitze stieß David die Tür auf, hielt das Eisenrohr wie einen Speer vor sich, um es einem möglichen Angreifer sofort gegen die Brust zu rammen. Doch in dem Raum war kein Gegner, sondern auf dem Boden hockten eng umschlungen die drei Kinder von Miguel: Jorge, Maria und Miguel II. Mit großen Augen starrten sie stumm auf David.

„Was ist los? Wo sind eure Eltern?“, fragte David, doch Jorge presste sofort seinen Finger an die Lippen und schüttelte den Kopf.

„Ist etwas passiert?“

Der Junge nickte heftig und sein Blick wurde mit einem Mal ängstlich.

„Sind etwa die Russen hier?"

Wieder ein hektisches Nicken von Jorge, der jetzt seine Geschwister fest an sich drückte.

„Keine Angst, jetzt bin ich ja da. Euch kann nichts passieren", flüsterte David, um den Kindern Mut zu machen. „Bleibt hier und rührt euch nicht von der Stelle. Hier, Jorge, der wird auf dich aufpassen."

Er warf den Teddy zu Jorge, der ihn geschickt auffing und seufzend an seine Wange drückte.

„Wo sind eure Eltern? Wo sind Miguel und Ana?"

Jorge zuckte bloß mit den Schultern, er schien keine Ahnung zu haben.

„Bin gleich wieder zurück." Er hob den Daumen und schloss leise die Tür zu der Waschküche, als er wieder nach draußen auf den Platz trat.

Die Russen hatten also Ernst gemacht. Miguel hatte ihm schon mehrmals davon erzählt, dass eine russische Immobilienfirma das Hundeasyl kaufen und alles planieren wollte, um ein Luxushotel zu errichten, denn der Blick auf die Stadt Palma war von hier oben atemberaubend. Doch Miguel und Ana würden niemals verkaufen, ihr Herz schlug für die armen und herrenlosen Hunde.

Plötzlich erinnerte er sich wieder an die energischen Worte von Miguel, und die Bilder von ihrem letzten Treffen rasten wie im Zeitraffer vorüber.

„Ich liebe meine Hunde", hatte er zu David gesagt und ihm stolz sein Gewehr gezeigt, mit dem er sich gegen jeden Eindringling verteidigen würde. David hatte ihn gewarnt, dass die Russen sicher zu anderen, zu härteren Mitteln greifen würden, aber Miguel hatte bloß gelacht. Und ihm gesagt, dass er auch an seine Familie denken müsse.

„Señor David, die Russen sollen bloß kommen. Ein stolzer Katalane wird mit diesem Gesindel schon noch fertig. Du hast Wort gehalten und das Hundeasyl für mich gekauft. Ich verspreche dir, dass ich meine Hunde sogar mit meinem eigenen Leben verteidige." Mit entschlossenen Mienen hatten er und David dieses Versprechen mit einem Handschlag besiegelt.

Doch jetzt hatten die Russen die Geduld verloren und wollten wahrscheinlich Miguel mit Gewalt zwingen, Amores Perros zu verkaufen. Dabei würden sie bei der Wahl ihrer Mittel nicht zimperlich sein. So viel war sicher, denn es gab genügend Ex-Soldaten, die einen Einschüchterungsjob für Geld erledigten. Seit dem Zusammenbruch der Sowjetunion war die Zahl der russischen Söldner sprunghaft angestiegen, das hatte David bei seiner früheren Tätigkeit für die „Abteilung" des BND, des Bundesnachrichtendienstes, festgestellt. Das war in seinem vorigen Leben gewesen.

Im Schatten der Mauer hockte sich David auf den Boden und überlegte. Wie viele Russen waren wohl auf dem Gelände? Allzu viele konnten es nicht sein, sonst hätten sie einen Wachposten beim Eingang zurückgelassen. Er könnte den Überraschungseffekt nutzen, könnte sie gezielt überwältigen, doch zunächst musste er herausfinden, ob sie Miguel und Ana nur gefangen hielten und ob hoffentlich nichts Schlimmeres passiert war.

Er packte das Eisenrohr fester in seiner Hand und schob sich an der Mauer entlang weiter zu der großen Halle. Das große eiserne Schiebetor war zugezogen und auf der abblätternden und zerklüfteten Oberfläche malte die Sonne Ornamente aus Licht und Schatten.

Der Wind hatte sich ein wenig gelegt und jetzt waren die Umweltgeräusche zu hören. Die Meeresbrandung und der entfernte Autolärm vermengten sich zu einem beinahe meditativen Rauschen. Mitten in diesem Rauschen hörte David plötzlich ein verhaltenes Knurren und das Scharren von Krallen auf Beton. Waren die Hunde etwa in der Halle eingesperrt?

David schob langsam das schwere Tor auf, das in eine dunkle Schleuse führte, von der aus man durch ein zweites Tor in die Halle gelangte. Quietschend fuhren die Rollen durch die rostigen Führungsschienen und er sah das geschlossene zweite Tor am Ende der Schleuse vor sich. Als er einen Schritt vorwärts machte, knirschte es unter seinen Schuhen. Jemand hatte wahrscheinlich die Neonröhre zerschlagen und deshalb konnte er fast nichts erkennen. Plötzlich hörte er ganz in seiner Nähe ein leises Knacken, aber es war zu dunkel ...

Er wollte sich schnell umdrehen, doch in diesem Augenblick spürte er ein kaltes Eisen, das sich in seinen Nacken bohrte. Es war der Lauf eines Gewehrs, und als er das trockene Klicken hörte, mit dem der Abzugshahn gespannt wurde, ahnte er, dass er den Gegner unterschätzt hatte.

4

MALLORCA – CAP DE SES SALINES

Der Wind schlug ihr frontal ins Gesicht, als würde er alle Kräfte bündeln, um ihre rasende Fahrt zu stoppen. Doch sie ließ sich nicht beirren und machte sich noch kleiner, noch windschlüpfriger. Vornübergebeugt saß sie auf dem schwarzen Mountainbike und fegte die schnurgerade Straße zum Meer hinunter, wo am Cap de ses Salines, dem südlichsten Punkt von Mallorca, ein Leuchtturm ihr Ziel war. Dort an der felsigen Küste schichteten die Liebespaare Steinpyramiden auf, um die glücklichen Momente ihres Lebens festzuhalten, um so das Glück zu konservieren. An diesem romantischen Ort hatte sie sich mit ihrem Geliebten verabredet.

Leyla Khan war den ganzen Tag mit ihrem Mountainbike unterwegs gewesen. David war gegen Mittag nach Palma gefahren, um seinen Freund Miguel zu treffen, und würde erst am Abend zurückkehren. Ruhelos war sie umhergeradelt, um den Dämonen zu entgehen, die sie regelmäßig in der Nacht heimsuchten. Noch immer hatte sie Albträume, dann lag sie in dem verschütteten Bus, in dem die Luft immer weniger wurde.

Als beide im Inneren des Schulbusses, der wie ein riesiger Sarg immer tiefer unter dem Sand begraben wurde, auf den Tod warteten, hörte der Sandsturm so plötzlich auf, wie er begonnen hatte, und ein stahlblauer Himmel spannte sich über der libyschen Wüste. David war durch das Oberlicht nach draußen gekrochen und hatte sich umgesehen. Es gab keine Hügel und keine Straße mehr, nur noch vom Sturm wie Wellen aufgetürmte Sanddünen, die wie ein endloser Ozean bis zu einem fernen Horizont reichten, der in einer dunstigen Weite mit dem Himmel verschmolz. ‚Es gibt kein Entrinnen aus dieser Wüste.' Diese Gedanken waren Leyla durch den Kopf gegangen, als David wieder in die Dunkelheit des Schulbusses zurückkehrte, wo sie auf der Rückbank lag und im Fieber delirierte.

Damals, als sie glaubte zu ersticken und sich bereits auf den Tod vorbereitete, wurde oben auf dem Dach das Fenster eingeschlagen. Splitterndes Glas rieselte wie feiner Diamantenstaub auf sie herab, eine Woge mit Sand vermischter Luft riss sie zurück ins Leben und eine schattenhafte Gestalt zwängte sich durch die quadratischen Oberlichte. Sie war in einem amerikanischen Schulbus eingeschlossen gewesen und draußen heulte der Sandsturm, peitschte Millionen von feinen Sandkörnern gegen den Bus, um sie bei lebendigem Leib zu begraben. Nach der Dämmerung war die Finsternis gekommen und hatte sich zwischen den zerschlissenen Sitzreihen wie eine schwarze Brühe ausgebreitet. Es war eine zähe Masse wie flüssiger Asphalt, die alles absorbierte, sogar die Luft, die weniger und weniger wurde. Doch plötzlich konnte sie wieder atmen, aber der feine Sand drang in alle ihre Poren, verstopfte ihre Kehle, war so allgegenwärtig, dass sie husten musste. Eine kräftige Hand hatte ihren Kopf nach oben gezogen und jemand flößte ihr Wasser ein.

„Komm, du musst trinken. Sonst stirbst du", hörte sie die Stimme von David, ihrem Geliebten, die ihr sofort wieder Vertrauen und

Sicherheit gab. Diese Stimme, die sie an die wunderbaren Momente in ihrem Leben erinnerte, an Glücksmomente, von denen es in ihrer Vergangenheit nicht viele gegeben hatte.

„Los, trink, der feine Sand verklebt sonst deine Kehle, du musst trinken, trinken, trinken. Sonst stirbst du."

‚Sonst stirbst du', dachte sie und ließ ihren Kopf zurücksinken, um das Wasser in kleinen Portionen zu schlucken, um den Sand wegzuspülen, um das Todesgefühl zu vergessen. Sie trank so konzentriert, dass sie den pochenden Schmerz in ihrer Schulter ignorierte, der sie in Wellen heimsuchte und fast um den Verstand brachte. Während das Wasser ihre Lebensgeister langsam wieder weckte, floss der Sand ungehindert durch das zerborstene Oberlicht in den Bus. Es war ein ständiges Rieseln wie bei einer Sanduhr, und sie ahnte, dass ihre Zeit bald abgelaufen sein würde. Immer wieder spürte sie den Sand auf ihrer Haut, in ihrem Gesicht, in den Augen, im Mund. Wie ein dünnes raues Papier, das sie ständig aufschürfte, ihre Haut immer weiter von ihrem Körper schälte, bis nichts mehr von ihr übrig blieb als eine Frau, die ihren Mut verloren hatte.

Doch dann kamen die Tuareg und hatten sie gerettet. Umherziehende Nomaden mit blauen Turbanen hatten David und sie gefunden und mitgenommen. Die Tuaregs hatten wenig geredet, nur ihre weißen Hunde heulten den Mond an. Die Hunde hatten David sofort vertraut und so waren sie zu Freunden der Tuaregs geworden.

Von dem Sandgrab träumte Leyla seit damals beinahe jede Nacht und schreckte dann mit einem unterdrückten Schrei auf, schweißnass und mit klopfendem Herzen. In diesen Albtraumnächten betrachtete sie das entspannte Gesicht von David, der neben ihr schlief. Hatte er keine Albträume? Musste er nicht an die Wüste denken, in der sie beide beinahe ums Leben gekommen waren? War David so abgeklärt, dass er die Erinnerung daran komplett verdrängen konnte? Nachdenklich sah sie auf die Narbe, die seine rechte Augenbraue zerteilte und die von einem Bombenanschlag stammte, bei dem vor Jahren seine Frau Jane den Tod gefunden hatte. Es war sein letzter offizieller Einsatz als BND-Mitarbeiter gewesen, und Leyla wusste, dass er den Tod seiner Frau bis heute nicht verwinden konnte. Das fühlte Leyla tief in ihrem Herzen und stimmte sie manchmal traurig.

„Ich brauche Bewegung", hatte sie gegen Mittag zu David gesagt und war auf ihr Mountainbike gestiegen, um ihren Körper zu spüren. Langsam war sie die Schotterstraße entlanggefahren und die leichte Steigung nach oben. Dort hatte sie sich wie immer umgedreht und das Haus betrachtet, in dem sie mit David seit einem halben Jahr lebte. Die Finca war eine Ruine gewesen, als David sie vor einigen Monaten gekauft hatte. Er hatte zwar genug Geld, um sich eine Luxusvilla zu leisten, aber er wollte sein Haus mit eigener Hand restaurieren.

„Ein Haus darf niemals fertig werden, sonst sterben die Besitzer", hatte er lächelnd zu Leyla gesagt, während er den Generator reparierte, damit sie wenigstens elektrisches Licht hatten und einen Kühlschrank anschließen konnten. Manchmal war Davids Denken völlig fremd für sie, es schien ihr, als würden sie in unterschiedlichen Galaxien kreisen, in fernen Welten, deren Ausläufer sich nur manchmal so heftig berührten, dass es goldene Funken regnete.

Leyla war ganz anders. Sie hatte in dem Flüchtlingslager im Libanon Hunger und Armut kennengelernt. Sie hatte im Elend gelebt, bis sie der Hamas mit ihrer Sprachbegabung aufgefallen war. Man hatte sie rekrutiert und zur Killermaschine ausgebildet. Sie war in die Dienste von Brian Farruk getreten, dem Boss eines Consultingunternehmens, das sich auf Liquidierungsaufträge spezialisiert hatte. Im Zuge eines Auftrages hatte sie David getroffen. Zunächst standen sie sich als Feinde gegenüber, aber dann war plötzlich alles anders geworden, und noch immer konnte sie es nicht so recht glauben, dass David und sie ein Paar waren. Früher hatte sie von einem weißen Haus am Meer geträumt, in dem sie alleine stundenlang dem Klang der Wellen lauschen würde. Jetzt träumte sie davon, sich mit David auf einer Klippe zu lieben, während die feine Gischt des Meeres ihre heißen Körper kühlte.

5

MOSKAU – DOSWITSCH - PLATTENBAUSIEDLUNG

In dem verdreckten Bus, der die Nachtarbeiter in ihre Schlafsilos am Rand der Stadt brachte, saß er ganz hinten und hatte die Mütze tief ins Gesicht gezogen. Er sah den Hinterkopf eines Mannes weiter vorn, der den ausgefransten Kragen seines Anoraks aufgestellt hatte, um sich gegen die Kälte zu schützen. Der Mann hatte sandfarbenes, flaumiges Haar und trug keine Mütze, was bei den derzeitigen Temperaturen in Moskau ziemlich leichtsinnig war. Dass der Mann Mischa hieß, wusste er, ebenso, wo dieser wohnte und arbeitete. Wie immer hatte er sich gründlich vorbereitet.

Gewissenhaft ging er jeden Schritt seiner Planung noch einmal durch. Plötzlich fiel ihm etwas ein. Er überlegte, ob er vielleicht beim Einsteigen in den Bus eine Kamera übersehen hatte, aber das war beinahe ausgeschlossen. Trotzdem brachte ihn der leise Zweifel um die Ruhe, die ihn zuvor durchströmt hatte, und er zwang sich dazu, die vergangene halbe Stunde genau zu rekonstruieren. Er war an einer unbeleuchteten Station zugestiegen, hatte sich sein Ticket zuvor im Zentrum gekauft, brauchte jetzt also nicht am Fahrer vorbei, sondern konnte in der Mitte einsteigen. Die Haltestelle hatte nicht einmal ein Dach gehabt und natürlich auch keine Kamera. Mit zusammengepressten Lippen konzentrierte er sich auf das Bild. Die menschenleere Busstation mit dem Metallgestänge, auf dem einstmals das Dach gewesen war. Weit und breit keine Kamera. Na also, niemand hatte ihn gesehen, da war er sich jetzt sicher.

Bei all diesem Grübeln übersah er völlig, dass der Bus angehalten hatte und Mischa, der Mann mit den sandfarbenen Haaren, ausstieg. Im letzten Moment gelang es auch ihm noch, aus dem Bus zu springen, doch jetzt hatte Mischa ihn bemerkt.

„Ziemlich kalt heute", sagte Mischa leutselig, als sie beide an der Busstation standen, und steckte beide Hände tief in die Taschen seines Anoraks.

„Ja, sehr kalt", sagte er und lächelte leicht, während er die Rücklichter des Busses in der Dunkelheit verschwinden sah.

Mischa redete weiter, als sie die mit Schlaglöchern übersäte Asphaltstraße entlanggingen. „Wohnen Sie auch in Doswitsch?"

„Ja", gab er einsilbig zur Antwort.

„Ich habe Sie aber noch nie hier gesehen", meinte Mischa und blickte ihn skeptisch von der Seite an. „Sind Sie erst kürzlich zugezogen?"

„Ja, vor ein paar Tagen."

Jetzt schwieg er und überlegte: Die Lichter des großen, halbkreisförmigen Häuserblocks kamen näher und immer näher. Sie erinnerten ihn ein wenig an die Scheren eines Krebses. Links und rechts der schmalen Asphaltstraße lagen unbebautes Brachland und Berge von Müll. In zwei oder drei Minuten würden sie den Vorplatz erreicht haben, dann würde Mischa in Block D verschwinden und die Chance wäre vertan. Mieter würden auftauchen und ihn sehen. Also musste er jetzt handeln.

„Ich wohne nicht hier", sagte er zu Mischa und stellte sich ihm in den Weg. Mischa prallte fast gegen ihn und zog die Hände aus den Taschen.

„Aber das macht doch nichts", stotterte Mischa und sein Blick irrte angsterfüllt umher.

‚Gleich wird er in Panik verfallen und zu schreien beginnen', dachte er. ‚Besser, wir bringen es schnell hinter uns.'

Mischa starrte ihn mit großen Augen verwundert an, als er das Messer zog.

„Was wollen Sie von mir? Tun Sie mir bitte nichts", stammelte Mischa und blieb wie angewurzelt stehen. Mischa versuchte nicht, sich zu wehren, und machte auch keinen Fluchtversuch. Stattdessen fixierte Mischa die Klinge, die vom dünnen Lichtstrahl einer weit entfernten Straßenlaterne getroffen wurde und wie eine silberne Feder glitzerte.

„Es ist gleich vorbei", sagte er und stieß zu. Die Klinge drang durch den Anorak und die Haut, wurde dann einmal leicht gedreht, um die Wunde größer zu machen.

Wie gebannt blickte Mischa nach unten, wo das Blut aus einem Loch in seinem Anorak in den Schnee tropfte.

„Warum machen Sie das?", stammelte Mischa verwirrt. „Ich habe Ihnen doch gar nichts getan."

„Ich habe einen Auftrag auszuführen", sagte er und sah zu, wie Mischa langsam in die Knie ging und seitlich zu Boden kippte.

„Unter anderen Umständen hätten wir vielleicht Freunde werden können."

Er hockte sich neben Mischa und wartete geduldig, bis dessen Körper aufgehört hatte zu zucken und tot im Schnee lag. Dann wischte er sein Messer an dem Anorak des Toten ab und verstaute es wieder in seiner Jacke. Er packte den toten Mischa unter den Schultern und zog ihn von der Straße weg, hin in das gefrorene Schneefeld. Dort nahm er ihm eine billige Uhr und die Geldbörse mit einigen Rubelscheinen ab und rollte die Leiche hinter einen Müllhaufen. Die Uhr und das Geld steckte er ein, denn es sollte wie ein gewöhnlicher Raubüberfall aussehen.

Als er wieder zurück zu der Busstation ging, war er ruhig und ausgeglichen. Er war im Einklang mit sich und wusste, dass er vorausblickend gehandelt hatte. Und er wusste auch, dass sein Auftraggeber mit ihm zufrieden war. Natürlich würde er nicht mit dem Bus fahren, sondern zu Fuß zurück in die Stadt gehen. Er liebte es, in der Nacht durch einsame Straßen zu streifen. Das machte ihm keine Angst. Angst hatte er nur vor den vielen Menschen in der Großstadt.

6

MALLORCA - CAP DE SES SALINES

„Idiot!“, fluchte Leyla, als sie die Straße zum Leuchtturm von Cap de ses Salines entlangfuhr und sie ein entgegenkommender Geländewagen beinahe in den Straßengraben befördert hatte. Sie bremste ab, stieg vom Rad und streckte ihre Arme in die Höhe. Ihre linke Schulter schmerzte plötzlich wie verrückt und die zerklüftete weiße Narbe, die sich vom Schlüsselbein bis zur Brust zog, wirkte aus der Entfernung wie eine Tribal-Tätowierung.

Jetzt lebten sie schon einige Monate in der baufälligen Finca, die weder über Strom noch Wasser verfügt hatte. Von der Straße aus war das Haus nicht zu sehen und nur über einen schmalen Feldweg zu Fuß zu erreichen. Die Finca, die David früher in der Nähe von Artà hatte, war abgebrannt, und er hatte sich entschlossen, mehr in den Südosten der Insel zu ziehen. Abends im Winter war es empfindlich kalt, deshalb heizten sie mit einem alten Kanonenofen, aber die Fenster waren undicht und der kalte Wind pfiff durch alle Ritzen. Doch David hatte sich nicht um die Januar-Kälte in dem baufälligen Haus gekümmert, sondern als Erstes einen Hundezwinger gebaut, damit seine beiden Hunde, der Podenco Sancho und der dreibeinige

Mischling Tiger, wieder ein Zuhause hatten. Das konnte Leyla nur sehr schwer begreifen, sie verstand einfach nicht, dass Hunde für David wichtiger waren als die Menschen.

„Das stimmt so nicht", hatte David widersprochen. „Aber ich bin verantwortlich für Sancho und Tiger. Ich bin ihr Rudelführer."

„Ich brauche kein Rudel, ich kann für mich alleine sorgen", hatte Leyla schnippisch geantwortet. „Ich bin im Müll groß geworden."

Ein braunstichiges Bild flammte in ihrem Kopf auf wie eine längst vergessene, verblichene Fotografie. Das kleine Mädchen mit den schwarzen Haaren auf einer stinkenden Müllhalde, umringt von zähnefletschenden, ausgemergelten Hunden.

„Ich habe mit Hunden um jeden Bissen Brot gekämpft", sagte sie leise und David hatte ihre Hand ergriffen.

„Ich weiß", hatte er gesagt. „Aber diese Hunde sind anders. Du wirst dich an sie gewöhnen. Sie vertrauen dir."

„Woher willst du das wissen?"

„Hunde sind ehrlich, sie lügen nie. Sie lieben dich oder nicht."

„Im Gegensatz zu den Menschen?" Fragend hatte sie David angesehen. Er hatte sich mit der Hand über sein Haar gestrichen und sie mit seinen blauen Augen lange angesehen.

„Es gibt aber auch Menschen, die es ehrlich meinen."

Meinte es David ehrlich mit ihr, dachte sie, als vor ihr der Leuchtturm auftauchte und sie ihr Bike abbremste. Als sie den Helm abnahm, wirbelte ein Windstoß ihre schwarzen Haare durcheinander. Schnell lief sie einen schmalen Weg bis zu der Felsenküste hinunter. Überall standen die steinernen Pyramiden, es mussten Hunderte sein, und jede sollte den Erbauern Glück bringen? Leyla lächelte ungläubig. Das wäre zu leicht, sich das Glück mit einem Haufen Steine einfach zu erkaufen.

Sie setzte sich auf den Boden, verschränkte ihre Beine im Yogasitz und betrachtete die weißen Möwen, die klagend und schreiend über dem Meer ihre Runden zogen und auf Beute aus waren. Plötzlich sah sie eine schwarze Möwe über der grün gischtenden, stürmischen See kreisen.

Eine schwarze Möwe? Was hatte das zu bedeuten? War das ein Zeichen der alten Frau aus dem Flüchtlingslager, die sie aufgezogen und die sie Auntie genannt hatte? Hastig zog Leyla ihr Handy aus ihrer Neoprenjacke und wählte die Nummer von David. Doch niemand meldete sich. Sie schaute auf die Uhr. David war bereits überfällig. Die schwarze Möwe kreiste immer tiefer über der See und landete plötzlich auf einer Steinpyramide direkt neben Leyla.

„Verschwinde, du Unglücksvogel!" Leyla verscheuchte die Möwe mit einer schnellen Handbewegung und blickte wieder auf ihre Uhr. David hatte sich bereits um mehr als drei Stunden verspätet. Die Sonne versank in einem farbenprächtigen orangefarbenen Schauspiel im Meer und verwandelte die Steinpyramiden in pures Gold. Langsam senkte sich die Dunkelheit über die Küste und düstere Schatten schlichen sich lautlos heran. Leyla saß noch immer regungslos auf dem Boden, umhüllt von einem bläulichen Dämmerlicht. Sie wartete und wartete, doch David kam nicht.

7

MALLORCA – HUNDEASYL AMORES PERROS BEI PALMA

Ein Gewehrlauf bohrte sich in den Nacken von David und für einen kurzen Augenblick schien die Zeit stillzustehen. Als er das trockene Klacken hörte, mit dem der Hahn gespannt wurde, wusste er, dass der Mann hinter ihm den Finger am Abzug hatte. Er würde schießen, da war sich David sicher, und in seinem Kopf lief sofort eine tausendfach erprobte Aktion ab. Aus dem Stand ging er blitzschnell in die Knie, machte gleichzeitig eine halbe Drehung, packte den Lauf des Gewehrs, schlug dem völlig überraschten Mann den Gewehrkolben in den Magen, gleichzeitig fegte er ihm mit seinem Stiefel die Beine weg. Ächzend stürzte der Mann zu Boden, David packte das Gewehr und hielt es ihm an die Stirn. Er kniff die Augen zusammen, um in der dunklen Schleuse etwas sehen zu können.

„Miguel!", rief David überrascht, als das schmerzverzerrte Gesicht seines Freundes aus der Dunkelheit auftauchte, und ließ das Gewehr sinken. „Wieso bedrohst du mich mit einer Waffe. Was ist hier los? Wo ist Ana und warum sitzen deine Kinder verängstigt in der Waschküche."

„Die verdammten Russen haben das Licht an der Decke zerschossen, deshalb konnte ich dich nicht erkennen, Señor David. Ich dachte, du wärst auch einer von diesen ekelhaften Typen."

„Los, steh auf. Tut mir leid, wenn ich dir wehgetan habe." David half seinem Freund auf die Beine und klopfte ihm auf die Schulter.

„Du kannst wirklich kämpfen, Señor David. So als hättest du das schon immer gemacht."

„Ach was, das war bloß Glück", wiegelte David ab, der Miguel nie etwas über seine Zeit beim BND erzählt hatte. „Wo sind die Hunde und was hat es mit diesen Russen auf sich?", wechselte er dann schnell das Thema. „Was ist passiert?"

„Nicht der Rede wert. Diese Kerle haben doch gegen mich überhaupt keine Chance." Miguel lächelte zufrieden. „Ich habe dir versprochen, meine Hunde immer zu verteidigen." Stolz schüttelte er dann den Kopf. „Ein Katalane steht zu seinem Wort. Da können so viele Russen kommen, wie sie wollen. Miguel schafft sie alle, Señor David."

Ächzend schob Miguel das zweite schwere Stahltor auf, das in die Halle führte, und schaltete die Beleuchtung ein. Als sich Davids Augen an das grelle Licht im Inneren gewöhnt hatten, sah er eine bizarre Szene, die aus einem surrealen Film stammen könnte.

Mitten in der Halle saßen zwei kahlköpfige Russen in schwarzen Anzügen auf niedrigen Metallstühlen. Sie waren nicht gefesselt, wagten aber trotzdem nicht, sich zu rühren. Rings um die beiden Männer hatte sich ein dichter Ring aus Hunden gebildet, die hechelten und knurrten. Es waren mindestens dreißig Hunde und fast alle Größen und Rassen waren hier vertreten.

Als David mit Miguel eintrat, drehten sie erwartungsvoll die Köpfe in ihre Richtung, schienen nur auf ein Zeichen ihres Rudelführers zu warten.

„Bitte schicken Sie die Hunde weg. Wir wollen Ihnen doch nur ein Angebot unterbreiten", stammelte einer der Männer, dem der Schweiß in Strömen über das Gesicht lief.

„Ach und was ist damit?", fragte Miguel erbost und deutete auf die Pistolen und Messer, die neben der Tür auf dem Boden lagen. „Die Waffen habt ihr wohl bloß zufällig mitgenommen."

„Wir wollten Ihnen doch nichts tun. Das müssen Sie uns glauben", antwortete der zweite Russe.

„Dass ich nicht lache", sagte Miguel und schnippte mit den Fingern. „Che!"

Wie auf Kommando begann ein riesiger, schwarzer, einäugiger Pyrenäenhund zu bellen und erhob sich majestätisch.

„Nicht, bitte holen Sie den Hund zurück", rief der Russe und rückte ängstlich zur Seite.

„Er wird dich nicht beißen, wenn du jetzt mit deinem Kumpel verschwindest. Sagt eurem Boss, dass ich das Hundeasyl Amores Perros niemals verkaufe. Ich brauche das Geld nicht. Das versteht dein Boss wahrscheinlich nicht, aber mir reicht es, wenn meine Familie genügend zum Leben hat. Mit Familie meine ich nicht nur meine Frau und meine Kinder, sondern auch meine Hunde. Ihr braucht gar nicht mehr zu kommen, denn gegen diese Übermacht habt ihr keine Chance."

„Che", kommandierte Miguel mit ruhiger Stimme und der schwarze Pyrenäenhund tappte langsam auf ihn zu. „Che ist der Rudelführer", sagte Miguel und tätschelte den riesigen Kopf des Hundes, dessen totes Auge rot wie ein Rubin leuchtete. „Ich habe ihn nach dem kubanischen Revolutionär Che Guevara getauft."

„Du bist und bleibst ein Rebell", stimmte ihm David zu. „Was machst du jetzt mit diesem Gesindel?" Er deutete auf die beiden Russen.

„Meine Hunde werden sie bis zur Straße begleiten, und bei der kleinsten falschen Bewegung gnade euch Gott." Er drehte sich zu den Russen. „Habt ihr das verstanden? Verschwindet sofort!"

Miguel klatschte auffordernd in die Hände und die beiden Russen sprangen von ihren Stühlen auf. Auch die Hunde erhoben sich lautlos und blickten abwartend auf Miguel.

„Los!" Wieder klatschte Miguel in die Hände und die Männer gingen umringt von den Hunden zögernd auf das große Tor zu. Auf David wirkten die beiden Russen mit den neben ihnen trottenden Hunden wie Männer, die auf dem Weg zu ihrer Hinrichtung waren, als sie zögernd über den staubigen Vorplatz liefen. Die Hunde als Wächter einzusetzen, war wirklich eine gute Idee von Miguel gewesen, dachte David. So schnell würden die Russen sich hier nicht mehr blicken lassen.

„Die Hunde verteidigen ihr neues Zuhause, Señor David", sagte Miguel, als er gemeinsam mit David der Prozession hinterherblickte. „Sie wissen, dass sie hier bis an ihr Lebensende in Ruhe und Frieden leben dürfen. Du hast ihnen das ermöglicht und auch mir und meiner Familie."

„Schon gut, Miguel. Ich habe es euch ja versprochen."

„Du bist ein ganzer Mann, Señor David." Miguel ging zu dem Verschlag, in dem sich noch immer seine Kinder versteckt hatten.

„Ihr könnt wieder zum Spielen herauskommen", rief er und nahm eine Flasche mit Herbas von einem abgeschlagenen Tisch.

„Wo ist eigentlich Ana?", fragte David, der die Frau von Miguel nirgends sah.

„Sie ist zum Glück zu ihrer Mutter nach Inca gefahren."

„Gut, dass sie nicht da war", meinte David, der das impulsive Wesen von Ana kannte und wusste, dass sie sich sicher mit den Russen angelegt hätte.

„Auf diesen Sieg gegen die Immobilienmafia müssen wir trinken", sagte Miguel und schenkte zwei kleine Gläser mit dem spanischen Kräuterlikör voll.

Nach zwei weiteren Gläsern wurde der ansonsten so schweigsame Katalane redselig und erzählte David, wie er das Areal für die Hunde weiter umbauen wollte. Als er damit fertig war, stand die Sonne bereits tief, und David erinnerte sich daran, dass er sich mit Leyla bei ihrem Leuchtturm verabredet hatte.

„Miguel, ich muss zurück nach Ses Salines."

„Das hört sich so an, als würde dort jemand auf dich warten."

„Gut geraten." David lächelte und legte den Kopf schief. „Es gibt tatsächlich jemanden, der auf mich wartet."

„Du siehst jetzt auch viel glücklicher aus als noch vor ein paar Jahren." Miguel klopfte ihm freundschaftlich auf die Schulter.

„Stimmt, ich habe gelernt, mich nicht mehr an die Vergangenheit zu klammern, sondern das Jetzt im Leben zu schätzen."

„Dann ist diese Frau ein Schatz, den du unbedingt halten solltest. Heirate sie und bekommt viele Kinder."

„Ich glaube nicht, dass sie dafür etwas übrighat."

„Blödsinn! Jede Frau will das." Ungeduldig schüttelte Miguel den Kopf. „Du verstehst vielleicht einiges vom Kämpfen, aber nichts von den Frauen. Mach ihr einfach einen Heiratsantrag, und du wirst überrascht sein, was sie antwortet."

„Ich weiß nicht", antwortete David ausweichend und dachte an Leyla. Wie sie wohl darauf reagieren würde, wenn er ihr aus heiterem Himmel einen Antrag machte? Weshalb fand er den Gedanken nicht komplett absurd? Das war seltsam. War er tatsächlich ein anderer Mensch geworden, war er jetzt ein Mann, der endlich zur Ruhe kommen würde?

Nachdem er sich von Miguel verabschiedet hatte, fuhr er zurück in den Südosten der Insel. Die Abenddämmerung tauchte die Landschaft in ein leuchtendes Rot und färbte die wenigen Wolken purpurn. Leyla war ihm in den letzten Tagen sehr nervös und angespannt vorgekommen, sie fuhr mit ihrem Mountainbike oft stundenlang durch die einsamen Feldwege und über die staubigen Hügel. Es war, als wäre sie auf der Flucht, als würde sie vor den schwarzen Dämonen flüchten, die sie in den Nächten heimsuchten, wenn sie schweißgebadet mit angstvoll geweiteten Augen hochschreckte und sich dann zitternd an ihn schmiegte, um seufzend wieder einzuschlafen.

Es war bereits vollkommen dunkel, als er die schnurgerade Straße zum Leuchtturm hinunterfuhr. Weit und breit war kein Fahrzeug mehr zu sehen, nur ein schwarzes Mountainbike hatte jemand achtlos in die Büsche geworfen. Als David näher trat, sah er, dass es das Bike von Leyla war.

„Leyla?“, rief er in die Dunkelheit, doch außer dem Rauschen des Meeres war nichts zu hören. „Leyla!“ Diesmal wurde seine Stimme vom Wind hinaus auf das Meer getragen und das Krächzen der Möwen wie ein vielstimmiger Chor war die einzige Antwort. David aktivierte die Taschenlampe seines Handys und ging langsam durch die Dunkelheit. Im Schein der Lampe hoben sich die Steinpyramiden scharf von dem Horizont ab und wirkten wie eine gespenstische Mondlandschaft.

Plötzlich sah er die rote Glut einer Zigarette in der Dunkelheit aufleuchten. Jemand saß auf dem Boden und rauchte.

„Leyla?“, fragte er zweifelnd, doch die Gestalt rührte sich nicht, nur die Glut der Zigarette leuchtete kurz auf.

„Ich dachte, du kommst nicht mehr“, hörte er die Stimme von Leyla.

„Miguel steckte in Schwierigkeiten, da musste ich ihm helfen“, antwortete David.

„Hilfst du immer allen, die in Schwierigkeiten sind?“

„Aber sicher! Und Miguel ist doch mein Freund.“

„Und was ist mit mir?“

„Mit dir ist es etwas ganz anderes.“

David trat näher und strich Leyla die Haare zurück, die ihr der Wind ins Gesicht wehte.

„Seit wann rauchst du?“, fragte er und setzte sich neben sie, blickte hinaus auf das schwarze Meer, lauschte dem Gesang der Wellen und wartete auf eine Antwort.

„Ich rauche nicht“, hörte er die leise Stimme von Leyla. „Ich bin nur nervös.“

„Weshalb?“

„Ich habe eine schwarze Möwe gesehen. Die bringt Unglück“, sagte sie und schnippte ihre Zigarette in die Dunkelheit. Sie drehte sich zu ihm. „Du musst mir etwas versprechen.“

„Alles, was du willst.“

„Versprich mir, keine gefährlichen Aufträge mehr anzunehmen.“

„Ich werde nie wieder einen Auftrag annehmen. Ja, das verspreche ich dir.“

8

MOSKAU – MILITÄRHOSPITAL SOMJONOW

Natalia hockte am frühen Morgen auf einem zerkratzten Stuhl in dem fensterlosen Warteraum und krümmte sich vor Schmerzen. Immer wieder jagten Fieberschauer durch ihren Körper, und wenn sie die Fingerspitzen auf ihre Haut legte, dann brannte diese wie Feuer. Man hatte ihr die Kleidung abgenommen und außer einem grünen, am Rücken offenen Nachthemd trug sie nichts. Ständig rutschte ihr das kurze Hemd in die Höhe, und sie bemerkte die wie immer gierigen Blicke des Wachsoldaten, der ihren nackten Hintern anstarrte.

„Was glotzt du so, du Spanner?“, sagte sie und verzerrte sofort wieder das Gesicht vor Schmerz.

„Pah!“ Der Wachsoldat zuckte bloß mit den Schultern und widmete sich wieder seiner Zeitschrift.

„Warum bin ich hier und nicht in einem normalen Spital?“, fragte sie ihn. „Ich habe mir doch bloß den Arm verletzt.“

„Hallo, ich rede mit dir!“, sagte sie diesmal ein wenig lauter, doch der Wachsoldat reagierte nicht. „Warum bin ich hier?“

Wieder schoss der Schmerz wie glühender Stahl mitten durch sie hindurch, und am liebsten hätte sie sich zusammengekrümmt auf den Boden gelegt, die Augen geschlossen und sich weggeträumt. Aber ehe sie von dem Stuhl sank, erschien ein junger Assistenzarzt und setzte ihr wortlos eine Spritze in die bereits bläulich verfärbte Vene. So ging das schon seit Tagen, und für kurze Zeit hörte der Schmerz auf, um später mit doppelter Wucht über sie hereinzubrechen.

„Sagen Sie mir, warum ich hier bin?“, flüsterte sie und krallte ihre Finger in den Mantel des Assistenzarztes.

„Das habe ich Ihnen doch schon einige Male erklärt. Sie sind verletzt und werden hier behandelt.“

„Das ist doch nur eine normale Verletzung. Eine Glasscherbe hat mir den Arm aufgeschnitten, mehr war das nicht. Diese Schmerzen können doch nicht von diesem Unfall stammen.“

„Dazu kann ich nichts sagen.“ Der Assistenzarzt machte sich von ihrer Hand frei und ging schnell zu einer Tür.

„Sind Sie auch so ein feiger Typ, der sich einschüchtern lässt?“, rief sie ihm angriffslustig hinterher. „Vor wem haben Sie Angst?“

„Schlafen Sie noch ein wenig“, sagte der Assistenzarzt ruhig. „Sie machen sonst alles nur noch schlimmer.“

Nachdem er seine ID-Karte durch ein Lesegerät gezogen hatte, öffnete sich die Tür mit einem leisen Klacken und er war verschwunden.

Seufzend legte sie den Kopf in den Nacken und blies sich ihre widerspenstige blaue Haarsträhne aus dem Gesicht. Plötzlich fühlte sie sich wie in einem Wattekokon, sah ihre Umgebung wie durch einen dünnen Schleier.

„Stehen Sie auf, ich bringe Sie zurück.“ Der Wachsoldat stand neben ihr und zog sie am Arm hoch. Sie wollte noch etwas sagen, aber ihr fielen die richtigen Worte nicht mehr ein. Sie hatte auch keine

Kraft mehr, sich zu wehren, als der Wachsoldat wie zufällig über ihren Hintern strich, während er sie aus dem Zimmer führte.

„Wo bin ich?“ schrie sie, als sie nach Stunden aus dem dämmrigen Bewusstseinszustand wieder in die Realität gespült wurde und versuchte, sich aufzurichten. Aber sie war zu schwach und sank sofort wieder zurück auf das Kissen. Aus einem Infusionsbeutel tropfte eine durchsichtige Flüssigkeit aufreizend langsam durch eine Kanüle in eine Vene ihres linken Arms.

‚Das ist kein normales Krankenhaus. Wieso redet niemand mit mir?‘, dachte sie. Plötzlich bekam sie keine Luft mehr und griff hektisch nach der Sauerstoffmaske, die über ihrem Bett an einem Haken baumelte. Sie wollte noch so viel sagen, wollte dem Wachsoldaten, der zeitungslesend auf dem Stuhl neben der Tür saß, alles an den Kopf werfen, was ihr durch den Kopf ging.

Dass sie das Massaker in der Redaktion nur durch Zufall überlebt hatte und dass sie von Vladimir, ihrem Chefredakteur, einen brisanten Chip bekommen hatte.

Halt! Davon wollte sie nichts erzählen, nicht hier in diesem eigenartigen Krankenhaus, in das man sie mit ihrem verletzten Arm transportiert hatte, ohne sie anzuhören, ohne auf ihren Hund Boris zu achten, der jetzt alleine durch die Stadt nach Hause lief. Sie wusste, dass sie in Lebensgefahr war, wenn der Chip gefunden wurde. Doch wenn sie wieder gesund war, dann würde sie den Film von diesem Chip im Web hochladen und alle Welt würde sie bewundern. Das hatte sie Vladimir versprochen.

„Natalia Romanowa, wie geht es Ihnen heute?“ Eine sonore Männerstimme riss sie aus ihren Gedanken. Der Mann hatte dichtes schwarzes Haar und seine Augen wirkten kalt hinter den leicht getönten Brillengläsern. Er trug keinen weißen Arztmantel, sondern eine graue Uniform.

„Warum werde ich hier festgehalten?“, fragte Natalia und stützte sich auf ihren verletzten Arm auf. Aber der stechende Schmerz, der sie durchzuckte, war so intensiv, dass sie einen spitzen Schrei ausstieß und wieder zurücksank. „Ich bin ein Opfer des Anschlags.“

„Bleiben Sie ganz ruhig liegen“, sagte der Mann.

„Wer sind Sie?“

„Ich bin Dr. Maschkow, der Direktor dieses Hospitals.“ Plötzlich lächelte er verschmitzt. „Wie geht es Ihnen heute?“

„Mir geht es gut“, antwortete sie. „Warum werde ich hier festgehalten?“

„Niemand hält Sie fest. Aber Sie sind verletzt und darum kümmern wir uns.“

„Ich kann mich sehr gut selbst um mich kümmern.“

Maschkow neigte den Kopf ein wenig zur Seite und betrachtete sie aufmerksam.

„Das glaube ich nicht, Natalia. Sie waren im letzten Sommer beispielsweise bei einer illegalen Demonstration in Wolgograd. Das war nicht klug.“

„Ich war als unabhängige Journalistin dort. Die Polizei hat wahllos auf wehrlose Demonstranten geschossen.“

„Damals waren Sie noch keine Journalistin. Die staatliche Zulassungsbehörde hat Sie erst dieses Jahr registriert. Aber kommen wir zu dem Terroranschlag auf die Redaktion Ihrer Zeitung.“

„Es waren drei Männer, schwarze Kleidung, schwarze Sturmhauben und Maschinenpistolen. Mehr weiß ich nicht.“

„Das haben Sie der Polizei bereits alles erzählt.“ Maschkow hob die Hand. „Uns interessiert etwas anderes.“

„Und das wäre?“

„Ein Überwachungsvideo zeigt, dass Ihnen der Chefredakteur etwas in die Hand drückt. Es ist ein winziges Display mit einem Chip.

Wo ist dieser Chip? Wir haben Sie durchsucht und auch Ihr Motorrad zerlegt, aber der Chip war nirgends. Sie hatten fast keine Möglichkeit, ihn zu verstecken, also wo ist er?“

„Ich habe keinen Chip.“ Ihre Antwort kam zu zögernd. Natalia wusste, dass sie jetzt in der Defensive war, aber der Chip war ihr einziger Trumpf, war ihre Lebensversicherung.

„Ich weiß nicht, wovon Sie reden.“ Wütend schüttelte sie den Kopf und die blaue Haarsträhne schlug wie eine Peitsche über ihre Stirn. „Ich bin ein Opfer dieses Anschlags.“

„Man hat eine Pistole in Ihrem Motorrad gefunden und Sie auf Fingerabdrücke untersucht“, sagte Maschkow leise und griff gedankenverloren nach ihrem Krankenblatt.

„Eine Pistole?“, fragte Natalia verblüfft. „Ich besitze keine Pistole.“

„Natürlich, alles ist eine Verwechslung.“ Maschkow nickte zustimmend, doch Natalia entging, dass er zynisch lächelte.

„Endlich verstehen Sie mich“, meinte sie erleichtert.

„Es sind aber Ihre Fingerabdrücke auf der Waffe.“ Resigniert zuckte Maschkow mit den Schultern. „Das wurde eindeutig festgestellt.“

„Ich glaube es einfach nicht.“ Mutlos sank Natalia zurück in die Kissen. „Für wie dumm halten Sie mich eigentlich? Das ist doch sicher manipuliert worden. Die Polizei will doch bloß unliebsame Journalisten mundtot machen“, antwortete sie resigniert. „Das sind wohl die neuen Antiterror-Gesetze. Damit versucht ihr, mich in der Öffentlichkeit unglaubwürdig zu machen. Ich soll also kein Opfer sein, sondern als Täterin dargestellt werden.“

„So ist es. Für uns sind Sie eine Terroristin. Deshalb hat auch das Militär den Fall übernommen und deshalb liegen Sie auch in diesem Militärhospital.“

„Nur wegen dieser Pistole bin ich hier? Sie haben sonst keine Beweise."

„Doch, natürlich haben wir auch Beweise. Vladimir Daschkow, der Chefredakteur, und die Praktikantin Mia Wasokovski wurden mit Ihrer Waffe erschossen", sagte Maschkow teilnahmslos und schlug die Beine übereinander.

„Das ist nicht gut." Natalia schob sich die störrische blaue Haarsträhne aus der Stirn und versuchte ganz ruhig zu bleiben. Doch ihr Herz begann wild zu klopfen, und sie ahnte, dass die Schwierigkeiten, in denen sie steckte, noch viel größer waren, als sie bisher gedacht hatte.

9

MITTELMEER – KÜSTE VOR SYRIEN

Der Dreimastschoner „Abraxas“ war 2006 von der Lürssen-Werft in Bremen gebaut worden und die größte Segeljacht der Welt. Mit einer Länge von circa 93 Metern und einer Masthöhe von 61 Metern verfügte der Schoner über 12 Suiten, 25 Mann Besatzung und segelte steuerschonend unter der Flagge der Cayman Islands. Über den Eigner der Jacht wusste man so gut wie nichts, nur, dass es sich um den Milliardär Nelson Loewenstein handelte, der das Innere des Schoners zu einer High-Tech-Kommandozentrale ausgebaut hatte und seine Geschäfte immer öfter von diesem Schiff aus lenkte. Loewenstein war der Inhaber eines weitverzweigten Firmenimperiums, dessen Geschäftstätigkeit weitgehend im Dunkel lag. Aus den spärlichen Meldungen, die über Loewenstein in die Öffentlichkeit sickerten, wusste man nur, dass er aus ärmlichen Verhältnissen stammte und irgendwo in Osteuropa geboren worden war. Als bereits siebzigjähriger Unternehmer war er vor Jahren mit einigen spektakulären Firmenübernahmen auf der internationalen Bildfläche erschienen und hatte es zu sagenhaftem Reichtum gebracht. Die Klatschpresse verglich ihn oft mit dem mysteriösen Grafen von Monte Christo, der aus dem Nichts auftauchte und dennoch klar seine Mission verfolgte, der einflussreichste Geschäftsmann der westlichen Welt zu werden.

Nach einem Anschlag auf seine Firmenzentrale in Hongkong hatte er den Dreimast-Segelschoner in Auftrag gegeben. Die „Abraxas" war unter größter Geheimhaltung in Bremen erbaut worden, niemand wusste, wie das Innere des Schiffes aussah, denn Loewenstein lud nie Gäste auf seine Jacht ein. Obwohl es Winter war, kreuzte die „Abraxas" im Mittelmeer, da sie Hilfsgüter für die notleidende syrische Bevölkerung geladen hatte. Das war nicht weiter ungewöhnlich, denn wenn Loewenstein ausnahmsweise in die Schlagzeilen gelangte, dann nur mit seinen Sozialprojekten. Eines davon war, den vom Bürgerkrieg völlig verarmten Syrern zu helfen und auch die Flüchtlingslager im türkischen Grenzgebiet mit Kleidern und Lebensmitteln zu unterstützen.

Loewenstein saß in der großzügigen Eignerkabine und sah sich die aktuellen Newsmeldungen auf seinen Bildschirmen an, die sich alle mit Terroranschlägen, Kriegen und Massakern beschäftigten, als sein Steward mit einer Tasse Kaffee eintrat.

„Danke", sagte Loewenstein und nippte an dem pechschwarzen Kaffee, den er für 400 Euro das Kilo aus Indonesien importieren ließ.

„Kann ich noch etwas für Sie tun?", fragte der Steward unterwürfig und drehte gedankenverloren das Satellitentelefon, das auf einem niedrigen Tisch lag.

„Würden Sie bitte mein Telefon in Ruhe lassen", herrschte ihn Loewenstein an und seine Gesichtsmuskeln zuckten.

„Tut mir leid." Der Steward hob entschuldigend die Hände und ging schnell aus der Kabine.

Seufzend drehte sich Loewenstein wieder zu seinen Bildschirmen und betrachtete die blinkenden Punkte auf einer Landkarte, die als glücksverheißende Inseln von Geld und Reichtum vor ihm aufleuchteten. Aber es war nur lebloses Geld, mit dem man sich in begrenztem Ausmaß Macht und Einfluss kaufen konnte. Das war irgendwie enttäuschend. Kurssturz in Moskau lief gerade über einen Newsticker und Loewenstein blickte kurz auf.

Alegra hatte also wieder einmal recht gehabt. Sie hatte ihm vorausgesagt, dass es in Moskau zu einem Kurssturz kommen würde. Woher wusste sie das immer? An ihrer Intelligenz konnte es nicht liegen, denn sie war gänzlich ungebildet. Aber vielleicht war doch etwas dran an ihren anderen Fähigkeiten.

Plötzlich surrte das Satellitentelefon und das Bild von Alegra mit ihrer Sonnenbrille und dem schwarzen Kaftan verschwand aus seinem Gedächtnis, so als wäre es nie da gewesen. Loewenstein stand auf und starrte argwöhnisch auf das Telefon, unentschlossen, ob er den Anruf annehmen sollte oder nicht. Schließlich gab er sich einen Ruck und aktivierte die Verbindung.

„Was gibt's?“, meldete er sich barsch und schaltete den Lautsprecher ein.

„In Moskau gab es doch vor einer Woche diesen mysteriösen Anschlag auf eine Zeitung“, sagte der Anrufer. „Angeblich waren es tschetschenische Terroristen.“

„Ja, ich habe davon gehört. Rufst du deshalb an?“

„Natürlich nicht. Aber es ist dabei etwas passiert, was dich interessieren wird.“

„Ich will den Zeitschriftenverlag nicht mehr kaufen. Es klebt Blut daran.“

„Das meine ich nicht.“ Der Anrufer redete weiter und das anfängliche Desinteresse von Loewenstein schwand. Was der Anrufer erzählte, klang vielversprechend, es klang wie der Schlüssel zur Macht.

„Das klingt allerdings interessant.“

„Ich habe bereits vorausgeplant", sagte der Anrufer euphorisch. „In ein paar Tagen kann ich die ganze Angelegenheit abschließen." Der Anrufer erzählte dann knapp, wie er sich den weiteren Verlauf vorstellte.

„Wie bist du eigentlich an diese Information gelangt?", fragte Loewenstein zum Schluss.

„Ich habe einen Informanten an der richtigen Stelle sitzen."

„Gut zu wissen. Was gibt es noch?", fragte er, da sein Gesprächspartner keine Anstalten machte, aufzulegen.

„Bist du zufrieden mit mir?"

„Das wird sich noch weisen."

Sein Gesprächspartner schwieg, atmete schneller, und Loewenstein spürte seine Enttäuschung, deshalb lenkte er ein.

„Natürlich bin ich zufrieden, ich wusste, dass ich mich auf dich verlassen kann."

Mehr konnte Loewenstein im Augenblick nicht sagen. Er war sich nicht sicher, wie sein Gesprächspartner reagieren würde, wenn er ihm die ganze Wahrheit erzählte. Wenn er das Licht am Firmament löschen und die dunkle russische Seele des Anrufers entfesselt durch die Nacht irren würde.

10

MOSKAU – MILITÄRHOSPITAL SOMJONOW

Den ganzen Tag über hatte Natalia über ihren Fall nachgedacht. Weshalb wollte man ihr den Mord an Vladimir und Mia in die Schuhe schieben? Daran war dieser verdammte Chip schuld. Darum mussten so viele unschuldige Menschen sterben. Behandelte man sie deshalb wie eine Terroristin? Sie konnte es drehen und wenden, wie sie wollte, sie sah einfach keinen Sinn in dieser Aktion.

Gegen Abend tauchte Dr. Maschkow wieder auf, tätschelte schweigend ihre Hand, und sie hatte vom vielen sinnlosen Nachdenken nicht mehr die Kraft, ihn wegzustoßen.

„Nun, haben Sie nachgedacht? Möchten Sie mir jetzt endlich etwas erzählen?“, fragte er nach einer Weile.

„Ich wüsste nicht, was ich Ihnen noch Wichtiges sagen kann. Sie wissen ja sicher bereits alles über mich“, sagte sie mit belegter Stimme.

„Nicht alles“, murmelte Maschkow.

Wieder einmal war er in ihre Krankenakte vertieft und blätterte gemächlich durch die Seiten. Was zum Teufel stand in dieser Krankenakte? Außer der Verletzung am Arm hatte sie doch nichts abbekommen. Oder doch?

„Natalia, hören Sie mir zu?“ Die Stimme des Mannes fräste sich wie eine Kreissäge in ihren Kopf. „Haben Sie nicht verstanden, wessen man sie bezichtigt?“

„Ja, natürlich. Ich soll mit einer Pistole Vladimir und Mia erschossen haben. Man behandelt mich wie eine Terroristin.“

„So ist es. Deswegen liegen Sie auch in diesem Militärhospital.“

„Ich will endlich einen Anwalt. Jemanden von der Journalistengewerkschaft. Amnesty International. Das ist doch mein Recht. Bitte!“

„Natürlich, aber Sie sind derzeit als Terroristin eingestuft. Bis Ihre Verwicklung in den Anschlag genau geklärt ist, unterliegen Sie den Militärgesetzen. Und da gibt es im Augenblick keinen Anwalt. Mir sind leider die Hände gebunden.“

„Wenn Sie mir diese beiden Morde anhängen wollen, gehe ich an die Öffentlichkeit. Ich habe viele Freunde in den sozialen Netzwerken.“

„Ach ja?“ Maschkow klang gelangweilt.

„Unterschätzen Sie nicht die Macht unserer Communitys. Das ist ein Bollwerk der Freiheit. Da können immer Informationen hochgeladen werden, die eigentlich nicht für die Öffentlichkeit bestimmt sind.“

„Das würde ich an Ihrer Stelle nicht machen. Es wäre Hochverrat gegen unser Land.“

‚Es hat keinen Sinn, ihn zu provozieren‘, dachte sie. ‚Damit spiele ich ihm nur in die Hände.‘ Natalia holte tief Luft und versuchte sich zu konzentrieren, aber Maschkow tippte sie plötzlich mit seinem Zeigefinger an.

„Ich verrate Ihnen jetzt ein Geheimnis“, flüsterte er. „Wissen Sie, warum ich mich als Direktor um Sie persönlich kümmere?“ Was wollte er ihr damit sagen? Dass sie eine kluge und attraktive Journalistin sei? Wurde das jetzt eine Anmache? Maschkow war zwar ein gut aussehender Mann mit seinem schwarzen Haarschopf und dem spitzbübischen Lächeln, doch Natalia wusste, dass alles nur Fassade und Tarnung war.

„Vielleicht gefalle ich Ihnen? Wollen Sie mich ..." Sie verkniff sich das letzte Wort und atmete heftig aus und ein.

„Sie befinden sich im Besitz von diesem Chip, den Ihnen Ihr Chefredakteur gegeben hat", sagte er, ohne auf ihre Provokation einzugehen.

„Ich habe keine Ahnung, wovon Sie sprechen." Natalia drehte den Kopf zur Seite und starrte auf die mit abwaschbarer Farbe grün gestrichene Wand.

„O doch!"

„Nein, ich weiß nicht, was Sie meinen. Ich bin Journalistin, habe einen Terroranschlag überlebt und jemand hat mir die Pistole untergeschoben, aber ich habe keine Ahnung, weshalb."

„Sie können mich noch so mit Ihren großen blauen Augen unschuldig anstarren. Fakt ist, dass Sie diesen Chip haben müssen, es gibt ja die Aufzeichnung der Überwachungskamera."

„Nochmals: Ich habe diesen Chip nicht. Wahrscheinlich liegt er irgendwo in der Redaktion herum, ich weiß es nicht. Überall lagen doch meine toten Kollegen, da war mir dieser Chip egal." Sie holte tief Luft, ehe sie weitersprach. „Sie können mich hier auch nicht festhalten, ich gehe an die Öffentlichkeit. Eine widerrechtlich inhaftierte Journalistin ist nicht gut für das angeschlagene Image von Russland."

„Ach, Natalia", sagte Maschkow und schüttelte nachsichtig den Kopf. „Sie sind eine hübsche junge Frau, die noch eine glänzende Zukunft vor sich hat, falls Sie diese erleben."

„Sie wiederholen sich. Es stimmt, ich bin jung, ich überlebe Sie, da können Sie sicher sein", antwortete Natalia kämpferisch. Ja, sie würde sich nicht unterkriegen lassen. Sie war kein Feigling, das hatte sie sich geschworen. Sie hatte ihrem Chef ein Versprechen gegeben, und das würde sie einhalten, egal, was mit ihr passieren würde. Der Film musste in die richtigen Hände kommen und die schreckliche Wahrheit sollte die ganze Welt erfahren.

„Ja, Sie sind jung, Natalia. Das ist ja das Traurige an der ganzen Sache. Wissen Sie, als Direktor dieses Hospitals habe ich auch die Pflicht, den Patienten reinen Wein einzuschenken. Manche der Insassen hier sind mir richtig ans Herz gewachsen. Sie zum Beispiel, Natalia, sind jung, engagiert und sehen auch noch sehr gut aus. Das sind die besten Voraussetzungen, um in unserem schönen Land Karriere zu machen. Wenn nicht der Tod dazwischentritt und alles zunichtemacht."

„Wovon reden Sie?"

„Ich spreche vom Tod, Natalia. Dem Tod, der uns alle über kurz oder lang seine Aufwartung macht. Wie hat es unser großer Dichter Alexander Puschkin doch so schön formuliert: ‚Im Tod liegt die Essenz des Lebens.'"

„Ich verstehe Sie noch immer nicht."

„Nun, dann muss ich leider ein wenig deutlicher werden." Maschkow setzte sich aufrecht und räusperte sich, während er Natalia mit einem traurigen Blick von oben bis unten betrachtete.

„Es herrschte eine ziemliche Hektik, als Sie hier eingeliefert wurden. Terroralarm. Die Ärzte und Pfleger sind überfordert, zu wenig Personal, na, Sie kennen das ja. Dabei ist es zu einer tragischen Verwechslung gekommen."

„Verwechslung, was für eine Verwechslung?", fragte Natalia aufgeregt. „Ich wurde mit jemandem verwechselt, stimmt das?"

„Nein, Sie wurden nicht verwechselt. Eine Ampulle wurde verwechselt."

„Was für eine Ampulle?"

„Beruhigen Sie sich. Sie sollten ein Mittel gegen Ihre Schmerzen erhalten. Aber leider hat Ihnen der Arzt in der Hektik eine falsche Ampulle gegeben. Mit einem anderen Mittel.“

„Was war das für ein Mittel?“, fragte Natalia. Sie begann unkontrolliert zu zittern und ihre großen blauen Augen füllten sich mit Tränen. Nicht weinen, du darfst nicht weinen. Er will dich nur mürbe machen, das ist ein hinterhältiger psychologischer Trick.

„Nun, es handelt sich um eine neuartige Substanz, die sich noch im Erprobungsstadium befindet.“ Maschkow räusperte sich und rückte unruhig auf seinem Stuhl hin und her.

„Was ist das für eine Substanz? Ist diese Substanz gefährlich?“ Natalias Stimme war nur noch ein Wispern, das von dem harten Schlag ihres Herzens überlagert wurde.

„Ja, leider“, sagte Maschkow mitfühlend. „Ihnen wurde leider ein Gift verabreicht, das nach einiger Zeit zu einer vollständigen Lähmung der inneren Organe führt und daran werden Sie ersticken. Tut mir sehr leid.“

„Ich glaube Ihnen kein Wort. Und wenn, da gibt es doch sicher ein Gegenmittel?“ Natalia wollte schreien, aber sie hatte keine Kraft mehr, konnte nur noch röcheln und ihre Angst versickerte in der weißen Decke. Wie war das gestern gewesen? Sie hatte plötzlich ihren rechten Arm nicht mehr gespürt und dann dieser unkontrollierte Schmerz in ihrem Inneren. Hing das bereits mit dieser Vergiftung zusammen?

„Es gibt in der Tat ein Gegenmittel. Es ist schwierig zu bekommen, aber ich werde natürlich alles in meiner Macht Stehende unternehmen, um es von unseren deutschen Freunden aus einem geheimen Labor zu erhalten.“ Maschkow tätschelte erneut widerlich fürsorglich ihre Hand. „Allerdings müssen Sie uns dafür einen kleinen Gefallen tun.“

„Was wollen Sie von mir?“ Natalias Stimme stockte, und sie musste schlucken, denn natürlich wusste sie, was Maschkow von ihr wollte.

„Sie brauchen uns nur zu sagen, wo Sie den Chip mit dem Film versteckt haben. Dann bleiben Sie am Leben."

Der Gefängnisdirektor erhob sich und verließ grußlos das Zimmer.

In Natalias Kopf überschlugen sich die Gedanken, und sie wusste, dass sie jetzt sofort handeln musste. Schnell zog sie aus dem Versteck unter dem Lattenrost der Matratze ein kleines Prepaidhandy und drückte auf das Kamerasymbol mit Tonaufnahme. Die Worte sprudelten aus ihr heraus, dann versteckte sie das Gerät im Badezimmer an der Stelle, die sie mit der Krankenschwester Irina vereinbart hatte. Sie hoffte, dass dieser Video-File seinen Weg in die Freiheit finden würde. Sie fühlte sich plötzlich einsam und verlassen und spürte, wie eine einzelne Träne ihre Wange hinunterrollte.

11

BERLIN – ZENTRALE DER ABTEILUNG

„Dieser Video-File wurde uns zugespielt und wir konnten in letzter Sekunde verhindern, dass er hochgeladen wurde.“ Marius Müller, der Leiter der geheimen Abteilung des Bundesnachrichtendienstes in Berlin, deutete auf den riesigen Bildschirm und strich sich über seinen sorgfältig gepflegten schwarzen Vollbart. Er war wie immer schwarz gekleidet und wirkte auf den ersten Blick wie ein französischer Intellektueller, aber in Wirklichkeit war er ein knallharter Stratege, für den die Zielerreichung an oberster Stelle stand.

„Starten Sie das Video“, sagte Müller und gab seiner IT-Expertin Robyn ein Zeichen. Robyn war das genaue Gegenteil von Müller. Sie kauerte mit ineinander verknoteten Beinen auf ihrem Drehstuhl, trug zwei verschiedenfarbige Sneakers und hatte sich die blonden Haare an den Schläfen hochrasiert. Von ihrem Gesicht war nicht viel zu erkennen, denn sie versteckte es hinter einem hauchdünnen, aufgeklappten MacBook.

„Ist schon auf dem Schirm“, sagte sie mit einer Stimme, die ausdruckslos wie die eines Roboters klang.

Auf dem Bildschirm war ein Zimmer mit grünen Wänden und einem kleinen vergitterten Fenster zu sehen. Das Bild war wackelig und mit einem billigen Handy aufgenommen. Dann wurde die Kamera gedreht, und man sah eine junge hübsche Frau mit strubbeligen schwarzen Haaren und einer blauen Strähne, die ihr in die Stirn hing.

„Hey, ich heiße Natalia Romanowa und bin Journalistin", sagte die junge Frau in ausgezeichnetem Englisch. „Ich bin die einzige Überlebende eines Terroranschlags auf die Redaktion der Zeitschrift ‚My pishem pravdu – Wir schreiben Wahrheit' vor über einer Woche. Man hält mich in diesem Militärhospital irgendwo in Moskau widerrechtlich fest und hat mich vergiftet. Bald werde ich sterben, wenn ich nicht zuvor mit den Behörden kooperiere. Es geht um einen Chip, der einen brisanten Film enthält. Ich habe diesen Chip von meinem Chefredakteur erhalten, der ebenfalls ermordet wurde und dessen Tod man mir in die Schuhe schieben will."

„Was ist das für ein Film?", fragte General Hasso Brock, Leiter der Beschaffungsabteilung der Bundeswehr, seinen Sitznachbarn Regierungsrat Klaus Teichgraben.

„Ich habe keine Ahnung", flüsterte dieser und riskierte einen Blick auf die Staatssekretärin von Webern, die mit ausdrucksloser Miene auf den Bildschirm starrte, auf dem das Gesicht der Journalistin in der Bewegung eingefroren war.

„Wir diskutieren später darüber", sagte sie, ohne die beiden Männer anzusehen. „Fahren Sie fort." Sie gab Robyn ein Zeichen und diese ließ den Film weiterlaufen.

„Ich wende mich an die freie Welt und will mit einem Journalisten einer internationalen Nachrichtenagentur sprechen. Es soll angeblich in Deutschland ein Gegenmittel geben, das die Vergiftung stoppt. Aber dafür will man den Chip mit dem Film. Doch auf diesen Handel werde ich niemals eingehen. Sollte ich also bald sterben, dann wird der

Film sofort nach meinem Tod auf WikiLeaks hochgeladen und über die sozialen Netzwerke verbreitet. Bitte teilt diesen Hilferuf, sooft ihr könnt. Es geht um die freie Meinungsäußerung, um mein Leben und um die Wahrheit."

Der Bildschirm wurde schwarz, als Robyn den Film wegklickte. Sekunden später tauchte ein Foto von Natalia Romanowa auf und ein kurzer Lebenslauf.

„Wie kommt dieser File in unsere Hände?", fragte Regierungsrat Teichgraben und blickte in die Runde. Außer ihm, der Staatssekretärin und General Brock war noch ein französischer Militärattaché anwesend.

„Die Journalistin hat das Handy eines Militärarztes entwendet und sich selbst aufgenommen. Zum Glück gibt es in dem Militärhospital nur eine schwache Internetverbindung. Sie konnte also das Video nicht selbst hochladen. Eine unserer Informantinnen, die sich als Krankenschwester mit Natalia angefreundet hat, versprach ihr, dieses Video zu posten", informierte Müller die Runde.

„Was natürlich nicht geschehen ist", sagte die Staatssekretärin. „Unsere Informantin hat stattdessen uns diesen File geschickt. Aber das löst unser Problem nicht."

„Denn es gibt ja noch immer diesen Chip mit dem brisanten Film." Müller rückte seine schwarze Hornbrille zurecht. „Natalia soll natürlich glauben, dass ihr Hilferuf online ging. Deshalb muss sie auch ein international tätiger Journalist aufsuchen und mit ihr reden. Sein Auftrag lautet, herauszufinden, wo sie den Chip versteckt hat."

„Weshalb dieser ganze Aufwand?", fragte Regierungsrat Teichgraben. „Wenn sie stirbt, dann schadet das doch nur den Russen."

Staatssekretärin von Webern saß nach wie vor mit ausdrucksloser Miene am Tisch und schien nachzudenken. Schließlich räusperte sie sich und goss sich ein Glas Wasser ein.

„Ich möchte vorausschicken, dass diese Sitzung nie stattgefunden hat", sagte sie in die Runde. Die Anwesenden nickten und alle Augenpaare waren auf sie gerichtet.

„Unseren Informationen nach hat dieser Film ein vertrauliches Treffen von Politikern, Unternehmern und Militärs dokumentiert. Auch hier Anwesende sind in dem Film zu sehen. Dieser Film wurde anscheinend heimlich gedreht, ist in die falschen Hände geraten, und jetzt besteht die Gefahr, dass er von dieser übereifrigen Journalistin übers Internet veröffentlicht wird."

„Dieses Video darf niemals an die Öffentlichkeit", sagte General Brock mit erregter Stimme.

„Worum ging es bei dem vertraulichen Treffen?", fragte Robyn.

„Dazu kann ich zum jetzigen Zeitpunkt noch keine Angaben machen", antwortete die Staatssekretärin kurz und knapp. „Nur so viel: Es handelt sich um brisante Informationen, die unsere nationale Sicherheit gefährden."

Jetzt schaltete sich auch Müller ein. „Welche Rolle spielt dabei unsere Abteilung?"

„Wir sollen wahrscheinlich diesen Chip mit dem Film vernichten", unterbrach ihn Robyn. „Sie erwarten, dass wir einen Agenten einschleusen, dem Natalia das Versteck des Chips mitteilt."

„Besser hätte ich es nicht sagen können." Staatssekretärin von Webern nickte anerkennend. „Aber in einem Punkt haben Sie nicht recht."

„Wie bitte?" Zum ersten Mal blickte Robyn auf und zog eine Augenbraue hoch. „In meiner Kurzanalyse ist kein Fehler."

„Robyn, bitte!", bremste sie Müller ein, der Robyns Unfähigkeit, Kritik anzunehmen, inzwischen genau kannte.

„Der Datenträger soll nicht vernichtet werden, sondern muss in unsere Hände gelangen."

„Was ist, wenn die Journalistin aber früher stirbt? Dann geht der Film doch online?“ General Brock zerrte nervös an seinem Kragen.

„Deshalb dürfen wir auch keine Zeit verlieren“, antwortete Staatssekretärin von Webern. „Um welches Gift handelt es sich, Monsieur Hachette?“ Mit einer einladenden Geste übertrug sie dem französischen Militärattaché das Wort.

„Es handelt sich dabei um eine Weiterentwicklung des chemischen Kampfstoffes VX. Diese Substanz lähmt die Atemmuskulatur und führt innerhalb kurzer Zeit unter Schmerzen und Krämpfen zum Tod. Russische Wissenschaftler haben die Wirkung verfeinert und die Zusammensetzung so verändert, dass der Tod erst nach ungefähr zehn Tagen eintritt. Während dieser zehn Tage leidet der Proband unter starken Schmerzen und Atemnot.“

„Was ist der Sinn dahinter?“, fragte Regierungsrat Teichgraben mit finsterer Miene. „Das hört sich ja wie Folter an. Wurde dieses Gift schon eingesetzt?“

„Erst ein Mal, soweit wir wissen“, sagte der Militärattaché leise. „Nach den Terroranschlägen von Paris hat die französische Fremdenlegion verdächtige Personen damit unter Druck gesetzt. Russland hat uns die Substanz zur Verfügung gestellt.“

„Was ist das für ein Gegenmittel, von dem die Journalistin spricht?“, fragte Müller.

„Das ist eine Modifikation von Atropin und Obidoximchlorid mit anderen Wirkstoffen. Unsere Forscher haben das Gegenmittel in enger Zusammenarbeit mit amerikanischen Wissenschaftlern entwickelt. Mehr weiß ich auch nicht“, antwortete Staatssekretärin von Webern und hob bedauernd die Hände.

Aufgeregt redeten alle Beteiligten durcheinander, bis Müller, der sich nicht an der Diskussion beteiligte, sondern gemeinsam mit Robyn mehrere Datenbanken gescreent hatte, plötzlich um Ruhe bat.

„Ich denke, wir haben den richtigen Mann für diese Operation", sagte Müller und strich sich den Vollbart. „Dieser Mann hat bereits verdeckt als Journalist in Angola und in Afghanistan gearbeitet. Es gibt ein Dossier seiner journalistischen Arbeiten, das Natalia natürlich online einsehen kann." Müller tippte etwas in sein Notebook und blickte dann zu Robyn.

„Online? Sind Sie verrückt!" Regierungsrat Teichgraben rang die Hände. „Wenn diese Frau Zugang zum Internet hat, dann kann sie doch das Signal geben, dass dieses die nationale Sicherheit gefährdende Video hochgeladen wird. Sie kann den Chip doch einem Komplizen gegeben haben."

„Oder den Freunden von ihrem Blog ‚Blauer Vogel', der sich auch mit den Machenschaften der Rüstungskonzerne beschäftigt", assistierte ihm General Brock aufgeregt.

„Deshalb stehen wir unter Zeitdruck. Robyn, erklären Sie bitte die weitere Vorgangsweise", seufzte Müller.

„Wir fingieren den Online-Status", antwortete Robyn teilnahmslos. „Für Natalia wird es aussehen, als wäre sie tatsächlich im Netz. Genauso wie sie jetzt glaubt, ihr Hilferuf sei online gegangen und schon tausendfach geklickt worden."

„Aber wie soll unser Agent mit der Frau Kontakt aufnehmen? Die Russen werden das niemals zulassen", gab Regierungsrat Teichgraben zu bedenken.

„Die Vorgangsweise ist mit dem russischen Generalstab bereits abgestimmt", antwortete Staatssekretärin von Webern. „An wen haben Sie bei dieser Operation gedacht?"

Müller blickte zu Robyn, doch diese machte keine Anstalten, eine Anweisung in ihr MacBook einzutippen.

„Robyn. Ich habe Ihnen gerade eine interne Mail geschickt. Öffnen Sie bitte den File."

Als sie noch immer keine Anstalten machte, sagte er schärfer: „Das ist jetzt ein Befehl."

Robyns Finger schwebten über den Tasten, doch noch immer zögerte sie, die Datei zu öffnen und das Dossier des Agenten auf den großen Bildschirm zu übertragen.

„Ich möchte dazu nur etwas anmerken", sagte sie schließlich und ihre Stimme hatte ein wenig von ihrem unpersönlichen Klang verloren. „Ich habe diesem Mann mein Wort gegeben, ihn nie wieder zu kontaktieren. Das war ein Versprechen."

„Auf einmal so moralisch. Schön für Sie! Aber wir haben keine Zeit für Sentimentalitäten. Hier geht es um große Politik, um das Weltgeschehen, nicht um kleine zwischenmenschliche Empfindungen, darauf können wir keine Rücksicht nehmen", sagte die Staatssekretärin bestimmt und ihre ohnehin schon sehr säuerliche Miene verfinsterte sich noch mehr.

„An wen haben Sie jetzt gedacht?", fragte sie und warf einen strengen Blick auf Müller.

Sekunden später war das Bild eines auf den ersten Blick interessant aussehenden Mannes mit kurzen blonden Haaren und einer Narbe an der rechten Augenbraue zu sehen, die ihn ein wenig düster wirken ließ.

„Das ist David Stein", sagte Robyn. „Er hat in Angola und in Afghanistan als Journalist für diverse Zeitschriften geschrieben, aber natürlich nur zum Schein. Kriegsberichterstatter waren zur damaligen Zeit die beste Tarnung für einen Agenten."

„Ich habe schon von David Stein gehört", unterbrach sie die Staatssekretärin. „Er hat doch damals die Operation in Saint-Tropez durchgeführt. Aber ist er nicht längst aus dem Dienst ausgeschieden? Wie wollen Sie ihn für diesen Auftrag ködern?"

Robyn wollte noch etwas sagen, doch Müller hob die Hand und bedeutete ihr zu schweigen.

„Wie viel Zeit hat er für die Operation?“, fragte die Staatssekretärin und stand bereits auf.

„Ab sofort sind es noch maximal neun Tage, ehe Natalia stirbt.“

„Meine Herren, ich habe einen Termin mit der Kanzlerin. Spätestens in einer Woche will ich den Chip mit dem Film hier auf dem Tisch vorfinden.“

General Brock, Militärattaché Hachette und Regierungsrat Teichgraben verabschiedeten sich. Zurück blieben Müller, Robyn und Frau von Webern.

„Bekommt sie das Gegenmittel von uns?“, fragte Robyn.

„Das werden wir uns noch genau überlegen“, antwortete die Staatssekretärin.

„Ihnen ist es egal, ob die Journalistin stirbt, nicht wahr?“ Robyn klang ein wenig aufmüpfig.

„War das nicht ein wenig voreilig?“, fragte Robyn, als sie und Müller alleine waren. „Stein wird nicht nach Moskau gehen, das wissen wir beide und wir kennen ihn doch.“

„Eben weil ich ihn und seine Schwäche kenne, wird er genau das tun“, antwortete Müller mit dem leichten Anflug eines Lächelns.

„Ist das eine Annahme oder eine Feststellung?“, fragte Robyn.

„Es ist eine Feststellung.“ Müller beugte sich zu seinem Laptop und öffnete ein Fenster. Er schickte das Bild auf den großen Monitor. Auf dem Schirm war ein amtliches Dokument zu sehen.

„Aber das können wir doch nicht gegen ihn verwenden“, sagte Robyn und wirkte betroffen, als sie das Dokument gelesen hatte.

Müller schob Robyn ein sicheres Handy über den Tisch. „Los, nehmen Sie Kontakt mit ihm auf.“ Dabei blickte er ihr kalt in die Augen und sagte mit einem ironischen Unterton: „Die Liebe bringt einen Menschen immer dazu, etwas Schreckliches zu tun.“

12

MALLORCA – FINCA VON DAVID STEIN

Der Karton an der Einfahrt zu seiner Finca war aus weißer Pappe und sah aus wie ein gewöhnlicher Schuhkarton. Aber David wusste aus Erfahrung, dass sich in jeder noch so harmlos aussehenden Verpackung eine tödliche Gefahr verbergen konnte. Deshalb bremste er den Land Rover auch mitten auf der Straße ab, stieg aus und ging vorsichtig auf den Karton zu. Aus dem Inneren hörte er leises Kratzen und Scharren. Als er nahe genug war, sah er die winzigen Pfoten, die über den Rand tapsten, und bald darauf tauchte ein faltiger Hundekopf auf.

„Hundewelpen", sagte David erleichtert und kniete sich neben der Schachtel auf den Boden. In der Box waren zwei kleine schwarze Welpen, die sich hektisch im Kreis drehten und sofort auf den Rücken warfen, als David sie am Bauch kraulte. Er war gerade vom Hundetraining mit einem seiner Klienten, einem deutschen Starkoch, gekommen und auf dem Weg nach Hause.

Leyla war am frühen Morgen auf ihr Mountainbike gestiegen, um ans Meer zu fahren. Noch immer machte sie sich Gedanken wegen der schwarzen Möwe. Er hatte zwar versucht, ihr das auszureden, aber sie wollte davon nichts hören.

„Das Unglück wird plötzlich über uns hereinbrechen“, hatte sie gesagt. „Du wirst sehen, dass ich recht habe.“

„Du steigerst dich da in etwas hinein“, hatte David erwidert, und so war es eine Weile hitzig hin und her gegangen, bis sich Leyla schließlich wütend auf ihr Mountainbike gesetzt hatte und verschwunden war.

Abends würde er Leyla sagen, dass die Hundewelpen ein positives Signal waren und sie sich keine Sorgen mehr wegen des schwarzen Vogels zu machen brauchte. Wenigstens setzte bei den spanischen Hundebesitzern langsam ein Umdenken ein. Früher wurden die überzähligen Hunde einfach ausgesetzt oder in die Tötungsstationen verfrachtet. Mittlerweile brachten sie die Hunde zu ihm, so wie diesen Karton mit den Welpen, weil sie wussten, dass er sich um die Tiere kümmern würde. Das war gut, bedeutete aber auch eine Menge Arbeit und Verantwortung, denn die Tiere sollten es gut haben. Seufzend nahm er die Schachtel hoch und schob sie auf die Ladefläche seines Land Rovers. Im Lauf der nächsten Wochen würde er die Welpen wahrscheinlich zu Miguel bringen. Er selbst besaß ja schon zwei Hunde und Leyla hatte nach wie vor eine gewisse Scheu vor ihnen. Aber die beiden schwarzen Kerle hatten ihm sofort gefallen, deshalb war er sich nicht sicher, ob er sie nicht doch selbst behalten würde.

Auf dem Acker neben seiner Finca entdeckte er plötzlich ein Auto mit geöffneten Türen. Er parkte seinen Wagen, stieg langsam aus und ging auf das Haus zu. Als er den Vorplatz erreichte, sah er eine zierliche Gestalt mit dem Rücken zum Schotterplatz in einem Korbsessel unter dem Vordach kauern. Es war eine Frau, so viel war zu erkennen. Sie hatte die Beine angezogen und schien konzentriert mit einem Tabletcomputer zu arbeiten. Obwohl sie den Wagen gehört haben musste, drehte sie sich nicht um, sondern tippte weiter, ohne sich stören zu lassen.

Die blonden Haare der Frau glänzten in der Sonne, und er fragte sich unwillkürlich, wie sie bei diesem grellen Licht etwas auf dem Display erkennen konnte. Je näher er kam, desto schneller kreisten die Gedanken in seinem Kopf. Nie hätte er es für möglich gehalten, diese Person hier in Mallorca auf seiner Finca anzutreffen.

„Hallo, Robyn, ich dachte zuerst an eine Bewusstseinsstörung, als ich Sie hier sitzen sah."

„Eine Bewusstseinsstörung ist meistens mit vorübergehendem Gedächtnisverlust gekoppelt", antwortete Robyn ohne einen Funken Ironie in der Stimme. Noch immer saß sie mit dem Rücken zu David und tippte in ihr Tablet.

„Aber nach dieser freundlichen Begrüßung weiß ich, dass Sie es wirklich sind", sagte David und setzte sich direkt vor Robyn auf den langen Holztisch, der auf seiner Veranda stand. „Was wollen Sie?", fragte er und wurde plötzlich ernst. „Sie kommen nicht hierher, um Urlaub zu machen?"

„Ich mache nie Urlaub, und wenn ich mich entspanne, dann nur zu Hause vor meinen Computern." Erst jetzt blickte Robyn auf, und David bemerkte, dass ihre weiße Haut rote Flecken bekommen hatte. Ging sie tatsächlich nie in die Sonne? Es hatte fast den Anschein.

„Was wollen Sie?", wiederholte David seine Frage, denn er wusste, dass Robyn keinen Small Talk verstand.

„Ich habe Ihnen versprochen, Sie niemals wieder anzurufen, Stein. Dieses Versprechen will ich auch nicht brechen. Deshalb bin ich persönlich gekommen."

„Sie wollen mir doch nicht erzählen, dass Sie deswegen hier sind, nur um nicht mit mir telefonieren zu müssen."

„Das ist richtig. Aber natürlich sagt Ihnen Ihr logischer Verstand, dass ich Sie nicht einfach grundlos besuche. Und für einen persönlichen Besuch kennen wir uns viel zu wenig." Mit der Hand schirmte Robyn ihre Augen gegen das Sonnenlicht ab, um David besser sehen zu können.

„Sie sollten sich eine Sonnenbrille kaufen, Robyn", meinte David. „Das grelle Sonnenlicht schadet Ihren Augen."

„Das wäre eine unnötige Ausgabe, denn ich gehe nie in die Sonne. Das hier ist ein Ausnahmefall."

„Wenn Sie mich für einen Auftrag rekrutieren wollen, Robyn, diese Mühe hätten Sie sich sparen können. Meine Antwort lautet Nein."

„Ich kannte Ihre Antwort natürlich im Vorhinein und habe Ihre Reaktion auch ausführlich mit Müller besprochen."

„Und trotzdem kommen Sie hierher. Was will Müller von mir?", fragte David und überlegte, was hinter dieser ganzen Aktion stecken konnte. Müller schien sich seiner Sache ziemlich sicher zu sein, wenn er Robyn losschickte. „Was hat er diesmal gegen mich in der Hand? Kann das nicht einmal aufhören?"

„Es gibt einen internationalen Haftbefehl", antwortete Robyn kurz angebunden und verschanzte sich wieder hinter ihrem Tablet.

„Einen Haftbefehl gegen mich? Aber das ist kompletter Unsinn. Ich habe doch immer nur für die Abteilung gearbeitet."

„Der Haftbefehl ist auch nicht gegen Sie ausgestellt, Stein."

„Gegen wen sonst?" Er stockte, denn plötzlich ahnte er, was Müller so sicher machte. Auch Robyn schwieg und blickte verlegen hoch.

„Ist das Bild dort an der Wand neu?", fragte sie stattdessen.

„Warum fragen Sie?" David drehte sich um und blickte auf das Bild, das ein Straßenkünstler in Palma von ihm und Leyla gemalt hatte. Mit dem Daumennagel fuhr er über seine Narbe und sah Robyn an.

„Der Haftbefehl richtet sich gegen Leyla“, flüsterte David mit rauer Stimme. „Richtig?“

Robyn nickte und drehte das Tablet zu David.

„Hier steht alles“, sagte sie.

Es war ein internationaler Haftbefehl, ausgestellt auf die libanesische Staatsbürgerin Leyla Khan. Darunter war ein Foto von Leyla.

„Leyla Khan hat vor einigen Jahren in der saudi-arabischen Hauptstadt Riad an einer Demonstration gegen das Regime teilgenommen und dabei einer aufrührerischen Studentin zur Flucht verholfen. Im Zuge dieser Aktion wurde auch ein saudischer Sicherheitsbeamter schwer verletzt, der anschließend im Krankenhaus verstorben ist. Zwei Verbrechen also: Einmal, dass sie einer Frau die Flucht ermöglicht hat und zweitens der tote Sicherheitsbeamte. In Abwesenheit wurde Leyla Khan gemäß der Scharia zum Tode verurteilt.“

„Das ist doch lächerlich.“ David konnte es einfach nicht glauben. „Ein Haftbefehl aus Saudi-Arabien, dem Land mit brutalen Menschenrechtsverletzungen und den meisten Hinrichtungen. Kein Land wird Leyla dahin ausliefern. Außerdem ist sie libanesische Staatsbürgerin.“

„Der Libanon hat die Auslieferung bereits abgesegnet“, antwortete Robyn. „Es gibt diesbezüglich bereits einen Erlass des libanesischen Justizministeriums.“

„Aber Leyla lebt in Spanien und das ist ein europäisches Land“, warf David ein. „Spanien darf sie nicht in ein Land ausweisen, in dem sie die Todesstrafe erwartet.“

„Das stimmt. Spanien wird sie auch nicht ausliefern." Robyn öffnete ein Fenster auf ihrem Tablet. „Aber Leyla Khan hält sich illegal in Spanien auf. Sie wird in den Libanon abgeschoben und dann …" Robyn vollendete den Satz nicht, sondern nestelte an den Bändern ihrer bunten Sneakers herum.

„Wenn ich also den Auftrag annehme, dann verschwindet dieser Haftbefehl für immer?"

Robyn nickte.

„Und wenn nicht?"

„Dann ist in den nächsten Tagen ein Polizeigroßaufgebot hier. Leyla Khan kommt in Haft, wird in den Libanon abgeschoben und von dort nach Saudi-Arabien. Das Weitere können Sie sich denken. Es tut mir leid, Stein."

13

MOSKAU – MILITÄRHOSPITAL SOMJONOV

„Wie geht es dir?“ Alexej Wolkow setzte eine mitfühlende Miene auf, als er die Frage an Natalia richtete. „Ich habe gehört, dass es eine grauenhafte Verwechslung gegeben hat.“

„Das stimmt.“ Natalia nickte, und Wolkow bemerkte, dass sie sich bemühte, die Tränen zurückzuhalten, doch über ihre Augen legte sich ein feuchter Schimmer. Sie begann jedoch nicht zu weinen, sondern presste die Lippen tapfer zusammen und redete weiter. „Aber ich habe mein Schicksal bereits über Internet öffentlich gemacht. Ich gebe nicht auf.“

„Du bist sehr mutig. Das bewundere ich an dir.“

„Wo ist eigentlich Mischa? Der Sanitäter, der mich die letzten Tage betreut hat?“, fragte Natalia plötzlich. Wolkow dachte ein wenig nach, ehe er antwortete.

„Mischa ist krank geworden“, sagte er langsam. „Der strenge Moskauer Winter hat ihm ziemlich zugesetzt.“

„Und was ist mit Irina? Die zivile Krankenschwester, die diese Dinger immer austauscht.“ Sie deutete auf die Plastikbeutel. „Sie ist heute noch nicht zu mir gekommen.“

„Ich habe keine Ahnung. Bin ja neu auf dieser Station", antwortete Wolkow entschuldigend. „Ist Irina eine Freundin von dir?"

„Irina hat mit dem Handy …" Erschrocken stoppte Natalia und hielt sich die Hand vor den Mund.

„Welches Handy?", fragte Wolkow.

„Vergiss es. Ich habe bloß was verwechselt", sagte Natalia und versuchte sich in ihrem Bett aufzurichten, aber dann sank sie mit schmerzverzerrtem Gesicht wieder zurück. „Au! Mein Rücken brennt wie Feuer, wenn ich mich bewege."

„Warte, ich helfe dir." Wolkow beugte sich fürsorglich zu Natalia und schob ihr die Kissen in den Nacken.

Das Mädchen tat ihm verdammt leid. Bald würde Natalia sterben, schon jetzt spielten ihre Nerven verrückt, reagierten mit Schmerzattacken auf Bewegungen. Maschkow, der Direktor des Militärhospitals, hatte ihm den Krankheitsverlauf erklärt, als er heute Morgen seinen Dienst antrat.

„Sie sind also der Ersatz für Mischa", hatte Maschkow gebrummt und Wolkows Ausweis und Dienstbefehl genau studiert. „Was ist mit Ihren Haaren passiert?", hatte er dann neugierig gefragt. Wolkow hatte wie immer eine passende Erklärung dafür gehabt. Damit war das Gespräch beendet gewesen und Wolkow hatte seine Berechtigungskarte erhalten. Jetzt stand er am Bett dieser jungen Frau, der es anscheinend nichts auszumachen schien, dass sie sterben musste.

„Findest du das richtig, was hier mit mir gemacht wird?", fragte Natalia und Wolkow schreckte aus seinen Gedanken.

„Wie meinst du das?", fragte er verwirrt.

„Du kannst ehrlich zu mir sein. Deswegen wirst du nicht verhaftet", machte sie einen müden Scherz, um gleich darauf wieder ernst zu werden. „Das ist Erpressung. Ich soll Informationen preisgeben, dann bekomme ich ein Gegenmittel und überlebe. Was sagst du dazu? Du bist doch jung und hast sicher auch eine Meinung."

„Ganz im Vertrauen", flüsterte Wolkow und beugte sich zu Natalia hinunter. „Ich bin beeindruckt von deiner Willensstärke. In Russland läuft vieles schief, da braucht es Menschen wie dich, die sich nicht einschüchtern lassen und selbst den Tod nicht fürchten."

„Wenn du mich so toll findest, dann hilf mir doch bitte zu fliehen." Natalias Hand schnellte nach vorne und umklammerte das Handgelenk von Wolkow.

„Hier kommt keiner raus", murmelte Wolkow und schob die Hand von Natalia zurück. Dann warf er einen vorsichtigen Blick zu dem Soldaten, der neben der Tür saß und vor sich hin döste. „Aber ich kann draußen Dinge für dich erledigen, die wichtig sind", sagte er. „Du kannst mir vertrauen."

„Das ist gut zu wissen." Natalia lächelte müde. „Ich erwarte einen Journalisten, vielleicht kannst du ihm helfen."

„Woher weißt du, dass ein Journalist hierherkommt?", fragte Wolkow verblüfft.

„Ich habe ein Handy geklaut und ein Video von mir gemacht mit einem Hilferuf an die Welt", flüsterte Natalia. „Jemand wird kommen und ich werde ihm alles erzählen."

„Ach, das Handy von Irina", sagte Wolkow.

„Irina hat damit nichts zu tun. Sie weiß nichts, aber dem Journalisten werde ich so einiges verraten", antwortete Natalia etwas zu schnell.

„Was wirst du ihm denn verraten?", hakte Wolkow nach.

„Wieso willst du das wissen? Bist du vom Geheimdienst? Willst mich wohl nur aushorchen." Natalia verzog das Gesicht und rückte von ihm weg. „Du fragst zu viel."

„Tut mir leid. Ich wollte nicht aufdringlich sein", entschuldigte sich Wolkow. „Aber dein Schicksal beschäftigt mich eben."

„Dann besorge mir bitte ein Handy", sagte Natalia hastig. „Ich will doch nur sehen, wie viele Klicks mein Hilfeschrei im Netz schon hat. Die Welt dreht sich immer schneller, und man vergisst mich, wenn ich nicht schreie."

„Ich komme vor ein Militärgericht, wenn ich dir ein Handy besorge." Wolkow trat einen Schritt zurück. „Außerdem bin ich auf diese Arbeit angewiesen."

„Jeder ist auf irgendetwas angewiesen." Natalia ballte die Fäuste und ließ sich schwer atmend in die Kissen zurückfallen. „Da wird sich in diesem Land nie etwas ändern. Verdammt, alle sind feige, ich habe das so satt."

„Ich bin nicht feige, ich muss nur meine alte Mutter versorgen, das verstehst du doch?", versuchte Wolkow sich zu rechtfertigen.

„Ja, das verstehe ich. Ich wohne auch noch bei meiner Mutter."

Wolkow hörte nicht zu, sondern dachte an seine Mutter, die kurz nach seiner Geburt von seinem Vater verlassen wurde. Einsam und scheu konnte sie sich in Moskau nicht zurechtfinden und war bald dem Alkohol verfallen. Eines Abends hatte sie wie üblich zu viel getrunken und sich vor einem staatlichen Alkoholausschank mit einem Milizionär gestritten, der sie mit seinem Gewehrkolben einfach erschlug. Als sich Wolkow einmischte, wurde er von den betrunkenen Milizionären zusammengeschlagen. Damals war Wolkow zehn Jahre alt gewesen und hatte sich geschworen, nie wieder schwach zu sein. Er war nach Hause gewankt, und als er am nächsten Morgen in den Spiegel blickte, waren seine Haare komplett weiß geworden. Er hatte Moskau verlassen und war in die Welt hinausgezogen. In den dunklen Ecken der Bahnhöfe hatte er sein Geld mit schnellem Sex verdient und einflussreiche Männer kennengelernt.

„Wo wohnt deine Mutter?" Natalias Stimme überlagerte das Bild von seiner sterbenden Mutter, wie sie in einer Bierlache auf dem Boden lag.

„Außerhalb von Moskau in einer kleinen Datscha", log er. Zum Teufel, warum fragte sie ihn das alles. Aber natürlich, sie war ja eine Journalistin, und Journalisten waren immer neugierig. „Ich besuche sie immer am Wochenende."

„Wo ist dein Vater?"

„Ich habe keinen Vater", antwortete Wolkow kurz und bündig. Das stimmte, denn er kannte seinen Vater nicht einmal. Er hatte auch keine Freunde. Er hatte nur ein Vorbild, dem er nacheiferte. Und es gab Yuri, benannt nach Yuri Gagarin, dem ersten Kosmonauten.

Wolkow blickte auf seine Uhr. Er hielt sich schon viel zu lange im Zimmer von Natalia auf. Das konnte den Direktor des Militärhospitals misstrauisch machen.

Er beugte sich zu Natalia hinunter.

„Du bist hübsch und tapfer", murmelte er. „Vielleicht kann ich dir helfen."

Sie nickte ihm stumm zu und hielt die Bettdecke fest umklammert. Wolkow spürte, dass sich ihre gefasste Attitüde langsam verflüchtigte und nur noch ein Mädchen in Todesangst in der Nacht zurückblieb. Es war die nächtliche Einsamkeit, vor der Natalia sich fürchtete, die Dunkelheit, die sich wie ein schweres schwarzes Tuch über ihr Denken legte und jeden Gedanken an Hoffnung und Rettung im Keim erstickte. Die schwarzen Nächte waren wie eine Einübung ins Sterben.

14

MALLORCA – FINCA VON DAVID STEIN

„Es ist nur eine einfache Operation, die Sie für die Abteilung in Moskau ausführen werden. Dort müssen Sie als internationaler Korrespondent zu einer jungen Journalistin Kontakt aufnehmen und ihr Vertrauen gewinnen. Sie müssen sie dazu bringen, Ihnen das Versteck eines Chips, auf dem sich ein Film befindet, zu verraten. Mehr verlangt die Abteilung nicht von Ihnen", sagte Robyn und machte David mit den Details vertraut. Zuletzt schob sie ein Handy über den Tisch.

„Das ist ein sicheres Handy für die Kontaktaufnahme."

„Weshalb muss ausgerechnet ich diesen Auftrag ausführen?", fragte David.

„Sie haben bereits verdeckt für die Abteilung als Journalist gearbeitet und das lässt sich auch überprüfen. Außerdem sprechen Sie ja Russisch."

„Ich kann das nicht."

„Weshalb?"

„Ich habe Leyla ein Versprechen gegeben."

„Was für ein Versprechen?"

„Dass ich keinen Auftrag mehr annehme."

„Sie sollen nichts versprechen, was Sie nicht halten können, Stein."

Robyn schüttelte den Kopf.

„Also gut, wenn ich den Auftrag annehme, dann nur unter einer Bedingung: Kein Wort zu Leyla über den Haftbefehl. Haben Sie mich verstanden?"

„Natürlich. Sobald Sie aus Moskau zurück sind, ist der Haftbefehl verschwunden, das garantiere ich Ihnen."

„Müller hat das mit dem Haftbefehl eingefädelt", sagte David. „Es wundert mich, dass er morgens noch in den Spiegel schauen kann."

„Das braucht Sie nicht zu wundern." Überrascht hob Robyn eine Augenbraue. „Müller ist Stratege und sehr zielorientiert."

„Müller hat kein Gewissen. Er macht alles, was seine Vorgesetzten von ihm verlangen. Auch wenn es dabei Tote gibt."

„Kollateralschäden sind unvermeidlich, wenn man für eine gerechte Sache kämpft. Sie sind so nachdenklich geworden, Stein." Robyn betrachtete ihn prüfend. „Hängt das vielleicht mit Ihrem Beziehungsstatus zusammen?"

Robyn stand langsam von ihrem Stuhl auf. Wie immer trug sie ein weißes Männerhemd, schwarze Leggins und unterschiedliche Sneakers.

„Werden Sie nicht zu weich", sagte sie. „Damit schaden Sie uns allen."

Darauf wusste er keine Antwort.

„Ich fahre jetzt wieder zum Flughafen", sagte Robyn und verstaute ihr Tablet in einem schwarzen Rucksack.

„Wollen Sie nicht wenigstens über Nacht hier auf der Finca bleiben?"

„Nein, denn so viel Natur ist nichts für mich." Sie machte eine entsprechende Handbewegung. „Ich brauche geschlossene Räume, am besten ohne Fenster, damit nichts von außen hereindringt."

David wollte etwas darauf erwidern, doch in diesem Moment hörte er Schritte, die sich langsam näherten.

„Kein Wort über den Haftbefehl zu Leyla", flüsterte David verschwörerisch.

„Sie wiederholen sich, Stein. Ich habe schon verstanden."

„Ich will Leyla einfach nicht damit belasten."

„Passen Sie lieber auf sich auf. Zu viele Emotionen trüben Ihren analytischen Verstand. Das meine ich auch mit weich."

„Oh, du hast Besuch."

Leyla trat plötzlich aus der Dunkelheit in den Lichtkegel auf der Veranda und warf ihren Rucksack in eine Ecke. Langsam öffnete sie den Reißverschluss ihrer Neoprenjacke, streckte sich und setzte sich auf einen Stuhl.

„Störe ich?", fragte sie, um das Schweigen zu brechen, und maß Robyn mit einem abschätzigen Blick, ohne sie nach ihrem Namen zu fragen.

„Nein, natürlich nicht. Das ist Madelaine, eine Bekannte von früher. Sie ist auf der Durchreise." David hasste sich für diese Notlüge, aber er wusste, dass er keine andere Wahl hatte.

„Ich habe mir die Insel angesehen und bin auch schon wieder auf dem Weg zum Flughafen", sagte Robyn ausweichend und fixierte ihre Sneakers.

„Woher kennen Sie David?", fragte Leyla.

„Warum interessiert Sie das? Sie sind doch jetzt mit ihm zusammen." Robyn drehte sich zu David. „Wir bleiben in Verbindung."

„Komische Frau", war Leylas einziger Kommentar, als der Motorenlärm von Robyns Leihwagen sich in der Dunkelheit verflüchtigt hatte.

„Ja, sie ist ein wenig seltsam. Hat leicht autistische Züge", antwortete David und schenkte zwei Gläser mit Wein ein.

„Salut. Auf uns." Doch Leyla reagierte nicht.

„Du hast gelogen. Die Frau war vom BND. Sie ist diese hochintelligente Analytikerin, vor der uns alle gewarnt haben", sagte sie unvermittelt und ihre Stimme klang scharf wie ein Rasiermesser. „Sie will, dass du wieder einen Auftrag übernimmst. Lüge mich jetzt bitte nicht an."

„Es stimmt. Robyn ist Chefanalystin beim BND. Aber es ist nicht so, wie du denkst", versuchte David die Situation zu entschärfen. „Ich soll nur einen informativen Auftrag ausführen, das ist kein operativer Einsatz."

„Wir waren gestern bei unserem Leuchtturm. Du erinnerst dich doch noch daran", sagte Leyla leise. „Dort hast du mir ein Versprechen gegeben."

„Ich weiß, aber diesmal ist es etwas anderes."

„Es ist immer etwas anderes." Leyla klang maßlos enttäuscht. Als David sie an den Schultern fassen wollte, riss sie sich los. „Lass mich. In welchem Land ist denn dieser informative Einsatz?", fragte sie resigniert.

„In Moskau. Ich bin für einige Tage in Moskau. Das ist fast wie Urlaub." David versuchte die Antwort wie einen Scherz klingen zu lassen, doch Leyla ging nicht darauf ein.

„Moskau", sagte sie nachdenklich. „Ich fahre mit dir. In Moskau war ich schon lange nicht mehr."

„Du warst in Moskau? Davon weiß ich ja gar nichts."

„Es gibt noch viele Geheimnisse in meinem Leben und vielleicht erzähle ich sie dir irgendwann. Aber nicht heute."

15

MOSKAU – KLUBVIERTEL KRASNAJA PRESNJA

Es war noch nicht Mitternacht, als Wolkow das „Zolotoye Serdtse“, das „Goldene Herz“, betrat, eine der größten Diskotheken von Moskau, die mehreren tausend Gästen Platz bot. Den Namen hatte der Laden von der herzförmigen Mega-Tanzfläche, die angeblich mit echtem Gold verkleidet war.

Da es für Moskauer Verhältnisse noch früh war und entsprechend wenig Betrieb herrschte, hatte Wolkow auch keine Probleme, die Frau nicht aus den Augen zu verlieren. Er hatte gegen zehn Uhr das Militärhospital verlassen und sich die Adresse in der Anmeldung besorgt, als der diensthabende Soldat draußen eine Zigarette rauchte. Eigentlich hatte er sie in ihrer Wohnung besuchen wollen, aber als er im Schatten eines Lastwagens vor ihrem Block stand, war sie aus dem Foyer getreten, und er hatte ihr wohl oder übel bis zu dieser Diskothek folgen müssen.

Wolkows Augen tränten, als er die Stufen in den verrauchten Tanzsaal hinunterstieg. Dem Türsteher hatte er fünfzig Dollar gegeben, damit er sich nicht entwürdigend lange in der Schlange der Tanzwütigen einreihen musste, sondern den VIP-Eingang benutzen konnte. Konzentriert blickte er umher, konnte die Frau dann in der VIP-Area namens „Roter Salon“ stehen sehen. Sie hatte ihren Mantel abgelegt und trug eine dünne, glänzende Bluse, die bei jeder Bewegung wellenartig glitzerte. Unauffällig stellte sich Wolkow neben sie und orderte an der Bar einen Wodka. Mit dem Glas in der Hand drehte er sich dann zu der Frau.

„Sie sind doch Irina?“, fragte er und hob dabei lächelnd sein Glas.

„Ja, woher wissen Sie das?“ Irina sah ihn erstaunt an.

„Wir haben eine gemeinsame Freundin.“ Wolkow beugte sich Irina verschwörerisch entgegen und zwinkerte ihr zu. In dem warmen Licht des „Roten Salons“ wirkte Irina ausgesprochen hübsch mit ihren blonden Haaren und den hellen Augen.

„Ich verstehe nicht“, sagte sie erstaunt. „Wer soll diese Freundin sein?“

„Natalia Romanowa“, flüsterte Wolkow und sah sich vorsichtig um, ob auch niemand zuhörte. „Ich arbeite als Sanitäter im Militärhospital, sie hat mir so einiges von dir erzählt.“

„Ach wirklich?“ Jetzt hatte er die ganze Aufmerksamkeit von Irina, denn sie drehte sich zu ihm und trank hastig ihr Glas in einem Zug leer.

„Noch einen Wodka?“, fragte Wolkow und gab dem Barkeeper ein Zeichen. Als die Drinks vor ihnen standen, warf er unauffällig ihren Schal zu Boden.

„Ist das dein Schal?“

„Oh, das stimmt.“ Reflexartig bückte sich Irina, und Wolkow nutzte den Moment, in dem die Gläser unbeobachtet waren, und schüttete schnell das Pulver in ihr Getränk.

„Lass doch, ich hebe ihn auf“, sagte er freundlich.

Lächelnd prosteten sie sich zu, und Irina rückte näher, berührte wie zufällig den Arm von Wolkow.

„Ich habe dich im Hospital noch nie gesehen. So einen interessanten Mann wie dich kann man doch nicht übersehen." Sie warf einen schnellen Blick auf seine Haare und Wolkow fuhr sich mit der Hand über den Kopf.

„Ich hatte schon als Teenager weiße Haare", sagte er lächelnd.

„Erzähle mir doch, was Natalia so gesagt hat."

„Nun, sie hat über ein Handy gesprochen, dabei ist auch dein Name gefallen."

„Ein Handy? Ich verstehe nicht ganz." Irina sah ihn fragend an, hob dann plötzlich die Hand. „Ach ja, hat sie dich auch nach einem Handy gefragt? Sie will ja unbedingt mit ihren Freunden telefonieren."

„Ja, das will sie." Wolkow stellte fest, dass er so nicht weiterkam. Er winkte dem Barkeeper, bestellte noch eine Runde und erzählte Irina von seinem Geld und den schnellen Autos. Zufrieden stellte er fest, dass Irina immer schneller trank und ihre Zunge schwerer wurde. Bevor sie von ihrem Barhocker rutschte, nahm Wolkow sie fürsorglich in den Arm und führte sie nach draußen in die eisige Moskauer Nachtluft.

„Ich komme aus Deutschland", lallte Irina und versuchte sich aufzurichten. „Was waren das für Drinks? Ich kann mich kaum auf den Beinen halten."

„Ich bringe dich nach Hause", sagte Wolkow und pfiff nach einem Taxi.

„Mach dir bloß keine Hoffnungen." Irina küsste ihn schnell auf den Mund und ließ sich auf den Rücksitz des Taxis fallen. „Ich mag keinen One-Night-Stand."

„Ich auch nicht", stimmte ihr Wolkow zu und setzte sich neben sie.

Als sie das Haus betraten, sah Wolkow einen Schatten im Flur. In einer Ecke kauerte eine Frau mit zerfurchtem Gesicht, die mit ihrem gesamten Hausrat im Foyer hauste. Er kramte in seinen Taschen nach Münzen und gab der Frau eine Handvoll Kopeken. Dann beugte er sich zu ihr hinunter und roch den Alkohol, süßlich und durchdringend. Genauso hatte seine Mutter immer gerochen und auch ihr Gesicht war vom Alkohol verwüstet gewesen. Sanft strich er der Frau über die dünnen Haare und wollte noch etwas sagen. Doch sie stieß seine Hand weg und drehte sich zur Wand, dabei hielt sie eine Schnapsflasche mit beiden Händen umklammert. Ihr einziger Schatz.

„Komm doch endlich", lallte Irina und klopfte mit ihrem Absatz auf den Boden, während sie die Tür des Aufzugs öffnete.

Sie fuhren mit dem Lift nach oben in Irinas winzige Wohnung, in der die Luft abgestanden war und er sofort eine akute Atemnot verspürte.

„Darf ich das Fenster öffnen?", fragte er mit belegter Stimme, während Irina auf dem Sofa lag und ihn verwirrt ansah. Als er sich ein wenig erholt hatte, ging er in die Kochnische und füllte ein Glas mit Wasser, das er in einem Zug leerte. Er füllte das Glas ein zweites Mal, hielt es aber in der Hand, ohne zu trinken. Breitbeinig stellte er sich vor Irina und musterte sie von oben bis unten.

„Fangen wir noch einmal ganz von vorne an", sagte er mit sanfter Stimme. „Irina, was hast du mit dem Handy gemacht, das dir Natalia gegeben hat? Sag mir die Wahrheit, sonst muss ich dir sehr wehtun."

Atemlos stand Wolkow einige Stunden später auf einem dunklen Acker und telefonierte. Ausführlich berichtete er von seinem Treffen mit Irina und der Befragung in ihrer Wohnung.

„Ich habe vorausgedacht und sofort gehandelt", sagte er und schnippte mit den Fingern in die Dunkelheit, während er seinem Gesprächspartner zuhörte.

„Verstehe, der Plan wird nicht geändert."

Schnell trennte Wolkow die Verbindung und fühlte sich plötzlich mies. Niemand hatte ihn für sein selbstständiges Vorgehen gelobt, und das gab ihm zu denken. Wieder schnippte er mit den Fingern und machte sich auf den Weg zurück in seine winzige Behausung.

Wolkow lebte in einem ehemaligen Wächterhäuschen am Rand eines riesigen Grundstücks, auf dem eine weitläufige Datscha stand, deren Besitzer sich aber schon seit Jahren nicht mehr hatte blicken lassen. Wolkow konnte gratis hier wohnen, musste nur aufpassen, dass niemand in die Datscha einbrach. Aber seit sich herumgesprochen hatte, dass Yuri auf dem Gelände frei umherlief, waren Einbrecher kein Thema mehr.

Langsam ließ er seinen Körper in den Schnee sinken und lehnte den Kopf an die Mauer des Wächterhäuschens. Plötzlich hörte er die leisen Tritte, zunächst zögernd, tastend, abwartend, dann immer schneller, und als er den Kopf in die Richtung drehte, tauchte ein heller Schatten aus der Dunkelheit auf und ein großer weißer Wolf sprang direkt auf ihn zu.

„Yuri", flüsterte Wolkow und vergrub seinen Kopf in dem drahtigen Fell des Tiers. Der Wolf legte sich zu Wolkows Füßen und betrachtete ihn mit seinen leuchtend grünen Augen.

„Ich muss heute schon wieder ein Kreuz machen", sagte Wolkow und spielte mit den Ohren des Wolfes. „Es werden täglich mehr. Bald habe ich keinen Platz mehr für meine Kreuze auf der Brust und den Armen."

Wolkow richtete sich auf und streckte die Arme in die Höhe. Langsam öffnete er den Reißverschluss seiner schwarzen Jacke, zog sie aus und faltete sie zusammen, ehe er sie in den Schnee legte. Dann schlüpfte er aus dem Pullover und dem T-Shirt. Es folgten die dicken Stiefel und seine Jeans. Als er die eiskalte Luft auf seiner nackten Haut spürte, fühlte er sich zum ersten Mal wieder frei und glücklich.

„Yuri“, rief er und rannte los. Nackt und mit dem weißen Wolf an seiner Seite lief Wolkow auf die dunkle Datscha zu, die mit ihren sternförmig angeordneten Seitenflügeln wie ein riesiger schwarzer Krake wirkte. Mit seinen Füßen trampelte er lachend über die Holzveranda, gefolgt von Yuri, der lautlos hinterherhetzte. Als er abrupt auf dem gefrorenen Feld stehen blieb, verharrte der Wolf in einiger Entfernung und beobachtete ihn genau.

Wolkow schwang sich über das Geländer und lief barfuß durch den Schnee zurück zu seinem Wärterhäuschen. Auf halbem Weg hielt er inne und pfiff Yuri. Der Wolf trabte gehorsam wie ein Hund zu ihm. Wolkow sank in die Knie und der Wolf stupste ihn mit seiner Schnauze an. Yuri hatte er als winzigen, ganz allein zurückgelassenen Welpen im Wald gefunden und großgezogen. Ohne Yuri hätte er das Drama um seine tote Mutter nicht überlebt.

Plötzlich begann er zu frösteln und er stand wieder auf. Mit den Fingerspitzen strich er die Narben auf seiner Brust entlang. Es waren viele in Kreuzform und es würden noch mehr werden.

16

MOSKAU – HOTEL BOLSCHENKO

Das Hotel Bolschenko lag gegenüber der U-Bahn-Station Smolenskya und circa 250 Meter vom Gebäude des russischen Generalstabs entfernt. Auch der Rote Platz und andere Sehenswürdigkeiten waren von hier aus mit dem Taxi schnell zu erreichen. Es war ein diskretes Hotel mit über 230 Zimmern, in dem in der Hauptsache Geschäftsleute und Militärs abstiegen.

Die beiden Personen, die als Peter Rubin und Lea Castro eincheckten, waren ebenfalls beruflich in Moskau. Auf dem Anmeldeformular trugen sie sich als Journalisten aus Hamburg ein. Doch sie waren weder für eine Reportage hier noch hießen sie in Wirklichkeit Rubin und Castro. Es waren David Stein und Leyla Khan, die gerade in Moskau angekommen waren und sich auf diese Operation vorbereiteten.

Es hatte David viel Überredungskunst gekostet, Robyn davon zu überzeugen, dass er gemeinsam mit Leyla diesen Auftrag ausführen würde. Aber schlussendlich hatte sie eingewilligt, denn wenn etwas schieflaufen sollte, dann waren sie auf sich alleine gestellt, und da war es besser, man agierte zu zweit.

„Wir sehen uns dann unten in der Lobby“, sagte David, als er seine Tür aufschloss. Sie hatten zwei nebeneinanderliegende Einzelzimmer gebucht, um sich nicht unnötig verdächtig zu machen. Mit dem Absatz seines Schuhes schob er die Tür hinter sich zu, lehnte sich gegen das glatte Holz und atmete tief durch. Er warf seinen Koffer auf das Bett. Der verbeulte Stahlkoffer war von den Behörden gründlich gecheckt worden, auch seinen Laptop hatten sie eingehend untersucht. Außer neuen Pässen hatten sie von Robyn nichts bekommen. Internationale Presseausweise und die Akkreditierung vom Generalstab für das Militärhospital in Moskau würden sie direkt vor Ort von einem Mittelsmann erhalten. Er öffnete den Schrank und fand wie erwartet den gefalteten Wäschesack im untersten Fach. Laundry stand auf Englisch auf dem Beutel und dazu eine Adresse. Er prägte sich beides ein und schloss die Schranktür.

Als die Verbindungstür zu dem Nebenzimmer geöffnet wurde, drehte er sich um. Leyla stand in der Tür und blickte ihn abwartend an.

„Was ist?“, fragte David. „Willst du nicht zu mir kommen?“

„Ich muss immer an die schwarze Möwe denken“, antwortete Leyla ausweichend. „Das war ein Omen, da bin ich mir sicher.“

„Vielleicht war es ein positives Zeichen.“ David lächelte und ging langsam auf sie zu, fasste sie an den Armen und zog sie an sich. „Wir machen diese Möwe einfach zu unserem Glücksbringer“, flüsterte er.

„Das geht nicht so leicht, wie du denkst.“ Leyla rückte von ihm ab und setzte sich auf das Bett. „Ich habe gelernt, auf meine innere Stimme zu achten. Der Auftrag erscheint mir zu simpel. Wir brauchen nur das Vertrauen der Journalistin zu gewinnen, damit sie uns sagt, wo der Chip versteckt ist. Das ist alles?“

„Vergiss aber dabei nicht den Zeitfaktor. Wir haben nur noch wenige Tage, um die Operation durchzuführen.“

„Stimmt. Die Zeit arbeitet doch immer gegen uns." Nachdenklich löste Leyla ihre zum Zopf gebundenen Haare und schüttelte sie. Die Beleuchtung des gegenüberliegenden Hochhauses spiegelte sich in ihren Augen, und ihre Lippen glänzten, als sie den Mund leicht öffnete.

Während David sie küsste, knöpfte er ihre Bluse auf und öffnete ihren BH. Mit den Händen strich er über ihre Brüste, spürte, wie sich ihre Brustwarzen aufrichteten. Langsam zog er ihren Rock und den Slip herunter und Leyla drehte sich in seinen Armen. Als er in sie eindrang, stöhnte sie leise auf und passte sich seinem Rhythmus an. Die gedimmte Stehlampe malte bronzene Lichtspuren auf ihre schweißglänzenden, miteinander verschlungenen Körper, und David wünschte sich, der Höhepunkt würde ewig dauern. Erschöpft und glücklich ließ er sich dann auf den Rücken fallen und Leyla schmiegte sich an seine Brust. Keiner der beiden sprach ein Wort, aber Leyla sah ihn unverwandt an, so als würde sie auf etwas Bestimmtes warten.

„Was ist los mit dir?", fragte David zärtlich und strich mit dem Finger über die markante Nase von Leyla.

„Ich muss dir etwas sagen", begann Leyla zögernd und strich über seine durchtrainierte Brust.

„Hat es mit dem Auftrag zu tun? Weil ich ihn doch angenommen habe?", fragte David und richtete sich ein wenig auf. Schlagartig tauchte er wieder ein in die graue Welt der Geheimdienste, befand sich in einem banalen Hotelzimmer, wartete auf Informationen.

„Nein, es war etwas anderes. Aber jetzt will ich nicht mehr darüber reden."

Leyla drehte ihren Kopf weg und zog sich die Bettdecke über die Brust, so als würde sie es mit einem Mal stören, nackt neben ihm zu liegen.

‚Ich bin ein Idiot!', dachte David und verwünschte sich für seine Instinktlosigkeit. Mit seiner Frage hatte er die Atmosphäre von Liebe und Vertrauen zerstört und Leyla verstimmt, das konnte er spüren.

„Weshalb hast du diesen Auftrag angenommen“, fragte sie plötzlich. „Du sagst immer, dass du mich liebst, und brichst bereits nach einem Tag dein Versprechen.“ Sie schüttelte ihre schwarzen Haare. „Ich werde einfach nicht schlau aus dir.“

„In weniger als einer Woche sind wir wieder zu Hause“, sagte David und starrte auf das schachbrettartige Muster des Vorlegeteppichs. „Dann ist dieser Auftrag bereits Vergangenheit und wir ...“ Seine Stimme versiegte, denn es fiel ihm keine positive Erklärung ein, deshalb schwieg er. Warum konnte er Leyla nicht einfach die Wahrheit sagen, was würde denn passieren?

„Warten wir ab, was die Zukunft bringt“, sagte Leyla und stand auf, griff nach Bluse und Rock und verschwand im Nebenzimmer.

„Ich muss noch einmal kurz weg“, rief ihr David hinterher. „Alles für morgen in die Wege leiten.“

„Das trifft sich gut. Ich will auch noch einen Spaziergang machen“, antwortete Leyla. „Alleine!“, fügte sie mit schnippischem Unterton hinzu, und kurze Zeit später hörte er, wie die Tür des Nebenzimmers ins Schloss fiel.

Mit einem Mal fühlte er sich müde und deprimiert. Warum hatte er zu Leyla nicht einfach gesagt: „Ich tue das nur für dich. Damit wir in Ruhe zusammenleben können. Damit kein Schatten aus der Vergangenheit je wieder auftaucht.“ Aber er wusste natürlich, wie Leyla reagieren würde: Sie wäre sofort verschwunden, hätte sich vielleicht gerächt, wäre abgetaucht und er hätte nie wieder von ihr gehört.

Im Bad betrachtete er sein Gesicht im grellen Neonlicht. Bald würde er vierzig Jahre alt werden und musste sich entscheiden. Sollte er sich ständig von der Abteilung erpressen lassen?

Wartete immer wieder eine Überraschung aus der Vergangenheit? Würde das jemals aufhören? David glaubte nicht so recht daran. Es gab immer einen Auftrag, der von externen Mitarbeitern erledigt werden musste. Eine Operation führte zur nächsten und diese machte wiederum eine weitere nötig. Es war ein Leben ohne Anfang und ohne Ende, bis man irgendwann vom Tod aus diesem schicksalhaften Kreislauf geschleudert wurde.

David griff nach seiner Lederjacke und wickelte sich einen Schal um den Hals, dann verließ er das Zimmer. Unten in der Lobby war es geisterhaft still, der Tresen war von mehreren blauen Lampen beleuchtet, die dem Gesicht des Nachtportiers einen vampirhaften Ausdruck verliehen. Als er auf die Straße hinaustrat, wunderte er sich über die überfüllten Gehsteige und den Verkehr, der auf den Straßen herrschte. Auf mehrspurigen Boulevards rasten die Wagen dahin, ohne an roten Ampeln anzuhalten oder sich um Geschwindigkeitsbegrenzungen zu scheren. Moskau war eine Stadt, die niemals stillstand, eine Megapolis, in der Reich und Arm hart und unvermittelt aufeinanderprallten. Auf dem Gehsteig schliefen Menschen in Pappkartons, während direkt neben ihnen teure Luxusautos parkten und lachende Frauen mit dünnen Blusen unter üppigen Pelzmänteln auf dem Weg in die Nobelrestaurants über die am Boden liegenden Menschen hüpften.

„Stein, haben Sie sich schon ein wenig akklimatisiert?“, hörte er die Stimme von Robyn in seinem Ohrknopf, als er sein präpariertes Smartphone aktivierte. Kurz darauf sah er auch schon ihren blonden Haarschopf.

„Ich bin auf dem Weg zu dieser Adresse“, antwortete David und musste mehreren massigen Männern in glänzenden Marken-Trainingsanzügen ausweichen, die breitbeinig den Boulevard entlangstolzierten.

„Bei der angegebenen Adresse werden Sie die nötigen Unterlagen für Ihren Auftrag vorfinden. Ich habe alles arrangiert, auch für Ihre Partnerin“, sagte Robyn spitz und machte eine kurze Pause. „Wo ist sie überhaupt?“, fragte sie dann, ohne aufzublicken.

„Sie macht einen Spaziergang, genauso wie ich."

„Gibt es Spannungen zwischen Ihnen?"

„Wie kommen Sie darauf? Werden etwa unsere Zimmer abgehört?"

„Lassen Sie sich nicht von Gefühlen leiten." Robyn ging nicht auf Davids Frage ein. „Das ist Ihre Schwachstelle. Ich werde ein Auge auf Sie haben."

„Das hört sich fast so an, als würden Sie mich mögen", antwortete David und Robyn blickte kurz von ihrem Tablet hoch.

„Sie sind so naiv. Es geht nur um diesen einen Auftrag, den Sie professionell erledigen müssen."

Dann trennte Robyn die Verbindung.

Es war beinahe Mitternacht, doch der Waschsalon war noch immer stark besucht. In einer Ecke saß eine dicke Frau mit Kochtopf, die für einige Kopeken schwarzen Tee mit Wodka aus einem Samowar ausschenkte. Auf den vorderen Waschmaschinen, die mit ihrer schwarzen Oberfläche wie Monolithen aussahen, hatte ein DJ eine improvisierte Soundanlage aufgebaut und beschallte den Raum mit ohrenbetäubender russischer Technomusik. Zwei Mädchen in superkurzen Röcken starrten kichernd in die schäumenden Bullaugen der Maschinen. Eine Frau in einem Businesskostüm sortierte ihre Unterwäsche und warf verstohlene Blicke auf David. Das Ganze wirkte weniger wie ein Waschsalon, sondern mehr wie ein Szenetreff für nächtliche einsame Herzen. Den kleinen Mann hinter dem Tresen schien das alles nicht weiter zu stören, denn er blätterte gleichgültig in einer Zeitschrift.

„Ich möchte ein weißes Hemd abholen", sagte David und kramte seine Russischkenntnisse wieder aus. Langsam nannte er die Nummer und der Mann schlurfte davon. Wenig später kam er mit einem weißen Smokinghemd zurück, das er sorgfältig in Packpapier einwickelte.

„Gehen Sie auf einen Ball?", fragte er, als ihm David zehn Dollar auf den Tresen legte, der abwinkte, als der Mann ihm das Wechselgeld geben wollte.

„Ja, und es wird ein rauschendes Fest."

„Leider wird mein Täubchen Irina nicht dabei sein. Sie war nicht bei der Arbeit und in ihrer Wohnung ist sie auch nicht." Der kleine Mann nahm seine Brille ab und putzte sie mit dem Zipfel seiner Strickjacke. „Hoffentlich ist ihr nichts zugestoßen. Das würde das Fest stören."

„Danke für den Hinweis", antwortete David, nahm sein Paket und drehte sich zum Ausgang.

„Bleiben Sie bis zum Schluss?", rief ihm der Mann durch den Musiklärm hinterher.

„Ich bleibe bis zum Ende." David hob grüßend die Hand und hörte noch die Worte des Mannes, die sich in der kalten Technomusik auflösten.

„Bis zum bitteren Ende."

17

MOSKAU – INDUSTRIEGEBIET KRASKOVO

Leyla hatte sich in einem klapprigen Taxi in das Kraskovo-Industriegebiet fahren lassen, das zu Zeiten der Sowjetunion ein Zentrum der metallverarbeitenden Industrie gewesen war. Jetzt waren die meisten Hallen verfallen und zwischen den zerbröckelnden Fassaden trieben sich herrenlose Hunde und im kalten Winter auch vereinzelt Wölfe umher. Alles wirkte düster und verlassen, als Leyla aus dem Taxi stieg.

„Sie warten, bis ich wiederkomme", sagte sie zu dem Fahrer und riss einen 100-Dollar-Schein in der Mitte entzwei. Die eine Hälfte schob sie durch das Fenster in den Wagen, die andere steckte sie wieder ein.

„Das ist unfair, ich hätte auch so gewartet!", rief ihr der Taxifahrer hinterher, doch Leyla drehte sich nicht mehr nach ihm um. Hier gab es keine intakte Straßenbeleuchtung, und es war so dunkel, dass Leyla zum ersten Mal wieder die Sterne am Nachthimmel sehen konnte. Ganz weit entfernt blinkte ein helles Licht, und Leyla wusste, dass es kein Komet war, sondern eine Sonde, mit der die Stadt überwacht wurde. Aber weshalb sollte man sie schon überwachen, dachte

Leyla und ging über geisterhaft ausgestorbene Parkplätze, vorbei an verlassenen Fabrikgebäuden, durch deren leere Fensterhöhlen der eisige Wind pfiff, bis sie zu einer kleinen Treppe kam, die in ein dreistöckiges Verwaltungsgebäude führte.

Um sich aufzuwärmen und ihren Kreislauf anzukurbeln, lief sie die Stufen nach oben und öffnete eine zerkratzte Eisentür. Als sie eintrat, schlug ihr warme, mit Kohlestaub dursetzte Luft entgegen. Nichts hatte sich seit ihrem letzten Besuch verändert: Noch immer stand der riesige Schreibtisch des ehemaligen Direktors in der Mitte des Raums, die Sitzgarnitur an der Wand wirkte noch immer ein wenig ramponiert, und die Fotografien an den Wänden waren von einer feinen Rußschicht überzogen, was ihnen ein altertümliches Aussehen verlieh. Hinter dem Schreibtisch saß ein rauchender Mann, der gelangweilt den Schwaden nachblickte, die er in den Raum blies. Ein zweiter Mann stand bei dem eisernen Kanonenofen und wärmte sich die Hände über dem glühenden Rost.

„Leyla Khan, lange nicht gesehen", sagte der Mann und legte seine Zigarette in einen Aschenbecher. „Was kann ich für dich tun?"

„Ich brauche wieder mein Arbeitsmaterial, Lefkos."

„Du hast einen Auftrag hier in Moskau?" Lefkos runzelte die Stirn. „Ich dachte, du bist raus aus dem Business."

„Bin ich auch. Aber das ist eine Art Notfall."

„Was suchst du? Ein Gewehr für längere Distanzen?"

„Nein. Ich muss jemanden beschützen. Ich brauche kleine, handliche Waffen."

„Oh, bist du jetzt unter die Bodyguards gegangen?"

„Ich habe doch gesagt, es ist ein Notfall. Und jetzt hör auf, mich zu löchern. Hast du etwas Passendes für mich?"

„Natürlich. Eine Makarow 9.2 Millimeter, wenn du willst, auch mit Schalldämpfer."

„Ich brauche zwei davon."

„Das wird nicht billig. Kannst du bezahlen?"

„Natürlich." Leyla holte ihr Smartphone aus der Tasche und tippte einen Code ein, dann hielt sie dem Mann das Display entgegen. „Reicht das?"

„Das ist mehr als genug. Da kriegst du auch noch eine extra Ladung Munition dazu."

„Ich danke dir." Sie bestätigte die Zahlung.

„Was ist los mit dir? Du wirkst ein wenig nervös."

Leyla ignorierte die letzte Bemerkung, stattdessen sagte sie wie beiläufig: „Über dem Areal kreist eine Sonde, die deine Aktivitäten anscheinend genau beobachtet."

„Ich weiß, die sorgt für meine Sicherheit. Wenn mir etwas passiert, ist in wenigen Augenblicken die Polizei hier. Das kostet mich eine Menge Kohle, wie du dir denken kannst."

Lefkos stand auf und streckte sich. Er war groß und muskulös, hatte einen breiten Stiernacken und dicke Wülste über den Augen. Früher war er einmal Boxer gewesen, aber als man ihm Doping nachweisen konnte, wurde er lebenslang gesperrt. Jetzt boxte er nur noch bei illegalen Kämpfen und hatte sich mit gebrauchten Waffen ein kleines Vermögen erarbeitet. Leyla hatte ihn immer gemocht, da er loyal und absolut vertrauenswürdig war.

„Ich bin gleich wieder zurück", sagte er und ging ins Nebenzimmer. Als er zurückkam, trug er eine Schachtel unter dem Arm und hatte sein schwarzes Hemd bis zum Nabel aufgeknöpft.

„Machen wir es wie früher?", fragte er und warf die Schachtel auf seinen riesigen Schreibtisch.

„Wir feiern den Abschluss des Geschäfts mit einigen Drinks und haben dann unseren Spaß."

„Daraus wird nichts, Lefkos." Leyla winkte ab und nahm eine der Pistolen aus der Schachtel. Die Makarow lag gut in ihrer Hand, und sie spürte wieder das altvertraute Gefühl, dass sie mit der Waffe eins werden würde, wenn es darauf ankam. Schnell und präzise zerlegte sie die Waffe und baute sie in Windeseile wieder zusammen. Kein Teil klemmte, alles roch wunderbar nach Metall, Öl und Sicherheit.

Durchladen, Ziel anvisieren, mit beiden Pistolen gleichzeitig schießen. Ja, das war beruhigend. ‚David glaubt, der Auftrag ist einfach und er kann die Journalistin mit seinen schönen Worten überzeugen', dachte sie. ‚Aber ich weiß, dass Waffen wichtig sind, Waffen helfen, wenn die Worte eine andere Bedeutung bekommen, denn auch Worte können gefährlich sein.'

„Hörst du mir eigentlich zu?" Die Stimme von Lefkos drang in ihren Kopf.

„Was? Ich habe bloß nachgedacht." Sie ließ beide Pistolen geschickt zwischen ihren Händen rotieren.

„Noch immer ein Profi." Lefkos pfiff anerkennend durch die Zähne. „Bist du verliebt?", fragte er unvermittelt.

„Wie kommst du darauf?"

„Du wirkst so abwesend, und dein Blick ist träumerisch, fast so, als hättest du eine russische Seele bekommen."

„Du redest Unsinn. Was weißt du schon von den russischen Seelen. Du bist doch Grieche", antwortete Leyla und drehte sich schnell zur Seite. Verdammt, sah man ihr das an, dass sie eine andere geworden war, dass sie einen Teil ihrer Härte verloren hatte, dass sie vielleicht weich geworden war?

„War nicht so gemeint, Leyla. Ich mache mir nur Sorgen um dich. In deinem Job ist kein Platz für Gefühle. Das macht dich angreifbar, und über kurz oder lang wirst du daran sterben."

„Was? An der Liebe sterben? Ist doch was Schönes", antwortete Leyla und schürzte verächtlich die Lippen.

„Das stimmt. Aber schlimmer ist es, weiterzuleben, wenn der Geliebte tot ist."

Was sollte sie darauf nur antworten?

Deshalb packte sie wortlos ihre Pistolen ein und verabschiedete sich verwirrt von dem Griechen. Wie gerne hätte sie jetzt einen Gegner gehabt, mit dem sie sich ein Feuergefecht liefern könnte, um die verdrehten Gedanken aus ihrem Kopf zu vertreiben, die sie quälten.

Als sie über den leeren Parkplatz zu ihrem wartenden Taxi ging, hielt sie es nicht mehr aus. Sie blieb stehen und zog das Handy aus ihrer Tasche. Auf dem Display stand noch immer die SMS, die sie bereits im Hotel gelesen hatte. Eine Botschaft, die alles verändern und ihr Leben auf den Kopf stellen würde. Die Nachricht war von ihrem Arzt in Palma, der ihr freudig mitteilte, dass sie schwanger sei.

18

MOSKAU – HOTEL BOLSCHENKO

Nach dem Ausflug durch die eisige Moskauer Nachtluft in den Waschsalon bewirkte die heiße Dusche Wunder und David fühlte sich angenehm entspannt. Der Waschsalon war ein Briefkasten, den die Abteilung für ihre verdeckten Operationen in Russland nutzte. Die Journalistenausweise und die Akkreditierungen für das Moskauer Militärhospital waren in dem Hemd eingeschlagen gewesen. Das klang altmodisch, war aber die sicherste Variante, um in Russland an die nötigen Papiere zu gelangen.

Er schlüpfte in seine Jeans und trat aus dem Badezimmer. Plötzlich sah er gerade noch, wie ein asiatisches Zimmermädchen das Hemd wieder über den Ausweisen zusammenschlug und eine Kamera in ihrer Schürze verstaute.

„Was machen Sie hier?", herrschte sie David an.

„Ich putze nur das Zimmer", stammelte das Mädchen und schielte unterwürfig zu David hoch.

„Es ist zwei Uhr morgens!" David machte einen Schritt auf das Mädchen zu. Als es zurückwich, packte er es am Arm. „Reden Sie keinen Blödsinn!", zischte er mit einem bedrohlichen Unterton. „Geben Sie mir die Kamera."

„Ich weiß nicht, was Sie wollen. Lassen Sie mich los, sonst schreie ich um Hilfe."

„Her mit der Kamera!", knurrte David und riss das kleine Digitalgerät aus der Schürze des Zimmermädchens. Doch in diesem Augenblick erhielt er einen Schlag gegen sein Schienbein, knickte kurz ein, wehrte aber noch den Handkantenschlag des Mädchens ab und stieß ihr sein Knie in den Magen. Das Mädchen konterte mit einem schnellen Tritt, drehte sich dann blitzschnell um die eigene Achse, um David mit der Ferse am Hals zu treffen. Im letzten Augenblick riss er den Kopf zurück und ihr eisenverstärkter Schuh streifte nur sein Kinn und schlitzte die Haut auf. Blut tropfte auf sein T-Shirt. Reflexartig packte er ihren Fuß und riss ihn zur Seite. Mit einem leisen Wutschrei stürzte sie zu Boden, parierte aber den Sturz und rollte sich über die Schulter ab. Sofort war sie wieder auf den Beinen, um David keine Verschnaufpause zu lassen. Mit vorgestreckten Armen sprang sie auf ihn zu. David konzentrierte sich auf den Schlag, bemerkte aber zu spät, dass es nur eine Finte war und sie mit ihrem Fuß ausholte. Der Tritt traf ihn genau zwischen die Beine, mit schmerzverzerrtem Gesicht senkte er die Arme. Das reichte dem Mädchen für einen präzisen Faustschlag direkt gegen seine linke Brustseite, dorthin, wo das Herz war.

Kurz setzte es aus, sein Pulsschlag verlangsamte sich und er knickte wie in Zeitlupe ein. Das bunte Schachbrettmuster des Teppichs kam näher und immer näher. Doch bevor er auf dem Boden aufschlug, wurde er an den Haaren hochgerissen und in Windeseile ein Kleiderbügel aus dünnem Draht um seinen Hals gewunden.

Mit zusammengebissenen Zähnen versuchte er, die Finger zwischen den Draht und seinen Hals zu bekommen. Noch immer war er von dem Schlag gegen seine Brust ein wenig benommen und es gelang ihm keine effiziente Gegenwehr. Das Mädchen drehte den Kleiderbügel in seinem Nacken immer fester zusammen und seine Kräfte erlahmten. Leyla, die Finca, sein Hundezwinger, Miguel – alles raste an seinem geistigen Auge vorbei, und das Gefühl, dass so vieles ungesagt bleiben würde und er vielleicht doch nutzlos gelebt hatte, machte sich in seinem Inneren breit.

Wie aus weiter Ferne hörte er ein leises Knacken und der Druck an seinem Hals ließ plötzlich nach. Eine warme Flüssigkeit tropfte an seiner Schulter entlang auf den Teppich und versickerte in dem Muster. Das Mädchen ging neben ihm in die Knie und stöhnte laut auf. Hektisch riss sich David die Drahtschlinge vom Hals und wirbelte herum. Leyla stand mitten im Zimmer, ihre Wangen waren gerötet und ihre Augen glühten. In der Hand hielt sie eine Pistole mit Schalldämpfer, mit der sie auf das Mädchen zielte.

„Das war knapp", flüsterte sie und schraubte den Schalldämpfer von der Pistole. „Wenn ich nur eine Minute später gekommen wäre, dann hätte sie dich getötet. Das hast du von deinen Worten. Worte hätten dich jetzt nicht gerettet. Worte hätten dir nichts mehr genützt."

„Danke dir. Jetzt interessiert mich aber, wer sie zu uns geschickt hat."

David stand auf, rieb sich den schmerzenden Hals und beugte sich zu dem Mädchen hinunter. Doch in diesem Moment schnellte sie in die Höhe, stieß David zur Seite, sprang über das Bett und war bereits durch die Tür verschwunden, noch ehe er oder Leyla etwas unternehmen konnten.

„Verdammt! Wo ist sie hin?" Leyla stand in dem Korridor und wirkte im diffusen Licht der Notbeleuchtung mit den beiden Pistolen in ihren Händen wie ein Racheengel. „Sie ist durch den Notausgang verschwunden", sagte Leyla, als sie zurück ins Zimmer kam. Wütend warf sie die Pistolen auf das Bett.

„Glaubst du, es war ein gewöhnlicher Überfall?", fragte Leyla.

„Ich glaube nicht", antwortete David. „Die Frau hat unsere Ausweise und die Akkreditierungen fotografiert. Außerdem war sie für eine gewöhnliche Diebin viel zu durchtrainiert."

„Ohne mich wärst du jetzt vielleicht tot", sagte sie und strich mit ihren Fingern zart über die Striemen an seinem Hals. „Aber ich will nicht ohne dich weiterleben, deshalb bin ich dein Schatten", fügte sie hinzu und küsste ihn schnell auf den Mund. „Keine Sorge, die Pistolen sind nur zu unserer Sicherheit. Schließlich geht es um unser Leben."

Leylas Augen funkelten, und David erschien es, als hätte der vorangegangene Kampf einen Schalter in ihrem Kopf umgelegt, als wäre sie jetzt wieder zu der Frau geworden, die sie einmal gewesen war. Zu der Frau, die gefährliche Aufträge ausführte und in den einsamen Stunden von einem weißen Haus am Meer träumte. Aber diese Frau wollte er nicht mehr, denn er hatte sich in eine andere Leyla verliebt, und das machte ihm Angst.

19

MOSKAU – MILITÄRHOSPITAL SOMJONOW

Das Taxi bremste vor der Metallschranke so heftig ab, dass David hochschreckte und beinahe mit dem Kopf gegen die Windschutzscheibe schlug. Er hatte die letzte Nacht fast nicht geschlafen und war auf der Fahrt zu dem Militärhospital beinahe eingenickt.

„Hier müssen Sie aussteigen." Der Taxifahrer drehte sich zu Leyla um, die im Fond saß und nachdenklich auf das Display ihres Handys blickte.

„Leyla, wir sind da."

„Ja, ich komme gleich."

„Schlechte Nachrichten?", fragte David und deutete auf das Handy, das Leyla noch immer in der Hand hielt.

„Nein, es ist nichts." Sie lächelte gequält, und David hatte das Gefühl, als würde sie ihm etwas verheimlichen. Aber jetzt war keine Zeit, um darauf einzugehen, das musste warten, bis sie den Auftrag erledigt hatten.

Ein Soldat trat aus dem mit Wellblech verkleideten Wachhäuschen und stellte sich ihnen breitbeinig in den Weg. Quer über seiner Brust hing eine Maschinenpistole und sein Zeigefinger spielte mit dem Abzug.

„Wir sind Journalisten und haben eine Besuchsbewilligung vom Generalstab“, sagte Leyla in fast perfektem Russisch und hielt dem Soldaten ihre Papiere entgegen. Der Wachposten kontrollierte ihre Presseausweise übertrieben genau, dann öffnete sich die Schranke und sie gingen über eine schnurgerade Straße direkt auf das Hospital zu.

Das Gebäude war ein verwitterter zweistöckiger Bau mit kleinen vergitterten Fenstern, einer nachträglich angebauten Auffahrt für Rettungsfahrzeuge und einem modernen gläsernen Vorbau als Eingang. Auf einem braunen Acker neben der Auffahrt befand sich ein großer betonierter Hubschrauberlandeplatz, neben dem ein rostiger Fahnenmast in die Höhe ragte, an dem ein zerschlissener Windsack hing. Von vorne wirkte das Hospital eher klein, doch David wusste von Robyn, dass es aus vier gleichartigen Gebäuden bestand, die ein Quadrat bildeten, mit einem Park in der Mitte. Unauffällig sah er sich um. Der Zaun, der das gesamte Areal bis zur Schranke umgab, war niedrig und leicht zu übersteigen. Auch sonst gab es hier keine offensichtlichen Sicherheitseinrichtungen. Nirgends waren Wachtürme oder bewaffnetes Wachpersonal zu sehen, die ganze Anlage wirkte gewollt unscheinbar und leicht verkommen.

Doch je näher sie dem Hospital kamen, desto deutlicher konnte er die Hightech-Sicherheitseinrichtungen erkennen. Überall im Boden waren Metallklappen, die sich in Sekundenschnelle öffnen und einen elektrischen Zaun errichten konnten. Die Fenster, die hinaus auf die Zufahrt führten, hatten keine Scheiben, sondern verspiegelte Stahlplatten, die aus der Entfernung wie Glas wirkten. Als sie über eine Metallrampe in den gläsernen Empfang gingen, öffneten sich lautlos die mittleren Stahltüren und sie traten ein.

„Mein Name ist Peter Rubin, das ist meine Kollegin Lea Castro. Wir haben die Erlaubnis des Generalstabs, Natalia Romanowa zu besuchen“, sagte David und legte erneut seinen Ausweis mit einem Schreiben des Generalstabs auf einen leeren Stahltresen.

„Wenn Sie mir bitte folgen würden“, sagte der Soldat, der eine schmucklose Uniform trug und von seinem Stuhl aufstand. Mit einem ächzenden Lift fuhren sie nach oben in die zweite Etage und gingen über einen grau gestrichenen Eisenboden, auf dem jeder ihrer Schritte unnatürlich laut hallte. Nach einer scheinbar endlosen Wanderung durch einen hell erleuchteten Korridor gelangten sie schließlich in einen Seitentrakt des Hospitals. Vor einer zerkratzten Eisentür blieben sie stehen, der Soldat fuhr mit seiner ID-Karte über einen Sensor und sie traten ein.

Mitten in dem Zimmer stand ein einfaches Krankenbett, in dem eine junge Frau lag, umgeben von modernen elektronischen Geräten. Neben der Tür saß ein weiterer Soldat, der sofort aufsprang und militärisch grüßte.

„Können wir alleine mit Frau Romanowa sprechen?“, fragte David.

„Bedaure. Das verstößt gegen die Vorschrift.“

Der Soldat salutierte und setzte sich wieder auf seinen Stuhl.

„Sie sind die Journalisten! Endlich sind Sie gekommen!“, rief die Frau plötzlich und richtete sich auf. David betrachtete sie eingehend. Sie war fünfundzwanzig Jahre alt, hatte kurze, verstrubbelte schwarze Haare mit einer blau gefärbten Strähne, die mit ihren ungewöhnlich blauen Augen harmonierte. Sie war zweifellos sehr hübsch, doch ihre aufgeworfenen Lippen waren aufgeplatzt, ihre Haut war unnatürlich weiß und mit roten Flecken übersät.

„Ich heiße Peter Rubin und arbeite als freier Journalist für internationale Nachrichtenagenturen. Das ist meine Kollegin Lea Castro."

„Ich bin Natalia Romanowa." Natalia bewegte zur Begrüßung ihre Hände durch die Luft. „Peter Rubin? Lea Castro? Die Namen sagen mir nichts. Haben Sie vielleicht ein Smartphone mit Internetzugang?"

„Natürlich." David streckte ihr sein präpariertes Smartphone entgegen, und Natalia begann sofort, hektisch darauf herumzutippen. David riskierte einen schnellen Blick auf den Soldaten, doch dieser starrte gleichgültig auf die gegenüberliegende Wand, so als würde ihn das alles nichts angehen.

„Peter Rubin. Es gibt sogar Ihren Lebenslauf bei Wikipedia. Ziemlich viele Artikel aus Krisengebieten. Sind Sie Kriegsberichterstatter?"

„Ja, ich berichte über Konflikte auf der ganzen Welt."

„Weshalb sind Sie dann zu mir gekommen?"

„Weil auch das ein Kriegsschauplatz ist. Sie führen einen Krieg gegen den Staat und ich helfe Ihnen dabei."

„Schön gesagt." Natalia tippte eine Website in das Smartphone, doch die Verbindung kam nicht zustande. „Sie haben meine Seite gesperrt", sagte sie resigniert und gab David das Smartphone zurück. Leyla hatte bisher noch kein Wort gesprochen, sondern sah sie nur an.

„Warum schauen Sie mich so an?", fragte Natalia schüchtern und tippte mit den Fingern auf die Flecken auf ihrer Haut. „Ich habe diese Stellen erst vor Kurzem am ganzen Körper und auch im Gesicht bekommen."

Sie stockte und suchte mühsam nach Worten.

„Bald werde ich sterben, sagt jedenfalls der Arzt. Ich habe doch noch so viel vor in meinem Leben. Das ist doch nicht gerecht."

„Du wirst sicher nicht sterben. Am Ende siegt immer die Gerechtigkeit", versuchte David, ihr Mut zu machen.

„Das habe ich früher auch immer gedacht. Aber jetzt glaube ich nicht mehr daran." Natalia lächelte traurig.

„Ich bin hier, um dir zu helfen, genauso wie du es in deiner Videobotschaft gewünscht hast", antwortete David leise. „Übrigens, wir sollten uns duzen. Das ist unter Kollegen doch so üblich."

„Warum hast du deine Kollegin mitgebracht?", fragte Natalia und nickte zu Leyla hinüber.

„Ich dachte, du redest vielleicht lieber mit einer Frau", antwortete David.

„Nein, ich will, dass du über alles berichtest."

„Ich kann gehen, wenn dir das lieber ist", meinte Leyla und stand auf.

Natalia winkte ab. „Nein, du kannst ruhig bleiben."

„Wie viele Klicks hat mein Video schon bekommen?" Erschöpft ließ sich Natalia in die Kissen zurücksinken. „Gibt es Demonstrationen, die meine Freilassung fordern?"

„Dein Thread hat bereits über 100.000 Klicks", antwortete David, der das Mädchen ungern belog, der ihr nicht sagen konnte, dass ihr gefilmter Hilfeschrei nie online gewesen war, dass niemand auf der Welt von ihr und ihrem Schicksal wusste.

„Das ist schon sehr viel", meinte Natalia erleichtert. „Man hält mich hier fest, weil man glaubt, ich hätte zwei Menschen ermordet. Außerdem hat man mich ‚aus Versehen' vergiftet." Mit den Fingern malte Natalia Gänsefüßchen in die Luft. „Man hat mir auch einen Deal angeboten. Das Militär will den Film, dann kümmern sie sich um ein Gegenmittel. Das ist Erpressung."

„Was ist denn so aufregend an diesem Film, dass sich das Militär dafür interessiert?"

„Das kann ich dir jetzt noch nicht sagen."

„Warum nicht?"

Natalia sah ihn prüfend an, ehe sie antwortete.

„Warum soll ich ausgerechnet dir davon erzählen und dir vertrauen?", flüsterte sie. „Ich habe ein Versprechen abgegeben. Ich habe meinem sterbenden Chefredakteur geschworen, dass dieser Film veröffentlicht wird. Dann ist er in meinen Armen gestorben. Ich darf meinen Schwur nicht brechen. Aber wie kann ich das jetzt garantieren, wie kann ich seinen letzten Wunsch erfüllen? Ich habe doch so große Angst vor dem Tod."

„Du bekommst das Gegenmittel. Du kannst mir vertrauen."

„Warum ausgerechnet dir? Vielleicht vertraue ich einer Frau viel mehr?" Sie deutete mit dem Finger auf Leyla, die angespannt vor dem Bett stand und sich mit beiden Händen an dem verchromten Fußteil festhielt.

„Deshalb habe ich Lea ja mitgenommen. Rede mit ihr."

„Nein, nein. Ich finde dich schon in Ordnung."

„Ich muss nach draußen, brauche frische Luft", sagte Leyla plötzlich, stieß sich von dem Bettgestell ab und wartete, bis der Wachsoldat die Tür geöffnet hatte. Als Leyla draußen war, wandte sich Natalia wieder David zu.

„Ist sie deine Freundin?"

„Und wenn es so wäre?"

„Dann würde ich dich zu dieser Frau beglückwünschen. Doch warum soll ich dir wirklich vertrauen?"

„Weil ich Hunde liebe und weil sie mein ganzes Leben lang meine einzigen wirklichen Freunde waren", antwortete David, denn er erinnerte sich an das Dossier, das ihm Robyn zusammengestellt hatte. Als er das Flackern in Natalias Augen bemerkte, wusste er, dass er mitten ins Schwarze getroffen hatte.

„Ich habe einen Hund. Er heißt Boris. Hast du auch welche?"

„Natürlich. Ich habe zwei. Einer heißt Sancho und einer Tiger. Sancho ist scheu, denn die Menschen haben ihm schlimme Dinge angetan. Tiger ist klein, aber sehr tapfer. Er hat nur drei Beine."

„Du magst deine Hunde wirklich. Das spüre ich", sagte Natalia und lächelte zum ersten Mal.

„Wo ist dein Hund Boris jetzt? Ist er bei Freunden?"

„Nein." Natalia schüttelte den Kopf. „Boris ist nach dem schrecklichen Vorfall sicher zu meiner Mutter gelaufen und versteckt sich dort in seiner Hütte. Ich lebe ja noch immer bei meiner Mutter."

„Ich werde mich dafür einsetzen, dass dein Hund zu dir darf. Das ist wichtig für deine psychische Verfassung."

„Hierher? In ein Militärhospital? Da sind doch Tiere verboten."

„Lass mich das nur machen."

„Meine psychische Verfassung ist am Boden, wie du dir denken kannst." Mit einem leisen Seufzer drückte sie sich wieder in die Kissen zurück. „Ich habe wahnsinnige Schmerzen in den Gelenken. Das sind bereits die Symptome der Vergiftung, meint der Arzt." Sie stöhnte laut auf.

„Dieser gefährliche Film wird allen die Augen öffnen. Alle Welt wird sehen, wozu unsere Politiker und Militärs fähig sind."

Die letzten Worte flüsterte sie nur noch, und David spürte, dass es nicht einfach sein würde, Natalia dazu zu bringen, ihm so weit zu vertrauen, dass sie ihm das Versteck des Chips mit dem Film verriet.

„Wie willst du den Video-File posten, wenn du hier nicht rauskannst und Angst hast zu sterben?", fragte er behutsam.

„Das weiß ich doch selber nicht", antwortete Natalia resigniert.

„Aber ich kann den Film für dich posten."

„Wir kennen uns erst seit Kurzem. Ich bin mir nicht sicher, ob ich dir trauen kann."

„Du kannst mir trauen, weil ich Boris zu dir bringe. Das verspreche ich dir."

„Hältst du auch dein Versprechen?" Natalia sah ihn skeptisch an.

„Ich halte immer meine Versprechen", antwortete David und wusste, dass es leider nicht so war.

20

ZYPERN – HAFEN VON LIMASSOL

Die „Abraxas" lag außerhalb des Hafens von Limassol, da sie aufgrund ihrer Größe und ihres Tiefgangs nicht direkt im Hafenbecken ankern konnte. Loewenstein war das nur recht, denn da das Mittelmeer im Januar recht stürmisch sein konnte, kam niemand auf die Idee, ihn auf seinem Segelschoner zu besuchen.

Einmal täglich telefonierte er mit Alegra, der Frau, die in seinem Haus in Tanger saß und von der er sich in allen geschäftlichen Belangen beraten ließ. Während er in der Eignerkabine saß und über seinen eigenen Newskanal mit den neuesten Meldungen aus den weltweiten Krisengebieten versorgt wurde, konferierte er gleichzeitig mit seinen Börsenanalysten in Hongkong.

„Die Krise in Malaysia hat den Kurs von ‚Heavy Metal' um beinahe 20 % in die Höhe getrieben."

„Ich wusste es!" Loewenstein rieb sich die Hände. „Es war genial, dass wir diese Panzerrohrfirma übernommen haben."

„Sie haben wirklich einen sechsten Sinn für lukrative Akquisitionen", machte ihm der Analyst ein Kompliment.

„Ja, mir kann niemand das Wasser reichen!"

Nach einigen weiteren langweiligen Diskussionen und Analysen trennte Loewenstein die Verbindung. Was er dem Analysten natürlich nicht gesagt hatte, war, dass Alegra ihm zu der Übernahme von „Heavy Metal" geraten hatte. Natürlich nicht direkt, aber er hatte ihre verschlüsselten Aussagen richtig gedeutet. Seine Geschäfte liefen tatsächlich erstaunlich gut und sein Vermögen wuchs von Tag zu Tag. Aber noch war er nicht am Ziel seiner Wünsche. Es war schön, viel Geld zu besitzen, aber wirklich interessant wurde es erst, wenn man Macht über Regierungen und Staaten hatte.

Das Klingeln des Satellitentelefons schreckte ihn aus diesen hochfliegenden Träumen. Es war die russische Nummer und besorgt zog er seine buschigen Augenbrauen in die Höhe.

„Der Hilferuf von Natalia Romanowa ist niemals online gegangen", hörte er die atemlose Stimme.

„Natürlich nicht, sonst hätte ich ja davon erfahren."

„Aber zwei Journalisten sind in Moskau aufgrund des angeblichen Hilferufs bei der Journalistin aufgetaucht."

„Wie bitte? Diesen File hat doch niemand gesehen. Das kann nicht sein." Loewenstein schloss kurz die Augen. ‚Ich werde sofort Alegra davon erzählen, sie wird wissen, wie ich mich verhalten muss', ging es ihm durch den Kopf, während er weiter zuhörte.

„Ich weiß bereits, dass die beiden Agenten sind. Sie werden unseren Plan durchkreuzen, wenn wir nicht sofort agieren."

„Ich habe dir das schon einmal gesagt: keine Alleingänge. Es war nicht in Ordnung, dass die deutsche Informantin Irina verstorben ist. Das wird den BND aufschrecken und er wird seine Agenten in Moskau aktivieren."

„Das ist doch bereits geschehen. Der Journalist ist ein ehemaliger BND-Agent. Ich habe sein Foto mit unseren Datenbanken abgeglichen. Der Mann heißt David Stein."

„Du hast von zwei Agenten gesprochen?" Loewenstein ließ sich seine Nervosität nicht anmerken. Mehr denn je brauchte er mentale Unterstützung. Er entschied, noch heute nach Tanger zu Alegra zu fliegen.

„Die zweite Person ist eine Frau. Aber sie ist keine Agentin, sondern eine professionelle Killerin namens Leyla Khan. Diese Kombination beunruhigt mich ein wenig."

„Der deutsche Geheimdienst geht also aufs Ganze", meinte Loewenstein nachdenklich. „Ein Top-Agent und eine Killerin, das ist in der Tat ein sehr seltsames Gespann. Was steckt dahinter?"

„Ich weiß es nicht, aber die Situation ist gefährlich. Außerdem läuft uns die Zeit davon."

„Stimmt, wir dürfen keine Zeit verlieren, sonst stirbt uns diese Natalia noch weg." Loewenstein zögerte kurz, ehe er weiterredete. „Du hast gute Arbeit geleistet. Ich bin stolz auf dich", sagte er mit Bedacht.

„Wirklich? Das aus deinem Mund zu hören, macht mich glücklich."

„Schon gut."

„Wie lautet mein weiterer Auftrag?" Die Stimme am anderen Ende klang jetzt wieder militärisch energisch und kalt.

„Wir liquidieren das Problem", antwortete Loewenstein knapp, obwohl er es hasste, ohne Rücksprache eine Entscheidung von dieser Tragweite zu fällen. Aber in diesem Fall musste es sein. „Am besten, du erledigst das sofort, damit wir nicht weiter gestört werden."

„Beide? Das wird schwierig. Da haben wir ein Problem."

„Ich habe dich nicht engagiert, damit du mir sagst, wo wir ein Problem haben, sondern dafür, dass du dieses Problem löst. Verstanden?“, sagte Loewenstein mit leiser Stimme, um so seine Verärgerung noch deutlicher spüren zu lassen.

„Entschuldige. Es wird nie wieder vorkommen. Ich beginne zunächst mit Leyla Khan und bereite alles für ihre Liquidierung vor.“

21

MOSKAU – MILITÄRHOSPITAL SOMJONOW

Leyla lehnte an der Wand und blickte auf die Metalltür, hinter der sich das Zimmer von Natalia befand. Die Übelkeit, die sie so plötzlich überrascht hatte, klang langsam wieder ab, und sie atmete tief durch. ‚Irgendwann muss ich eine Entscheidung treffen', ging es ihr durch den Kopf. ‚Ich muss David davon erzählen, aber nicht jetzt, nicht heute – morgen ist auch wieder ein Tag.'

Die Luft war stickig und sie hatte Durst. Langsam ging sie den Korridor entlang und entdeckte eine fensterlose Teeküche mit einer abblätternden Theke, auf der ein schmieriger Samowar stand. In der Mitte des Raumes befand sich ein Resopaltisch mit mehreren, nicht zusammenpassenden Stühlen.

„Hallo, ist da jemand?", rief sie in den dunklen Raum hinein, erhielt aber keine Antwort. Sie tastete nach dem Lichtschalter und eine bedenklich surrende Neonröhre warf ein flackerndes Licht auf das Mobiliar, das jetzt noch viel deprimierender wirkte als zuvor.

Weit und breit war keine Menschenseele zu sehen, und so ging Leyla zu dem Samowar und strich mit der Hand darüber. Er fühlte sich heiß an, und sie griff nach einer Tasse, reinigte sie notdürftig mit einem Zipfel ihres T-Shirts und goss sich den heißen Tee ein.

„Wer sind Sie?“, flüsterte plötzlich eine dunkle Stimme in ihr Ohr. Leyla drehte sich blitzartig um und griff automatisch nach hinten, dorthin, wo sie immer ihre Pistole im Hosenbund stecken hatte. Aber David hatte darauf bestanden, dass sie ohne Waffen in das Militärhospital fuhren, und widerstrebend hatte sie sich gefügt.

„Wer sind Sie und was haben Sie hier zu suchen?“, wiederholte der Mann seine Frage.

„Ich bin Journalistin und habe eine Akkreditierung“, sagte sie und hielt dem Mann ihren Ausweis entgegen. Dieser nahm die Papiere und hielt sie ganz dicht an sein Gesicht, als wäre er extrem kurzsichtig.

„Lea Castro.“ Er sprach ihren Namen so langsam aus, dass sie plötzlich ein merkwürdiges Gefühl beschlich.

„Ich wollte mir nur Tee machen“, sagte sie. „Es war niemand hier, also habe ich mich selbst bedient.“

„Ist schon in Ordnung.“ Der Mann gab ihr die Papiere wieder zurück und lächelte sie freundlich an. „Ich leiste Ihnen gerne Gesellschaft.“

„Danke, nicht nötig“, antwortete Leyla einsilbig und betrachtete den Mann unauffällig von der Seite. Er trug eine Uniform, die aber nur nachlässig zugeknöpft war. Auf den ersten Blick wirkte er nicht wie ein Soldat, eher wie ein gut aussehender Student. Aber etwas an ihm war eigenartig. Zunächst wusste sie nicht, was es war, aber dann fiel es ihr auf: Es waren seine Haare. Sie waren schneeweiß und standen in krassem Gegensatz zu seinem jugendlichen Gesicht.

„Aber das mache ich doch gerne für eine hübsche Frau“, machte er Leyla ein Kompliment. „Wir haben hier ja nicht viel weibliches Personal.“

„Arbeiten Sie hier?“, fragte Leyla und entspannte sich wieder. Der Mann war wahrscheinlich ein harmloser Soldat, dachte sie. Nichts weiter.

„Ich bin Sanitäter“, antwortete der Soldat und strich sich über die weißen Haare. „Und Sie? Schreiben Sie über die Journalistin?“

„Ja, gemeinsam mit einem Kollegen. Der Generalstab hat dazu seine Einwilligung gegeben.“

„Dann hat ja alles seine Ordnung“, antwortete der Sanitäter. „Man darf nicht vergessen, dass es sich um eine gefährliche Frau handelt. Ihr wird vorgeworfen, mehrere Menschen erschossen zu haben.“

„Ich dachte, sie ist eines der Opfer und wurde vergiftet?“

„Es hat sich also schon herumgesprochen.“ Er schüttelte verärgert den Kopf. „Es war keine Vergiftung, sondern eine Verwechslung mit fatalen Folgen.“

„Das glaubt doch kein vernünftiger Mensch“, versuchte Leyla ihn aus der Reserve zu locken.

„Ich bin auch der Sanitäter von Natalia“, sagte der Soldat und verzog seinen Mund zu einem angedeuteten Lächeln. „Es war eine tragische Verwechslung, die passiert ist, und wir tun alles in unserer Macht Stehende, um sie zu retten. Obwohl sie im Verdacht steht, eine Terroristin zu sein.“

„Wie Sie meinen“, lenkte Leyla ein. „Darf ich Ihnen vielleicht zu diesem Vorfall noch einige Fragen stellen?“, hakte sie nach, doch der Sanitäter schüttelte abweisend den Kopf.

„Ich bin nicht dazu befugt, Auskunft zu geben“, sagte er und goss schwungvoll heißes Wasser in eine Teetasse. Dabei schüttete er sich ein wenig von dem kochenden Wasser über seinen Handrücken und verzog dabei genussvoll das Gesicht. Unwillkürlich zuckte Leyla zusammen, doch der Sanitäter spürte anscheinend keinen Schmerz.

Plötzlich erinnerte sie sich wieder an eine Situation vor einigen Jahren, bei der sie beinahe gestorben wäre: Sie hatte den Auftrag erhalten, sich in eine russische Terrorgruppe einzuschleichen und den Anführer zu liquidieren. Ihre falsche Identität flog aber auf und sie wurde von einem Sadisten fast zu Tode gefoltert. Um seine Wut zu steigern, bevor er zuschlug, schüttete er sich kochendes Wasser aus einem Kessel über seine Hand. Dabei schrie er vor Schmerz, aber im nächsten Augenblick wurden seine Züge hart und sein Blick mitleidlos. Dann prügelte er mit der verbrühten Faust auf sie ein ...

Ihr Gefühl täuschte sie nie und deswegen antwortete sie ganz freundlich.

„Schade. Na, einen Versuch war es wert."

„Woher können Sie eigentlich so gut russisch?", fragte der Sanitäter leise und seine weißen Haare glitzerten wie Schnee im flackernden Neonlicht.

„Ich habe eine Zeit lang in Russland gearbeitet", antwortete Leyla. „Als Auslandskorrespondentin", fügte sie erklärend hinzu. „Da konnte ich mich übrigens frei bewegen."

„Wir haben hier auch nichts zu verbergen." Er lächelte freundlich, und Leyla fand ihn nicht unsympathisch, doch ein winziger Zweifel blieb in ihrem Hinterkopf zurück.

„Russland ist ganz anders, als man im Westen über unser Land denkt", redete er weiter. „Wir sind weltoffen und modern. Das Moskauer Nachtleben ist übrigens das aufregendste der Welt."

„Das glaube ich nicht", sagte Leyla skeptisch und strich sich die schwarzen Haare zurück.

„Wenn Sie wollen, zeige ich Ihnen die tollsten Klubs der Stadt." Er rückte näher an sie heran. „Was halten Sie davon?"

„Wird das jetzt eine Verabredung?", fragte Leyla und trank einen Schluck Tee.

„Wollen Sie sich mit mir verabreden?"

„Ich glaube nicht." Leyla stellte ihre Tasse auf den Tisch und ging zur Tür. Aus den Augenwinkeln sah sie, dass der Sanitäter plötzlich eine dünne Schnur aus seiner Tasche zog und in seiner Hand verbarg.

„Ich muss wieder zu meinem Kollegen zurück", sagte sie und zwang sich zu einem koketten Lächeln. „Aber vielleicht wird doch noch etwas aus unserer Verabredung, dann können Sie mir ja das Moskauer Nachtleben zeigen."

„Warum nicht!" Die Stimme des Sanitäters klang plötzlich anders und auch die Atmosphäre hatte sich verändert. Leyla kannte diesen plötzlichen Wechsel der Stimmung, hatte es schon öfter erlebt, dieses Hinübergleiten vom Tag in die Nacht, vom Leben zum Tod. Genauso war es hier. Der Sanitäter vertrat ihr den Weg, stellte sich mit gesträubten Haaren vor die Tür und knipste das Licht aus. In dem müden Lichtstreifen, der vom Korridor noch ein wenig herüberstrahlte, bekamen seine Umrisse eine tödliche Aura, und sie konnte jetzt ganz deutlich die dünne Schnur sehen, die er mit seinen Händen spannte.

Leyla reagierte sofort. Mit einem Schlag auf die Tischplatte zertrümmerte sie ihre Teetasse, hielt den gezackten Teil mit dem Griff fest in der Hand. Heißer Tee tropfte über ihre Finger, doch sie spürte keinen Schmerz, konzentrierte sich auf den Mann, den Gegner. Langsam kam der Sanitäter jetzt auf sie zu, wirkte geschmeidig wie ein Raubtier und drehte die Schnur zwischen seinen Händen. Sie wusste, dass sie recht hatte mit ihrem Gefühl: Dieser Mann wollte sie töten.

22

BERLIN – ZENTRALE DER ABTEILUNG

Auf dem großen Monitor sah man ein kleines Zimmer mit einem ungemachten Bett. In dem Bett lag eine nackte Frau mit offenem Mund und einem Rest von eingetrocknetem Schaum am Kinn. Ihre Augen starrten zur Decke und ihre Arme waren verdreht, so als hätte sie vor Kurzem einen Muskelkrampf gehabt. Auf den ersten Blick wusste man, dass diese Frau tot war.

„Das ist Irina Schulz, Krankenschwester im Militärhospital Somjonow. Besser gesagt, das war Irina."

Müller machte eine kurze Pause und blickte Staatssekretärin von Webern fragend an.

„Fahren Sie fort."

„Irina ist die Informantin, die uns das Video von Natalia geschickt hat. Sie hat angeblich letzte Nacht Selbstmord begangen."

„Warum zeigen Sie uns dann die Tote? Das ist eine Zumutung." Regierungsrat Teichgraben wirkte verärgert. „Was geht uns dieser Selbstmord an."

„Die Moskauer Polizei spricht von einem Selbstmord", antwortete Robyn und schickte ein Bild mit bunten Grafiken auf den Bildschirm. „Der toxikologische Befund spricht aber eine ganz andere Sprache."

„Woher haben Sie den Befund?", warf der französische Militärattaché ein. „Doch nicht illegal besorgt?"

„Die Frau wurde eindeutig vergiftet." Robyn ging mit keinem Wort auf den Einwand des Attachés ein, sondern vergrößerte eine Grafik in einem der Fenster. „Ein Nervengift mit derselben Zusammensetzung, wie es Natalia verabreicht wurde, nur in einer wesentlich stärkeren Dosierung. Deshalb auch der Schaum vor dem Mund und die verkrampfte Haltung. Das sind die eindeutigen Symptome bei diesem Gift."

„Das kann sie auch selbst geschluckt haben." General Brock lehnte sich zurück und faltete die Hände vor seinem beachtlichen Bauch. „Frauen bringen sich doch meistens mit Gift um."

„Das Gift ist natürlich legal nicht erhältlich. Es fällt unter das Verbot der Chemiewaffenkonvention von 1997. Wie kommt eine Krankenschwester also an diese Substanz, frage ich Sie."

Müller verschränkte die Arme vor der Brust und lehnte sich an die Wand.

„Irina Schulz wurde ermordet."

„Worauf wollen Sie hinaus?" Die Staatssekretärin trommelte nervös mit den Fingern auf die Tischplatte. „Haben Sie uns deshalb zu diesem inoffiziellen Meeting eingeladen?"

„Wir sind beim Datenabgleich auf einen Mord in Moskau gestoßen." Robyn öffnete eine Datei und schickte ein weiteres Bild auf den großen Monitor. Es zeigte eine männliche Leiche, die im Schnee lag und eine klaffende Wunde im Bauch hatte, die von einem Messerstich herrührte.

„Mischa Daskow wurde Opfer eines Raubüberfalls. Man hat ihm auf dem Nachhauseweg aufgelauert und ein Messer in den Bauch gestoßen. Seine Uhr und sein Geld wurden gestohlen und von dem Täter fehlt jede Spur."

„Sind wir jetzt für die Bekämpfung der Kriminalität in Moskau zuständig", fauchte Regierungsrat Teichgraben mit säuerlicher Miene. „Das hier dient doch nur dazu, um von der eigenen Unfähigkeit abzulenken." Kampflustig blickte er von Müller zu Robyn. „Sie mit ihren lächerlichen Computern bringen doch auch nichts zuwege. Wo ist endlich der Chip?"

„Mäßigen Sie sich bitte." Die Staatssekretärin klopfte dem Regierungsrat beruhigend auf den Arm. „Hören wir doch, was uns Müller noch zu sagen hat."

„Warum zeigen wir Ihnen diese Bilder?" Müller trat an den Monitor und schob die Fenster mit der Hand zusammen. „Sowohl Irina als auch Mischa haben im Somjonow-Militärhospital gearbeitet."

„Aber das ist noch nicht alles", assistierte ihm wieder Robyn. „Beide mussten sich um Natalia Romanowa kümmern."

„Jetzt sind beide tot." General Brock beugte sich vor und griff nach einem Stück vertrockneten Kuchen. „Jemand tötet also alle Personen, die sich im Umfeld von dieser Journalistin befinden."

„Richtig. Aber wir wissen noch nicht, was dahintersteckt. Es gibt anscheinend einen Masterplan, den wir nicht kennen. Robyn analysiert die verfügbaren Daten und wird demnächst zu einem Ergebnis gelangen. Trotzdem ist die Operation gefährdet." Müller machte eine bedeutungsschwere Pause.

„Was ist Ihre Schlussfolgerung aus dem Ganzen?", fragte der französische Militärattaché und spielte mit seinem Smartphone.

„Wir sollten die Operation abbrechen und unseren Agenten aus der Schusslinie nehmen."

„Sie wollen Stein warnen?" Die Staatssekretärin hob überrascht die Augenbrauen. „Sind Sie verrückt? Sie wissen, was das bedeutet. In wenigen Tagen ist die Journalistin tot und der Chip mit dem Film noch immer verschwunden. Wer garantiert uns dann, dass er nicht doch in den sozialen Netzwerken veröffentlicht wird?"

„Aber wenn Stein tot ist, dann hilft uns das auch nicht weiter", warf Müller ein.

„Im Augenblick hat er noch eine reelle Chance, das Versteck zu finden." Die Staatssekretärin ließ sich nicht beirren.

„Wir können nicht für die Sicherheit von Stein garantieren", murmelte Robyn mit gesenktem Kopf.

„Das erledigt er schon selbst", zischte die Staatssekretärin. „Halten Sie mich für dumm? Bloß weil Sie ein Wunderkind waren und in Harvard studiert haben, glauben Sie, dass Sie alle Menschen unterschätzen können? Aber ich weiß, dass Stein mit dieser libanesischen Killerin unterwegs ist."

Robyn wollte etwas erwidern, doch die Staatssekretärin hob die Hand.

„Lassen Sie mich ausreden. Ich weiß auch, dass Sie versucht haben, den internationalen Haftbefehl gegen diese Killerin zu manipulieren. Darüber sprechen wir, wenn die Operation in Moskau beendet ist."

„Ich wollte nur die Echtheit dieses Haftbefehls überprüfen", rechtfertigte sich Robyn, doch die Staatssekretärin winkte ärgerlich ab.

„Schluss jetzt! Die Operation wird planmäßig weitergeführt. Wenn Stein stirbt, dann ist das sicher traurig, aber mit Verlusten ist in unserem Geschäft immer zu rechnen. Er ist dann eben für das große Ganze gestorben und wir haben damit nicht das Geringste zu tun."

23

MOSKAU – MILITÄRHOSPITAL SOMJONOW

„Hey, ihr Turteltäubchen, was macht ihr denn hier?“

Das Licht in der Teeküche flammte plötzlich wieder auf und ein Soldat mit rundem Gesicht und kahl geschorenem Schädel stand in der Tür. Wolkow erstarrte, als er die Stimme in seinem Rücken hörte, und ließ die Schnur schnell in seiner Tasche verschwinden.

„Wieso bist du heute hier? Du hast doch gar keinen Dienst“, wunderte sich der Soldat, der jetzt nach einer Teetasse Ausschau hielt. „Na, da habt ihr ja eine ziemliche Sauerei angerichtet“, kommentierte er die Scherben der zerschlagenen Tasse, die auf dem Boden verstreut umherlagen.

„Wir hatten eine Verabredung“, sagte Wolkow und lächelte Leyla zu. „Vor lauter Nervosität hat diese hübsche Frau ihre Tasse fallen lassen.“

„Ich muss zurück“, murmelte Leyla und drückte sich an den beiden Männern vorbei. Wolkow hatte die Hände in den Hosentaschen und hoffte für einen kurzen Moment, Leyla Khan hätte die Schnur in seinen Händen nicht bemerkt. Im Vorbeigehen fixierte sie ihn kurz mit ihren dunklen Augen, und da sah er es: dieses Glitzern in den Pupillen, dieser Killerblick. Sie war genauso wie er. Auch sie kam aus der Gosse und wollte die Sterne berühren. Auch sie wollte durch das Töten endlich auf der sozialen Leiter nach oben gelangen. So wie er wollte sie von einem Niemand zu einem Jemand werden. Dann wandte sie sich ab und war auch schon nach draußen verschwunden.

Verdammt, es hätte nicht viel gefehlt und er hätte den ersten Teil seines Auftrages ausgeführt. Hastig räumte er die Scherben vom Boden auf, hörte verschwommen die Stimme seines Kollegen, der von zu viel Wodka, zu wenig Mädchen und noch von tausend anderen Dingen sprach. Aber noch hatte er eine Chance. Der Weg von der Teeküche zurück zu dem Zimmer von Natalia führte durch den älteren Teil des Hospitals, hier gab es keine Überwachungskameras, und auch die anderen Zimmer waren leer, da der Trakt demnächst renoviert werden sollte.

Wolkow trat aus der Teeküche und sah Leyla mit gesenktem Kopf gerade noch um eine Ecke verschwinden. Er brauchte sie also nur in eines der leeren Zimmer zu zerren und mit der seidenen Schnur zu erdrosseln. So einfach war das. Doch fast schien es, als hätte die Frau vor ihm seine Gedanken erraten, denn plötzlich rannte sie los, und er wusste sofort, dass er hier in dem Hospital keine Möglichkeit mehr hatte. Er ballte seine Hände in den Hosentaschen zu Fäusten und ging weiter. Nichts anmerken lassen, befahl er sich. Du musst sie bei ihrem Partner überraschen. Niemand wird glauben, dass du sie töten willst, wenn du ganz entspannt in dem Zimmer von Natalia auftauchst. Das wäre überhaupt die eleganteste Lösung: Er würde beide direkt vor den Augen von Natalia töten.

Hastig bog er um die Ecke und sah Leyla plötzlich vor sich stehen. Sie hatte die Hand auf die Eisentür gelegt, wahrscheinlich wollte sie gerade klopfen. Als sie ihn sah, zuckte sie zurück und drehte sich zu ihm. Breitbeinig stand sie im Korridor, sie war klein, wirkte aber ungemein durchtrainiert, und zum ersten Mal bemerkte er die senkrechte Ader auf ihrer glatten Stirn, die heftig pulsierte. Unwillkürlich blieb Wolkow stehen und für Bruchteile von Sekunden starrten sie sich beide an.

Plötzlich öffnete sich die Tür und ein Mann trat heraus. Es war der Journalist Peter Rubin, der in Wirklichkeit David Stein hieß und ein Agent war. Stein war älter als auf dem Foto, das Wolkow gesehen hatte. Die Narbe, die seine rechte Augenbraue teilte, leuchtete weiß und gab seinem Gesicht einen harten Zug. Aber noch etwas unterschied Stein von dem Foto. Es war die Aura. Stein verströmte eine natürliche Autorität, die Wolkow unwillkürlich an Yuri, seinen Wolf, denken ließ. Aber es war keine gewöhnliche Aura, die Stein umgab. Es war die Aura eines Leitwolfs. Stein war ein Alphatier, das spürte Wolkow ganz deutlich, und deswegen zuckte er leicht zusammen.

Auch Stein blieb stehen, so als hätte ihn die elektrisch aufgeladene Atmosphäre, die zwischen Leyla und Wolkow herrschte, ebenfalls erfasst. Doch er war Profi und hatte sich schnell wieder unter Kontrolle.

„Ich bin Peter Rubin, der Journalist, der Natalia besuchen darf. Aber das hat Ihnen meine Kollegin sicher bereits erzählt." Mit einer geschickten Handbewegung zog Stein Leyla aus Wolkows Einflussbereich, schob sie hinter sich, brachte sie in Sicherheit. Wolkow hätte am liebsten vor Wut laut geheult wie Yuri, sein weißer Wolf, aber er brachte nicht mehr zustande als ein leises Zischen. Er durfte keinen Verdacht erregen.

„Ich bin Wolkow, der Sanitäter, der sich um Natalia kümmert", sagte er zu Stein. „Ich habe Ihre Kollegin bereits in der Teeküche kennengelernt und angeboten, ihr das Moskauer Nachtleben zu zeigen."

„Wie freundlich von Ihnen. Aber nachts ist es doch sehr kalt in Moskau."

„Man gewöhnt sich an die Temperaturen, wenn man immer hier wohnt.“

„In Deutschland ist es der Regen, der auf das Gemüt drückt.“

„Das Wetter kann es einfach niemandem recht machen, stimmt's?“

So redeten sie weiter. Es waren Floskeln, die auf den Stahlboden des Korridors rieselten wie buntes Konfetti, das nur für einen kurzen Augenblick fasziniert und dann als Papierschnitzel am Boden liegen bleibt. Genauso empfand Wolkow diesen Small Talk. Wie gerne hätte er Stein anders gegenübergestanden, hätte ihn zu einem Kampf herausgefordert, würde ihm die Position als Leitwolf streitig machen, und beide würden so lange kämpfen, bis einer von ihnen tot am Boden läge. Und der Sieger würde er, Wolkow, sein. Er würde Leyla Khan dann wie eine Trophäe mitnehmen und einfach im Nichts verschwinden. Aber noch war es nicht so weit.

„Das ist als kleine Entschuldigung gedacht, falls ich Sie in der Teeküche erschreckt habe“, sagte Wolkow und hielt Leyla eine Tafel Kisker Schokolade entgegen. „Vielleicht kann ich Ihnen doch noch die Moskauer Nächte zeigen und Sie schreiben nicht schlecht über mich.“

„Warum sollte ich über Sie schreiben?“, fragte Leyla mit harten Augen.

‚Weil ich mehr Menschen als du getötet habe, weil ich genau weiß, warum auch du getötet hast‘, dachte Wolkow.

„Richtig, warum sollten Sie über mich schreiben“, sagte er.

„Wolkow heißt auf Deutsch Wolf“, mischte sich jetzt Stein wieder ein. „Mit Ihren Haaren sehen Sie tatsächlich aus wie ein weißer Wolf.“

„So, finden Sie?“ Ihre Blicke verhakten sich ineinander, und Wolkow spürte, dass der Kampf eine andere Dimension erreicht hatte. Verbissen bemühte er sich, dem durchdringenden Blick von Steins kalten Augen standzuhalten, bemerkte aber, dass seine Augen zu tränen anfingen und Steins Umrisse zu verschwimmen begannen.

„Ah!“, rief er aus und rieb sich die Augen. „Ich muss wieder an meine Arbeit.“ Er drehte sich um und trottete davon, fühlte sich voller Hass, voller Wut, fühlte sich wie ein unterlegener Wolf.

24

TANGER – STADTHAUS VON NELSON LOEWENSTEIN

Das verwinkelte Stadthaus namens Sidi Hosni stammte aus dem 16. Jahrhundert und war von der Woolworth-Erbin Barbara Hutton aufwendig restauriert worden. Sie hatte vorgehabt, sich in den 50er-Jahren des vorigen Jahrhunderts dort dauerhaft mit einem ihrer zahlreichen Ehemänner niederzulassen, aber nach dem Ende der internationalen Zone in Tanger zog auch sie wieder zurück in die USA.

Das Haus stand jahrelang leer und verfiel zusehends, bis Nelson Loewenstein es kaufte. Jetzt war es zu einer Festung mit unsichtbarer Hightech-Ausstattung ausgebaut worden, denn er hatte es zu seinem bevorzugten Wohnsitz gemacht, da ihm das lässig-künstlerische Flair von Tanger gefiel und die marokkanischen Behörden bei seinen Geschäften keine lästigen Fragen stellten.

Für den Abend hatte er einige Geschäftsfreunde zu einem amerikanischen Barbecue-Essen geladen und der große Saal des Hauses war mit amerikanischen Flaggen und Girlanden in den US-Farben dekoriert. Noch ehe alle Gäste eingetroffen waren, hatte er sein speziell für ihn zubereitetes Menü zu sich genommen, das immer von einem professionellen Verkoster getestet werden musste. In der Medina von Tanger hatte er vor Jahren eine Berber-Wahrsagerin getroffen, die ihm prophezeite, dass er eines Tages während des Essens sterben würde. Loewenstein hatte daraufhin sofort Alegra zu Hilfe gerufen, doch auch sie konnte ihm keine befriedigende Antwort geben. Deshalb ging er lieber auf Nummer sicher.

So wie er seine Geschäfte häufig von seinem Segelschoner Abraxas aus führte und selten in den mondänen Häfen des Mittelmeers an Land ging, so verschanzte er sich hier in Tanger auch gerne in seinem Haus und ging so gut wie nie aus. Deshalb lud er selbst oft Gäste ein, und wenn er eine Party veranstaltete, dann kamen sie alle.

„Es gibt jetzt einen dauerhaften Waffenstillstand in der Ukraine. Stimmt das oder ist das wieder nur eine Propagandalüge von eurer Marionettenregierung dort?", fragte er den amerikanischen Konsul unverblümt und trat mit ihm hinaus auf die Dachterrasse, von der aus man einen atemberaubenden Blick über die Medina von Tanger hatte.

„Das ist keine Propaganda und die Regierung der Ukraine ist demokratisch gewählt worden", entrüstete sich der US-Konsul. „Der Waffenstillstand geschah auf Vermittlung des UN-Sonderbeauftragten." Der Konsul nippte an seinem Drink und wollte wieder nach unten in den großen Saal, doch Loewenstein hielt ihn zurück.

„Ich bezahle für Ihre vollkommen unintelligente Tochter das Schulgeld hier an der amerikanischen Universität und Ihr nichtsnutziger Sohn hat einen Vorstandsposten in einem von mir kontrollierten Unternehmen. Ganz zu schweigen von dem geheimen Konto auf den Cayman-Inseln, auf das Sie zugreifen können. Weshalb, glauben Sie, mache ich das alles? Weil Sie mir so sympathisch sind?"

Er trank einen großen Schluck Champagner und warf dann das Glas achtlos über die niedrige Balustrade hinunter auf die Straße.

„Wir sollten nicht hier darüber reden." Der Konsul hob abwehrend beide Hände. „Besprechen wir das doch ein andermal."

„Wir reden, wenn ich es für richtig halte", sagte er und fasste den Konsul um die Schulter. „Sie werden dafür bezahlt, dass es überall auf der Welt Konflikte gibt. Auch in der Ukraine. Dort brauchen wir keinen Waffenstillstand, keine Feuerpause. Wo, glauben Sie denn, kommt das ganze Geld her, das ich Ihnen ständig hinterherwerfe? Von diesen Idioten, die sich gegenseitig mit meinen Waffen abknallen."

Loewenstein hob die Hand, und sofort erschien ein arabischer Kellner mit einem neuen Glas Sekt, das er zur Hälfte leerte.

„Dieser Waffenstillstand muss gebrochen werden. Ich habe auch den russischen Konsul zu diesem Essen eingeladen. Sie besprechen mit ihm dieses Problem."

„Wie stellen Sie sich das vor? Mein russischer Amtskollege und ich können doch nicht den Krieg wieder neu entfachen", entrüstete sich der Konsul.

„Doch, das können Sie. Ihr russischer Kollege ist da wesentlich kooperativer. Und erst unser deutscher Freund aus dem Ministerium."

Loewenstein winkte einem Mann in einem weißen Dinnerjacket zu, der ebenfalls auf die Terrasse trat. An seinem Arm hing ein kindlich aussehendes Berbermädchen, das nichts weiter als einen durchsichtigen Schleier trug und dessen nackte Haut über und über mit Hennatattoos bedeckt war.

„Oh, ich wusste nicht, dass hier jemand ist", rief der Mann und verschwand wieder nach unten.

„Sehen Sie, so hat jeder seine ganz speziellen Bedürfnisse", sagte er. „Unser deutscher Freund liebt minderjährige Berbermädchen und Sie eben ganz pragmatisch Geld."

‚Am liebsten würde ich diesen aufgeblasenen Lackaffen über die Balustrade nach unten werfen', dachte Loewenstein. Dieser Konsul hatte nie auf dem harten Boden schlafen oder für ein paar Kopeken Streichhölzer verkaufen müssen. Keinen Tag hätte er überlebt. Aber er hatte es geschafft, aus dem Nichts ein Vermögen zu erwirtschaften, und er hatte eine einflussreiche Frau aus besten diplomatischen Kreisen geheiratet. Dafür musste er natürlich Kompromisse eingehen und verstieß seine Geliebte. Dafür war er jetzt reich, sogar unermesslich reich und wieder geschieden.

„Ich will davon nichts hören!" Der Konsul stellte sein Glas auf die Brüstung und hielt sich die Handflächen über die Ohren. „Ich will davon nichts hören", sagte er noch einmal betont langsam.

„Hören Sie schon mit diesem albernen Gerede auf. Natürlich können Sie das. Schicken Sie einige Söldner dorthin, die sollen ein paar Soldaten und OPEC-Mitarbeiter aus dem Hinterhalt erschießen und schon geht das Töten munter weiter. Alle verdienen daran. Ist doch ganz einfach."

Loewenstein trat nahe an den Konsul heran und rückte dessen schwarze Smokingfliege zurecht. „Sie besprechen das mit Ihrem russischen Kollegen. Er wird dafür sorgen, dass der Waffenstillstand in der nächsten Woche gebrochen wird. Dann reden Sie mit Ihrem Cousin. Er sitzt doch im Verteidigungsausschuss. Das Militär in der Ukraine braucht unbedingt neue Waffen, um sich verteidigen zu können."

„Ich werde sehen, was ich machen kann."

„Das klingt schon viel besser."

Loewenstein schob den Konsul vor sich her, bis dieser mit dem Rücken an die Brüstung stieß.

„Passen Sie jetzt gut auf", sagte er leise und nahm dem Konsul das Champagnerglas aus der Hand. Ohne ihn aus den Augen zu lassen, hielt er es über die Brüstung und ließ es plötzlich nach unten fallen.

„Das war nur Ihr Glas“, flüsterte er dem Konsul ins Ohr. „Das nächste Mal sind es vielleicht Sie oder es ist eines Ihrer Kinder.“

Als er das entsetzte Gesicht des Konsuls sah, zwinkerte er ihm freundlich zu und klopfte ihm auf die Wange.

„Sie dürfen nicht alles so ernst nehmen, was ich sage. Das war ein kleiner Scherz, um Sie aufzumuntern.“

25

BERLIN – WOHNUNG IN MARZAHN

Robyn fuhr mit dem Lift in den vierten Stock eines gesichtslosen Wohnblocks im Ostteil von Berlin. Sie lebte in einer winzigen Einraumwohnung in Marzahn, einem Stadtteil, der weit entfernt von den hippen Vierteln Berlins wie Kreuzberg oder Prenzlauer Berg war. Hier gab es keine angesagten Bars und Cafés, sondern nur eine Einkaufspassage mit Supermarkt, Waschsalon und einem Caféhaus. Aber Robyn hatte auch nichts übrig für Szenetreffs, denn obwohl sie in Windeseile Daten analysieren und die unterschiedlichsten Operationen zueinander in Beziehung setzen konnte, waren die zwischenmenschlichen Kontakte ein unentdeckter Kontinent für sie. Sie hatte sich zwar von einem Psychiater untersuchen lassen, aber als sie ihn mit ihren bohrenden Fragen so in die Enge trieb, dass er zu weinen begann, hatte sie die Therapie abgebrochen und sich an ein Leben als merkwürdiger Freak gewöhnt.

In dem Wohnblock kümmerte man sich nicht um sie, hielt sie mit ihren Männerhemden, den verschiedenfarbigen Sneakers und dem speckigen Ledermantel für eine Hartz-IV-Empfängerin. Und das war ihr auch recht, denn so kam keiner auf die Idee, sie anzusprechen.

Als sie die Wohnungstür hinter sich geschlossen hatte, atmete sie tief durch. Sie ging zum Fenster, blickte auf den Wohnblock gegenüber und sah ein kleines Mädchen in einem roten Anorak auf den Balkon treten. Robyn öffnete das Fenster, beugte sich hinaus und winkte hinüber. Das war Teil ihrer Selbsttherapie. Denn sie wollte Gefühle erleben wie ein normaler Mensch, das hatte sie sich fest vorgenommen.

„Hallo, Kleine!", rief sie hinüber und winkte erneut. „Du solltest eine Mütze aufsetzen, wenn du bei Minusgraden auf den Balkon gehst. Es ist statistisch erwiesen, dass eine von vier Personen, die ohne Mütze im Winter draußen ist, an einer Gehirnhautentzündung stirbt. Du willst doch nicht sterben, oder?"

Das Mädchen starrte sie mit offenem Mund an und begann plötzlich zu weinen. Sofort schoss eine dickliche Frau im rosa Trainingsanzug auf den Balkon und schrie zu ihr herüber: „Hören Sie bloß auf, mein Kind zu erschrecken, sonst hole ich die Polizei."

Hastig schloss Robyn das Fenster und setzte sich auf den Boden. Sie hatte noch viel zu lernen. Als sie ihr MacBook aufklappte, fühlte sie sich wieder auf sicherem Terrain. Sie peilte das Smartphone von David Stein an und hatte Glück, denn sie konnte unbemerkt einen fremden Slot benutzen, und es gelang ihr, eine Verbindung herzustellen.

„Stein, unsere Moskauer Informantin Irina ist tot. Wir gehen davon aus, dass sie vor ihrem Tod geredet hat. Deshalb habe ich die Vermutung, dass Ihre Tarnung aufgeflogen ist. Ich kann es zwar noch nicht mit Fakten belegen, aber trotzdem besteht eine gewisse Gefahr."

„Es gab bereits einen Zwischenfall im Hotel. Eine Frau hat meinen Ausweis fotografiert."

„Haben Sie eine Beschreibung der Frau? Vielleicht kann ich sie identifizieren."

„Asiatischer Typ, könnte Japanerin oder Chinesin sein. Ausgebildet in Nahkampftechniken. Aber noch etwas anderes ist heute im Hospital vorgefallen. Leyla hat gesagt, dass ein Sanitäter versucht hat, sie umzubringen."

„Sie umzubringen? Ist sie verletzt?"

„Nein, es war nur so ein Gefühl, das sie hatte. Der Sanitäter spielte mit einer Schnur und wirkte gefährlich."

„Wahrscheinlich wollte er sie damit strangulieren. Das ist eine lautlose und sehr effiziente Methode, jemanden zu töten. Erfordert natürlich eine gewisse Professionalität, die ja bei Soldaten durchaus üblich ist."

„Wir sind ihm dann noch einmal vor Natalias Zimmer begegnet und auf mich machte er einen ziemlich merkwürdigen Eindruck."

„Beschreiben Sie den Mann."

„Er heißt Wolkow und hat weiße Haare."

„Wolkow, das heißt doch Wolf auf Russisch. Das ist ein interessanter Anhaltspunkt. Ich kümmere mich darum."

„Ich gebe Ihnen Info, in welches Hotel wir übersiedelt sind."

„Keine gute Idee, Stein. Man wird sofort herausfinden, in welchem Hotel Sie abgestiegen sind. Haben Sie niemanden in Moskau, zu dem Sie gehen können?"

„In Moskau? Ich kenne niemanden, bei dem wir untertauchen können."

Sie hörte, wie Stein eine kurze Pause machte, um nachzudenken. Es war ihr ein Rätsel, weshalb die Menschen nicht gleichzeitig denken und reden konnten. Aber Stein konnte wenigstens schnell verknüpfen.

„Ich habe eine Adresse, wo ich mit Leyla heute Abend hinkann. Ich gebe Ihnen Bescheid, wenn es funktioniert. Weshalb sind Sie nicht in Ihrem Büro?"

„Wie kommen Sie darauf?", fragte Robyn verblüfft. Dann fiel ihr ein, dass sie mit ihrem MacBook auf dem Boden saß und Stein sicher die weiße Wand im Hintergrund bemerkt hatte. Stein war intelligent, das hatte sie sich schon immer von ihm gedacht.

„Ich habe allen Grund zu der Annahme, dass Informationen aus der ‚Abteilung' nach draußen gelangen. Allerdings weiß ich noch nicht, wer diese undichte Stelle ist und für wen die Informationen bestimmt sind. Aber ich arbeite daran herauszufinden, wer verhindern will, dass Sie das Versteck des Chips mit dem Film finden."

„Heften Sie sich an die Spur dieses weißen Wolfs", hörte sie Stein kryptisch reden. Ohne sich zu verabschieden, trennte sie die Verbindung.

Sie legte sich auf den Boden, verschränkte die Arme hinter dem Nacken und blickte an die Decke. Wenn sie sich zwischen David Stein und Sebastian Trevor-Horn entscheiden müsste, wen würde sie wählen? Beides waren intelligente und gut aussehende Männer. Abrupt richtete sie sich auf und aktivierte wieder ihr MacBook. Diese Gedanken waren völlig neu für sie und machten ihr Angst.

26

MOSKAU – WOHNUNG VON IVAN JESSENIN

„Ich habe hier selbst gebrauten Schnaps, der wird euch wieder aufwärmen", sagte Ivan Jessenin und stützte sich auf der Tischplatte ab, um sein Gleichgewicht zu halten. Dann begann er mit lauter Stimme ein Gedicht seines Urgroßvaters Sergej Jessenin zu deklamieren. Er war zwar ein wenig übergewichtig und seine früher so feinen Gesichtszüge hatten sich durch den vielen Alkohol vergröbert, aber wenn Jessenin mit seiner volltönenden Stimme Gedichte vortrug, dann umgab ihn immer noch eine Aura von Schönheit und Sinnlichkeit.

„Was ist jetzt mit den Drinks?", fragte David und erhob sich vom Teppich. Er warf einen schnellen Blick auf Leyla, die mit angezogenen Beinen vor dem Kanonenofen saß und in das prasselnde Feuer starrte.

„Hier ist der Schnaps." Mit einer schnellen Bewegung hielt ihm Jessenin das Glas entgegen, verschüttete dabei die Hälfte, dann drehte er das zweite Glas unschlüssig zwischen seinen Händen und blickte David ratlos an.

„Was ist mit Leyla?", fragte er.

„Lass Leyla ein wenig zur Ruhe kommen“, sagte David und strich Leyla dabei sanft über den Nacken.

„Na gut, dann trinke ich eben auf Jane und dich. Ihr wart mein Lieblingspaar“, antwortete Jessenin, hob sein Glas und trank es dann auf ex aus.

„Jane ist schon lange tot.“ David hielt Jessenin am Arm zurück. „Reiß dich bitte zusammen. Ich weiß, dass du Jane bewundert hast, aber sie gibt es nicht mehr in meinem jetzigen Leben, nur mehr in der Erinnerung.“

„Du hast im entscheidenden Moment nicht auf sie aufgepasst“, murmelte Jessenin, wankte zurück an den Tisch, ließ sich schnaufend auf einen Stuhl fallen und stierte mit blutunterlaufenen Augen ins Leere. „Sie war so eine elegante Erscheinung, hübsch und gebildet, das findet man selten.“

„Ich will nicht mehr über Jane sprechen, jetzt gibt es Leyla. Sie war das Licht, das mich aus dem Tunnel geführt und das die Dunkelheit in meinem Leben wieder erhellt hat.“

„O David, bist du etwa auch unter die Dichter gegangen. Die Frau muss dir ja wirklich viel bedeuten, wenn du so von ihr sprichst.“

„Ja das tut sie. Sie bedeutet mir viel.“

„Dann musst du auf sie achtgeben. Versprich mir, dass du auf Leyla mehr aufpasst.“ Er drehte sich zu Leyla, die mit dem Rücken zu ihnen vor dem Ofen hockte. „Was sagst du dazu, mein Täubchen. David muss dich hüten wie eine schöne Blume.“

„Ich kann auf mich selbst aufpassen“, antwortete Leyla kurz angebunden und starrte weiter in die Flammen.

David griff den Gedanken wieder auf, der ihn zuvor beschäftigt hatte. Während des Gesprächs mit Robyn war ihm plötzlich sein russischer Freund Jessenin in den Sinn gekommen. Bei Jessenin konnte er untertauchen, ohne sich wie in einem Hotel registrieren zu müssen. Aber Jessenin stand weder im Onlineverzeichnis noch in einem Telefonbuch. Um seine Adresse herauszufinden, musste David seinen Verbindungsmann aus dem Waschsalon kontaktieren.

Als Freund würde Jessenin sie sicher für ein paar Nächte bei sich aufnehmen. Freund war vielleicht ein wenig übertrieben, denn in der Schattenwelt der Agenten gibt es keine Freundschaften, es gibt nur Verbündete, Informanten, überall Feinde und immer das Reich des Bösen als Gegenentwurf zu den westlichen Demokratien. Jessenin war Kulturattaché an der russischen Botschaft in Moskau gewesen, was mehr oder weniger bedeutete, dass er für den Geheimdienst tätig gewesen war. Aber mit Jessenin hatte sich über die Poesie eine lose Freundschaft entwickelt, die sich wohltuend weit von Spionage, Intrige und dem lautlosen Töten entfernt hatte.

David kannte Jessenin durch seine tote Frau Jane, die in London eine Lesung für ihn organisiert hatte. Spontan hatte ihn David auf einige Drinks eingeladen, und als Jane erzählte, sie habe einen Originalgedichtband seines Urgroßvaters aus dem Nachlass von Isadora Duncan, da war eine neue Freundschaft geboren. Ivan war genauso wie sein Urgroßvater ein Volksdichter und deshalb genoss er in Russland so etwas wie Narrenfreiheit. Da seine Dichtungen sich immer ironisch mit dem herrschenden System und der Korruption auseinandersetzten, wurde er von den unabhängigen Zeitschriften ständig um Beiträge gebeten. In den Buchhandlungen suchte man vergeblich nach seinen Werken, denn keines seiner Bücher wurde nachgedruckt, neue Bücher fielen mysteriösen Bränden zum Opfer oder die Manuskripte wurden in den Verlagen entwendet. Das alles hinterließ Spuren in der Psyche von Jessenin und er verfiel immer mehr dem Alkohol wie auch schon sein Urgroßvater.

David setzte sich zu Leyla auf den Boden und ging in Gedanken noch einmal die Fakten durch. Gemeinsam mit dem russischen

Generalstab hatte die „Abteilung“ recherchiert und war zu dem Ergebnis gekommen, dass Natalia den Chip nicht weitergegeben haben konnte. Dazu war zu wenig Zeit gewesen. Mit Spezialgeräten hatte man auch den Weg von der Redaktion über den Hinterhof bis zu ihrem Motorrad abgesucht und nichts gefunden. Der Chip mit dem Film war spurlos verschwunden und Natalia gab keine Informationen preis.

Robyn hatte es für möglich gehalten, dass Natalia den Film-File auf dem Weg zu ihrem Motorrad in einer Cloud deponiert hatte, aber eine Überprüfung ihres Handys gab dafür keine Anhaltspunkte. Also war Natalia der einzige Schlüssel, um an den Chip zu gelangen. Deshalb musste David ihr Vertrauen gewinnen und ihr wie versprochen den Hund bringen. Aber die Zeit war bereits ziemlich knapp, sie hatten nur mehr ein paar Tage.

„Morgen früh musst du wieder nüchtern sein“, sagte David. Er setzte sich wieder an den Tisch und nahm ihm die Wodkaflasche aus der Hand. Er wusste, dass Jessenin eine auffällige Gestalt war, aber er sah im Moment keine andere Möglichkeit, wie er sonst zu Natalias Mutter gelangen konnte. „Hast du mich verstanden, und weißt du noch, was zu tun ist?“

„Ja, du hast es mir schon hundertmal erklärt, was ich zu tun habe“, grunzte Jessenin und versuchte wieder, die Flasche zu nehmen, doch David hielt sie fest. „Ich soll euch aufs Land zu einer Datscha fahren.“ Jessenin schüttelte den Kopf und rieb sich die blutunterlaufenen Augen. „Aber ich bin schon jahrelang nicht mehr Auto gefahren.“

„Du hast doch einen Wagen.“

„Wo denkst du hin? Natürlich habe ich noch ein Auto. Ich fahre einen Tschaika, und zwar den GAZ-14 aus dem Jahr 1977.“

„Was ist das für ein Wagen?“

„Der Tschaika war ein sowjetisches Auto, das nur hohen Parteifunktionären vorbehalten war. Ich habe mein Exemplar vor einigen Jahren auf einem Schrottplatz entdeckt. Er ist schwarz mit kugelsicheren Scheiben und man kann vorne an den Kotflügeln Standarten anbringen."

„Und der fährt noch?", fragte David zweifelnd, denn er kannte die anfällige russische Technik und auch die problematische Ersatzteilsituation.

„Du wirst überrascht sein. Er schnurrt wie eine Katze." Jessenin nahm David am Arm und zog ihn aus dem Wohnzimmer hinaus auf den Flur. „Warum machst du diesen Auftrag? Ich sehe in deinen Augen, dass du darüber nicht glücklich bist."

„Ich muss diesen Auftrag ausführen. Man kann im Leben nicht immer glücklich sein, das wäre zu einfach."

„Nichts ist einfach, aber ich habe dich früher bewundert. Du hast dir in dieser kalten Agentenwelt ein Herz bewahrt. Im Laufe der Zeit haben sie dir aber dein Herz gestohlen." Jessenin schüttelte bedauernd den Kopf.

David war kurz davor, ihm seine wahren Beweggründe zu sagen. Dass er nicht sein Herz verloren hatte, ganz im Gegenteil. Dass dieses Herz ihm sagte, was richtig und was falsch war. Herz gegen Kopf und er hatte sich für das Herz entschieden. Es gab diesen Haftbefehl gegen Leyla, und deshalb musste er auch alles daransetzen, sie zu schützen.

Doch er wollte Jessenin nicht unnötig nervös machen, denn morgen mussten sie einen kühlen Kopf bewahren. Trotzdem konnte die letzte Bemerkung von ihm nicht unwidersprochen bleiben.

Deshalb beugte er sich weit über den Tisch zu Jessenin und flüsterte: „Du hast gesagt, man hat mir mein Herz gestohlen. Das stimmt nicht. Ich habe es an Leyla verschenkt."

27

BERLIN – ZENTRALE DER ABTEILUNG

Spät in der Nacht saß Robyn wieder in ihrem Büro in der „Abteilung" und überprüfte verschiedene Dateien. In ihrer Wohnung hatte sie es einfach nicht mehr ausgehalten, dort hatten ihre Gedanken verrückt gespielt. Plötzlich hatte sie sich in der beinahe unmöblierten Einzimmerwohnung einsam gefühlt und sich nach Menschen gesehnt. Dieses Gefühl war zwar nur ganz kurz in ihr hochgewallt, hatte sie aber nachhaltig irritiert. Kurz entschlossen hatte sie ihr MacBook gepackt und war ins Büro gefahren. Hier konnte sie wenigstens wieder klar denken und wurde nicht von diesen merkwürdigen Gefühlsregungen abgelenkt.

Sie loggte sich in einen fremden Account ein und Sekunden später tauchte das britisch-arrogante Gesicht von Sebastian Trevor-Horn, einem Mitarbeiter des britischen MI6, auf dem Bildschirm auf.

„Ich brauche einen Satellitenslot nach Moskau", sagte Robyn und wollte Trevor-Horn die genauen Koordinaten durchgeben, doch dieser unterbrach sie amüsiert.

„Wünsche einen guten Abend, Robyn. Ist dir heute nur nach Konversation zumute oder suchst du ein wenig Abwechslung für diese einsame Nacht?"

„Abwechslung in Verbindung mit einsam kann nur Sex bedeuten", antwortete Robyn emotionslos, denn jetzt war sie wieder wie immer und hatte ihre Sicherheit zurück.

„Treffer, meine Liebe. Es ist wie Gedankenübertragung. Gerade wollte ich mich bei dir melden. Ich bin in Berlin."

„Das war keine Gedankenübertragung, sondern eine einfache Wahrscheinlichkeitsrechnung." Robyn öffnete ein Fenster auf ihrem Tablet. „Wenn du in Berlin stationiert bist, dann ist deine Freundin an diesem Mittwoch in London. Sie kommt erst am Wochenende nach Berlin. Es ist Mitte der Woche, also rufst du mich an, um deinen Hormonhaushalt zu regulieren."

„Ich hätte es nicht besser formulieren können", sagte Trevor-Horn bewundernd. „Treffen wir uns in einer Stunde vor dem Dönerladen in der Kantstraße?"

„Nur wenn ich den Slot bekomme."

„Das ist glatte Erpressung."

„Das ist keine Erpressung, das ist ein Geschäft."

„Ich mag es, wenn du so leidenschaftlich bist." Trevor-Horn lachte. „Du hast einen Slot in zehn Minuten."

Robyn beendete das Gespräch ohne ein weiteres Wort. Als sie die Verbindung hatte, sah sie das nächtliche Moskau als ausufernd glitzerndes Lichtermeer in der Finsternis leuchten. Sie zoomte sich näher heran und orientierte sich sofort. Schnell fand sie das Hotel Bolschenko und sah einen Hinterhof, auf dem zwei verdächtige Gestalten herumstanden.

Sie zoomte noch näher und erkannte, dass eine der Gestalten ein Satellitentelefon in der Hand hielt. Robyn überlegte. Sollte sie Müller davon erzählen? Nein, zuvor musste sie sich selbst ein Bild von der Situation machen.

Sie aktivierte die Soundfrequenzen. Es war eine verstörende Lawine aus Wörtern, Tönen und Musikfetzen, die sich zu einem Brei vermischten. Robyn zerteilte die einzelnen Frequenzen und tippte die Keywords in ihr Tablet. Die Soundwellen liefen gleichförmig über einen Monitor. Plötzlich blinkte ein Signal auf, eines der von ihr eingegebenen Keywords war erkannt worden.

„Stein", das Wort lief über den Bildschirm und wurde bald von einem zweiten Keyword ergänzt: „David". Jetzt gab es keinen Zweifel mehr, die dunklen Gestalten hinter dem Hotel redeten über David Stein, und das bedeutete, dass sie ihre Vermutung, dass Stein in Gefahr sei, jetzt mit Fakten hinterlegen konnte.

Doch woher kam dieser Anruf? Robyn aktivierte ihre Spezialsoftware. Es war ein verschlüsselter Anruf über ein Satellitentelefon. Rasend schnell liefen Zahlenkolonnen über einen Bildschirm, mit dem Robyn ihr MacBook verbunden hatte, endlich stoppten die Ziffern und sie tippte den Code ein. Dabei verschränkte sie ihre Beine so kompliziert in dem Stuhl, dass sie wie eine exzentrische Yogaschülerin wirkte. Mit einem unguten Gefühl drückte sie die interne Sprechanlage. Müller würde sicher nicht erfreut sein, wenn sie auf eigene Faust mit Stein Kontakt aufnahm. Vielleicht war Müller auch gar nicht mehr in seinem Büro, schließlich war es bereits weit nach Mitternacht. Aber sie glaubte nicht daran und sollte auch recht behalten.

„Ich habe Keywords für David Stein in Moskau abgefangen. Direkt bei seinem Hotel."

„Was ist passiert?", fragte Müller, denn Robyn hatte ihm nichts von ihrem Gespräch mit Stein erzählt.

„Der Kontakt ist nicht aktiv", sagte sie ausweichend.

„Was heißt das?" Müller klang ungehalten.

„Es kann sein, dass Stein das Hotel verlassen hat."

„Interessant. Schicken Sie die Informationen auf den großen Bildschirm im Konferenzraum. Wir treffen uns gleich dort."

Mit gesenktem Kopf schlurfte Robyn durch die menschenleeren Räume der Abteilung. Müller saß bereits vor dem großen Bildschirm und studierte die Satellitenaufnahmen. Robyn hatte ihn im Verdacht, illegale Substanzen zu nehmen, denn er sah frisch und ausgeschlafen aus.

„Kennt man den Absender dieser Keywords? Ist es jedes Mal derselbe Absender oder haben Sie es aus unterschiedlichen Telefonaten gefiltert?"

„Es war ein verschlüsseltes Telefonat über Satellit."

„Welcher Standort?" Müller stand auf und trat an die große elektronische Weltkarte, die fast eine ganze Wand bedeckte.

„Tanger. Der Standort ist Tanger in Marokko."

„Das klingt interessant. Wer steckt da wohl dahinter?" Müller wollte noch etwas sagen, doch in diesem Moment leuchtete auf der Landkarte der Standort auf und in einem sich öffnenden Fenster sah man eine Panoramaansicht von Tanger.

„Was soll mit Tanger sein?", fragte Robyn und blickte zu Müller, der vor der Karte stand und seine Handfläche über den leuchtenden Punkt gelegt hatte, so als wolle er den Standort ungesehen machen.

„Wahrscheinlich hat es nichts zu bedeuten", sagte er und strich sich über seinen getrimmten Vollbart. „Was war der Inhalt des Gesprächs?"

„Ich hatte leider nur einen sehr kurzen Slot, deshalb konnte ich das Gespräch nicht aufzeichnen."

„Schade. Schicken Sie die Keywords ins Analysezentrum, die sollen sich dort um sie kümmern. Wie die Staatssekretärin schon sagte: Die Operation läuft weiter wie geplant."

„Aber wir haben doch jetzt eindeutige Beweise, dass die Identität von Stein aufgedeckt wurde. Es ist sein Hotel und sein Name ist gefallen. Die Wahrscheinlichkeit, dass es sich dabei um unsere Operation handelt, liegt bei 80 %." Robyn deutete auf eine Statistik, die sie aufgerufen hatte.

„Richtig. Aber 80 % sind nicht 100 %, deshalb lassen wir dieses Telefonat analysieren und brechen die Operation nicht gleich bei der erstbesten Schwierigkeit ab", befahl Müller. „Haben Sie mich verstanden."

„Diese Analyse kann auch ich durchführen." Robyn ließ sich nicht beirren. „Außerdem sind 20 % bei einer Operation eine Variable, die wir sonst immer als gegeben betrachten. Man kann also sagen, dass 80 % einhundert sind."

„Lassen Sie mich gefälligst mit Ihren Spitzfindigkeiten in Ruhe", bellte Müller und nahm seine Brille ab. Genervt steckte er sie in die Brusttasche seines schwarzen Sakkos. „Sie hinterfragen zu viel, Robyn. Es gibt Entscheidungen, die auch Sie akzeptieren müssen."

„Das ist in einer hierarchischen Struktur logisch, aber vom analytischen Standpunkt aus betrachtet ..."

„Habe ich mich nicht klar genug ausgedrückt?" Müller trat an ihren Schreibtisch und stützte die Hände auf. So nahe war ihr Müller noch nie gekommen und diese Nähe wirkte unangenehm, einschränkend. „Das Telefonat wird analysiert und sonst passiert nichts."

Abrupt drehte er sich um und ging zur Tür.

„Gehen Sie nach Hause. Haben Sie denn überhaupt kein Privatleben?", sagte er, noch ehe er die Tür hinter sich zuknallte.

Was war nur los? Müller, der kühle Stratege, wirkte abwesend, war nicht bei der Sache und reagierte unbeherrscht. Und was bedeutete die Anspielung auf ihr Privatleben? Er hatte doch auch keines, oder doch?

Private Probleme, diese Worte kreisten plötzlich durch ihren Kopf. Konnte es sein, dass Müller private Probleme hatte? Dazu würden auch seine irrationalen Gefühlsregungen passen. Gefühlsregungen, das war bis vor Kurzem auch für sie ein Fremdwort …

28

MOSKAU – STADTTEIL MARJINA ROSCHTSCHA

„Weshalb bist du ihnen nicht gefolgt?“ Wolkow lehnte mit verschränkten Armen an einer feuchten Hausmauer und starrte nach oben, wo im dreizehnten Stockwerk die Zimmer von David Stein und Leyla Khan waren. Aber beide hatten laut Auskunft in der Anmeldung das Hotel verlassen, und er hatte nicht die geringste Ahnung, wo sie sich im Augenblick aufhalten konnten.

„Das wäre zu riskant gewesen“, sagte die Frau, die chinesische Wurzeln hatte und sich Anna Ling nannte, und schob sich die Kapuze ihres wattierten Mantels noch tiefer ins Gesicht. „Die beiden hätten doch sofort gewusst, dass ich das Zimmermädchen gewesen bin.“

„Da hast du recht“, antwortete Wolkow versöhnlich. „Wenn ich früher gewusst hätte, dass der neue Befehl die Liquidierung beider Personen vorsieht, dann wäre das Problem jetzt schon erledigt.“

„Ich habe den Nachtportier bequatscht, aber er hat nur gesehen, dass sie zu Fuß die Straße entlanggegangen sind.“

„Das ist zu wenig Information.“ Wolkow presste die Lippen zusammen und musste wieder an das Aufeinandertreffen mit

David Stein denken. Er brauchte eine Spur, musste Stein wieder gegenübertreten. „Es geht um die Vorherrschaft im Rudel. Wer wird der neue Leitwolf?"

„Was?" Anna blickte überrascht hoch und ihre schräg stehenden Augen waren nur noch schmale Schlitze. „Wovon redest du, Wolkow?"

„Ich? Ach, ich habe nur laut gedacht." Der Kampf um die Herrschaft im Wolfsrudel beanspruchte bereits sein ganzes Denken und blockierte seine Entscheidungsfähigkeit. ‚Ich muss mich auf meine Aufgabe konzentrieren', dachte Wolkow und räusperte sich. „Sonst noch etwas?"

„Ja!" Annas Augen leuchteten, als sie in ihre Manteltasche griff und eine Keycard zutage förderte. „Der Nachtportier hat mich in das Zimmer gelassen. Dabei ist mir zunächst nichts Ungewöhnliches aufgefallen, aber dann habe ich das verpackte Smokinghemd entdeckt."

„Was ist daran auffällig?", fragte Wolkow, der langsam ein wenig nervös wurde.

„Ein Smokinghemd, aber kein passender Anzug dazu. Das hat mich stutzig gemacht." Sie griff erneut in die Manteltasche und holte einen Zettel hervor, den sie vor Wolkow in der Luft schwenkte. „Das ist die Adresse der Wäscherei, die sicher ein geheimer Briefkasten ist."

„Gute Arbeit", lobte Wolkow. Er wusste aus eigener Erfahrung, dass Lob der beste Motivator war. „Ich bin stolz auf dich." Er küsste Anna auf die Stirn. „Dann mal los."

Dreißig Minuten später standen beide vor dem Waschsalon, der rund um die Uhr geöffnet hatte.

Vorsichtig spähte Wolkow durch das schmierige Schaufenster. Hier hatte David Stein also sicher nicht nur das Smokinghemd abgeholt. Er reckte den Kopf in den schwarzen Himmel, als würde der Geruch von Stein noch in der Luft hängen.

Als sie den Salon betraten, schlug ihnen laute Technomusik entgegen, und in dem Lärm und Dunst brauchte Wolkow eine Weile, um sich einen Überblick zu verschaffen. Hinter dem Tresen saß ein älterer Mann und las in einer Zeitung. In einem vernickelten Samowar wurde Tee gebraut und ein hagerer Junge mit langem Bart stand hinter einem winzigen Mischpult und war der Verursacher des infernalischen Lärms.

Anna hatte sich strategisch neben der Tür postiert und blickte gelangweilt ins Leere. Die Hände hatte sie in den Taschen ihres wattierten Mantels vergraben. Sie wirkte harmlos, doch Wolkow wusste, dass sie eine geheime Killermaschine war und scharf geschliffene Wurfsterne mit sich führte.

Unauffällig blickte sich Wolkow um. Außer dem Alten und dem DJ waren nur zwei Männer hier, die lethargisch in die leeren Waschmaschinen starrten. Wahrscheinlich hatten sie keine Bleibe und wollten sich in dem Waschsalon aufwärmen. Langsam ging Wolkow auf sie zu und öffnete seinen Rucksack. Er zog ein Bündel Geldscheine heraus und schwenkte es in der Luft.

„Das ist für euch, wenn ihr nach drüben in den staatlichen Schnapsladen geht", sagte er in den Technolärm hinein.

Gierig griffen die beiden Männer nach dem Geld und schlurften an Anna vorbei nach draußen. Wolkow legte seinen Rucksack auf eine Waschmaschine.

„Kannst du nicht mit dieser Musik aufhören!", schrie er zu dem DJ hinüber. „Es sind doch überhaupt keine Leute mehr hier." Der DJ blickte kurz auf, zeigte Wolkow dann den Mittelfinger, drehte die Musik aber doch leiser.

Wolkow ging an ihm vorbei zum Tresen und klopfte mit der Hand auf die vor Schmutz starrende Platte.

„Ich brauche eine Auskunft", sagte er und lächelte freundlich.

„Wir sind eine Wäscherei und kein Auskunftsbüro“, antwortete der alte Mann hinter dem Tresen missgelaunt.

„Verstehe.“ Wolkow lächelte in sich hinein. Plötzlich schnellte seine linke Hand nach vorne, packte den Mann im Genick und schlug dessen Gesicht auf die schmierige Platte des Tresens. Gleichzeitig zog er seine Pistole und drückte sie dem Mann an die Schläfe.

„Ich will nur eine Auskunft“, sagte er ruhig und entsicherte die Waffe.

„Was, was wollen Sie wissen?“, ächzte der Alte und versuchte sich aus Wolkows Griff zu befreien. Wolkow legte die Pistole auf den Tresen und zog ein Foto von Stein hervor.

„Kennst du diesen Mann?“

„Wer ist das?“

„Das ist David Stein oder kennst du ihn unter dem Namen Peter Rubin?“

„Ich weiß es nicht. Ich kenne weder einen David Stein noch Peter Rubin. Habe dieses Gesicht noch nie gesehen.“

„Aber er hat ein gereinigtes Smokinghemd bei dir abgeholt.“

„Bei mir hat niemand etwas abgeholt. Lass mich endlich in Ruhe.“

„Wie du meinst“, seufzte Wolkow.

Anders als Stein war dieser Mann kein ebenbürtiger Gegner. Als Wolkow sein Gesicht noch einmal gegen den Tresen stieß, erzählte er winselnd alles, was er wusste. Angewidert stieß ihn Wolkow zurück und sah zu, wie sich der Alte das Blut aus dem Gesicht wischte. Dann gab er Anna, die noch immer regungslos neben der Tür lehnte, ein Zeichen und drehte sich zum Ausgang um.

In der Drehbewegung sah er die verräterische Handbewegung des DJ und ging sofort in die Knie. Eine Kugel jaulte über ihn hinweg und die schmierige Schaufensterscheibe zersplitterte mit einem lauten Knall. Als er mit der Pistole im Anschlag herumwirbelte, hielt der

DJ noch immer seine Armeepistole in der Hand, aber sein Gesicht hatte einen erstaunten Ausdruck angenommen. Erst bei genauerem Hinsehen entdeckte Wolkow den glänzenden Wurfstern, der in seinem Hals steckte.

„Ich dachte mir schon, dass er kein echter DJ ist." Mit wiegenden Schritten ging Anna an ihm vorbei.

„Wieso hast du das gewusst?", fragte Wolkow.

„Dafür war die Musik, die er aufgelegt hat, viel zu schlecht", sagte Anna lakonisch und zog den Wurfstern aus dem Hals des Toten.

Der Mann hinter dem Tresen starrte sie mit weit aufgerissenen Augen an und griff blitzschnell unter den Tresen. Wolkow ahnte, was diese Handbewegung zu bedeuten hatte, aber er kam zu spät. Der Mann schoss durch das Sperrholz, Splitter flogen durch die Luft und Anna sank getroffen in die Knie. Der glänzende Wurfstern rollte über den Boden, als sie mit dem Gesicht nach unten schwer auf dem Beton aufschlug.

Noch ehe der Mann ein zweites Mal abdrücken konnte, hatte ihn Wolkow bereits mit einem einzigen Schuss getötet.

Er bückte sich zu Anna und fühlte ihren Puls, aber für sie kam jede Hilfe zu spät. Schnell stand er auf und schob den zersplitterten Tresen zur Seite. Im hinteren Raum surrten die Waschmaschinen, die von einem zusätzlichen Aggregat angetrieben wurden. An der Wand lehnten einige Benzinkanister. Hastig schüttete er das Benzin über Boden, Tresen, Holzteile und den ganzen vorderen Teil des Waschsalons. Aus einem Leintuch drehte er eine Lunte, die er anzündete, als er nach draußen trat. Kurz bevor er um die nächste Ecke bog, hörte er hinter sich eine laute Explosion und eine Stichflamme erhellte die Straße. Doch Wolkow wurde bereits von der Dunkelheit verschluckt und nahm wieder die Spur des Leitwolfs auf.

29

MOSKAU – MILITÄRHOSPITAL SOMJONOW

Sie hatte Angst einzuschlafen, denn vielleicht würde sie nie wieder aufwachen. Immer wieder kehrten die Bilder des Anschlags in der Redaktion in ihre Träume zurück. Dann sah sie ihre toten Kollegen auf dem Boden liegen, watete durch Blutlachen, bis sie schließlich neben ihrem Chefredakteur am Boden kniete und den gefährlichen Chip mit dem Film in die Hand nahm. Sie starrte auf das winzige Display, auf dem der Film ablief, sah darauf, wie Menschen zusammengeschossen wurden und andere Menschen mit Sekt auf gelungene Geschäfte anstießen. Das alles war so weit jenseits all ihrer Vorstellungskraft, dass sie das streichholzschachtelgroße Display mit einem lauten Schrei fallen ließ, als würde es glühen. Mit diesem Schmerz in der Handfläche erwachte sie.

„Verdammt!“ Es war alles real und sie hatte nicht nur geträumt. Sie lag in diesem Militärhospital, und sie hatte den Chip an sich genommen, weil sie an eine Gerechtigkeit glaubte, weil sie Menschenleben retten wollte. Aber was war das für eine beschissene Gerechtigkeit, die sie jetzt sterben ließ? Wo war der Retter, der gemeinsam mit ihr diese erschütternde Wahrheit ans Licht brachte? Waren es Peter Rubin und

Lea Castro, die beiden Journalisten, die erst ein Mal bei ihr gewesen waren?

Sie kannte die beiden doch gar nicht. Wie sollte sie wissen, dass sie es ehrlich mit ihr meinten und nicht nur hinter einer Sensation her waren. Aber Rubin hatte versprochen, Boris, ihren Hund, zu ihr zu bringen. Das war der Prüfstein. Wenn Rubin sein Versprechen hielt, dann konnte sie ihm vertrauen. Dann musste sie ihm alles erzählen, denn ihre Zeit neigte sich unerbittlich dem Ende entgegen.

„Haben Sie über meinen Vorschlag nachgedacht?“, fragte Dr. Maschkow, der plötzlich mitten in der Nacht bei ihr auftauchte, und zum ersten Mal war sie froh über diese Denkunterbrechung in der endlosen Dunkelheit.

„Haben Sie das Gegenmittel für mich bereits erhalten?“, fragte sie und musste sich ständig räuspern, da ihr Hals wie ausgedörrt war.

„Ein kleiner Hinweis genügt mir schon.“ Es war, als hätte er ihre Frage nicht gehört, deshalb versuchte es Natalia noch einmal.

„Was ist mit dem Gegenmittel?“

„Ich bitte Sie nur um eine Gefälligkeit.“

„Ich ... ich habe keine Ahnung, was Sie von mir wollen.“

„Diese Phase haben wir doch schon hinter uns gelassen.“ Maschkow wirkte enttäuscht. „Ich hätte Sie für klüger gehalten.“

„Wie meinen Sie das?“

„Was nützt Ihnen eine Veröffentlichung, wenn Sie dann bereits tot sind? Sie können es in unserem Land noch weit bringen. Für einen lächerlichen Film wollen Sie Ihre Zukunft, Ihr ganzes Leben opfern?“

Maschkow fuhr sich durch die dichten schwarzen Haare.

„Wer sagt übrigens, dass dieser Film irgendjemanden draußen in der weiten Welt interessiert? Die Menschen haben genügend eigene Probleme, es gibt Millionen Flüchtlinge, die nach Europa wollen. Keine Woche vergeht ohne irgendwelche Terroranschläge und in Afrika verhungern nach wie vor Millionen von Menschen. Da interessiert sich keiner dafür, was Sie zu berichten haben."

„O doch, das interessiert die Menschen. Das, was ich auf dem Film gesehen habe, ist so ungeheuerlich, dass es an die Öffentlichkeit muss."

„Es gibt also diesen Film doch?", hakte Maschkow schnell nach.

Verdammt! Er hatte sie hereingelegt, Wie konnte sie auch nur so dumm sein. Immer wieder gingen die Emotionen mit ihr durch, dann dachte sie nicht mit dem Verstand, sondern ausschließlich aus dem Bauch heraus.

„Das war nur so dahergeredet", machte sie einen lahmen Versuch, das soeben Gesagte wieder zu relativieren, doch sie wusste selbst, dass es zwecklos war.

„Ganz, wie Sie meinen." Maschkow ließ sich nicht aus der Ruhe bringen. „Ich hätte Ihnen sonst einen Vorschlag gemacht."

„Was für einen Vorschlag?"

‚Maschkow lässt nicht locker, hat immer noch etwas in der Hinterhand', dachte Natalia.

„Ich besorge Ihnen Morphium."

„Morphium? Wozu das denn? Ich bin kein verdammter Junkie auf Entzug, was denken Sie von mir."

„Es wird bald noch schmerzhafter für Sie werden." Maschkow blickte auf seine Uhr und stand auf. „Ich brauche jetzt eine Runde Schlaf."

Bevor er das Krankenzimmer verließ, flüsterte er noch mit dem diensthabenden Soldaten. „Sie bleiben hier sitzen. Helfen Sie ihr auf gar keinen Fall. Das ist ein Befehl."

Natalia spürte, wie ihr Herz heftig zu schlagen begann.

„Warten Sie!", rief sie Maschkow hinterher. Doch dieser drehte sich nicht einmal um, sondern sprach in den leeren Korridor hinaus.

„Zu spät. Ich komme erst morgen wieder."

Die Tür fiel ins Schloss, und Natalia spürte, wie das Blut in ihren Ohren pochte. ‚Was meinte er mit diesen Schmerzen? Werde ich am Ende gar gefoltert? Das wagen sie nie. Nicht, wenn der Journalist Peter Rubin morgen wieder auftaucht', dachte sie.

„Hey, was hat Maschkow damit gemeint, dass Sie mir nicht helfen dürfen?"

Aber der Wachsoldat ignorierte sie, blätterte wie immer in einem Magazin und gab ihr das Gefühl, als würde sie überhaupt nicht mehr existieren. Plötzlich fühlte sie sich ganz allein, so als würde sie wie ein einsamer Kosmonaut durch ein schwarzes Weltall treiben, losgelöst von seinem Mutterschiff und verloren in der unendlichen Dunkelheit.

Erschöpft sank sie zurück in die Kissen, spürte ihren Herzschlag, der schnell und immer schneller wurde, und schon dachte sie, ihr Brustkorb würde zerspringen. Plötzlich setzte dieses Herz aus, Adrenalin flutete ihren Körper, der Puls ging unregelmäßig, das Herz pochte wieder, aber die Luft blieb weg und die Panik kam. Dann brach der Schmerz über sie herein, so feurig und gewaltig, dass sie sich nur noch wünschte, sofort zu sterben.

30

MOSKAU – NOBELVORORT RUBLJOWKA

Wolkow saß nackt mit unterschlagenen Beinen auf einem Schneehaufen mitten in dem verschneiten Park der großen Landhausvilla und ließ sich von dem Strudel der Millionen Lichter der Stadt mitten in das Zentrum ziehen, um dort seine Runden zu drehen und wieder gereinigt ausgespuckt zu werden und auf seinem Schneeberg mitten im Nichts zu landen.

Er fand den Gedanken ungemein faszinierend, sich Moskau als einen gigantischen Strudel vorzustellen, als einen lebendigen pulsierenden Organismus mit einem gefräßigen Maul in der Mitte, der bereit war, alles zu verschlingen, was sich in seine Nähe wagte.

Langsam drang die Kälte durch seine Haut, verwandelte sein Herz zu Eis, machte ihn gefühllos und bereit, bis zum bitteren Ende zu kämpfen. Konzentriert formte er einen Schneeball und warf ihn zu Yuri, der in einiger Entfernung im Schnee lag und ihn wie immer beobachtete.

„Los, Yuri! Fass!", rief er und warf den nächsten Schneeball in die Luft. Aber der weiße Wolf rührte sich nicht und ignorierte die Rufe von Wolkow.

‚Ein Wolf ist eben kein Hund', dachte Wolkow. Er lässt sich nicht durch Befehle zu etwas zwingen, was er nicht will.

„Yuri, pass auf!", rief er dem Wolf zu, der sofort die Ohren spitzte. Dann stand er auf und streckte die Arme in den grauen Himmel. Seine Haut war durch die Kälte gefühllos geworden und seine Fingerspitzen begannen bereits zu schmerzen. Die Narben, die seine Brust bedeckten, spannten in der Kälte, und er hatte das Gefühl, als würde seine Haut reißen. Mit gefühllosen Fingern strich er die Kreuzformen entlang, die er sich in die Brust geschnitten hatte. Für jeden erledigten Auftrag gab es ein Kreuz und Wolkow erledigte viele Aufträge. Gestern Nacht war wieder ein neues Kreuz dazugekommen, obwohl er darauf nicht sonderlich stolz war. Der alte Mann in dem Waschsalon war kein wirklicher Gegner gewesen.

„Lauf, Yuri!", schrie er, drehte sich um, sprang von dem Schneehaufen und rannte auf die unbewohnte Holzvilla zu. Wie immer hechtete er über die Brüstung, lief die Veranda entlang, dicht gefolgt von Yuri, der ihn als seinen Leitwolf akzeptierte. Für Yuri war er wahrscheinlich so etwas wie ein Vater, hatte er den Wolf doch großgezogen, als er ihn winzig, einsam und halb verhungert neben einer Mülltonne am Waldrand gefunden hatte. Damals, als er nicht wusste, wohin ihn sein Weg führen würde, als er nur ein simpler Mörder gewesen war.

Durch Yuri hatte er sich Disziplin antrainiert und dann seinen Auftraggeber kennengelernt. Damals hatte Wolkow gespürt, dass seine Suche ein Ende hatte, dass er endlich die Person gefunden hatte, von der er lernen und die er bewundern konnte. Er war in dessen Dienste getreten und hatte sich langsam hochgearbeitet. Jetzt war er die rechte Hand seines Auftraggebers, und das machte ihn stolz und glücklich.

All das ging ihm durch den Kopf, während er von der Veranda kopfüber in den Schnee hechtete und den Wolf anfeuerte.

Mit einem zufriedenen Seufzer ließ sich Yuri neben Wolkow in den Schnee fallen und starrte ihn mit seinen grünen Augen durchdringend an.

„Yuri, komm her zu mir!“ Er kraulte den Wolf hinter den Ohren und atmete den kalten animalischen Geruch des Tieres ein. Yuri war wie er. Gezähmt, aber noch immer wild. Sanft, aber mit der schlummernden Bestie im Inneren.

Über viele Jahre war der weiße Wolf der einzige Gesprächspartner für Wolkow gewesen. Yuri hatte geduldig zugehört, wenn Wolkow von einem neuen Auftrag berichtet hatte, war an seiner Seite gewesen, wenn er sich wieder ein Kreuz in die Brust schnitt.

Jetzt wartete der Wolf in dem riesigen Grundstück geduldig darauf, dass Wolkow auftauchte, ihm sein Fressen brachte und mit ihm gemeinsam durch die leeren Nächte strich.

„Wir haben einen Auftrag auszuführen“, sagte Wolkow zu Yuri in den beginnenden Morgen hinein und rieb sich mit Schnee ein, um sich aufzuwärmen. Er kniff die Augen zusammen und hatte den Eindruck, als wäre die Stadt im Morgengrauen näher gekommen, als würden sich die Ausläufer der riesigen Metropole in seine Richtung schlängeln, um ihn in die Wirklichkeit zurückzuholen.

„Leyla Khan“, murmelte er und das Bild der hübschen Frau mit den schwarzen Augen tauchte vor ihm auf. Natürlich hatte er sofort gespürt, dass sie aus demselben Holz geschnitzt waren. Beide waren sie Ausgestoßene gewesen, die sich durch das Töten ihren Platz in einer schwarzen Gemeinschaft erarbeitet hatten. Sie war eine Gegnerin, wie er sie sich immer gewünscht hatte.

Aber dann wurde dieses Bild von David Stein überlagert, von dem Mann, dem er die Position als Leitwolf streitig machen würde.

Langsam strich er mit dem Finger über seine Brust bis hinunter zum Nabel. Für Stein würde er einen besonderen Platz auf seinem Körper finden. Dieses Kreuz würde alle seine anderen Kreuze übertreffen und aller Welt zeigen, dass er Stein besiegt hatte.

31

MOSKAU – RINGAUTOBAHN MKAD

Der Tschaika schlingerte über die Ringautobahn von Moskau, und Leyla war sich nicht sicher, ob es die weiche Federung oder die allgemeine Übelkeit war, die sie schon seit dem Vortag heimsuchte. Gestern Abend hatten David und sie gemeinsam mit Jessenin einen riesigen Topf Borschtsch gegessen und reichlich dazu getrunken. Sie hatte keine Ahnung, wie sie ins Bett gekommen war, und das machte sie wütend. Sie war eine Frau, die nicht gerne die Kontrolle verlor. In Mallorca war sie einmal mit David ins Bett gegangen und hatte die Kontrolle verloren. Dabei hatte sie sich in ihn verliebt. Das war schön und gleichzeitig war es entsetzlich für sie gewesen. Sie wollte doch unabhängig sein und ihr Ziel verfolgen. Noch immer hatte sie ihm nichts von ihrer Schwangerschaft erzählt, gestern Abend wäre die perfekte Gelegenheit dafür gewesen, als sie umarmt vor dem Kanonenofen am Boden lagen. Aber dann war David aufgestanden, um Jessenin vom Trinken abzuhalten, und die Chance war vertan.

„Bist du o. k., kannst du uns fahren?“, hatte David am nächsten Morgen Jessenin gefragt, der auf Leyla einen überaus nüchternen Eindruck machte, obwohl er eine Menge getrunken hatte.

„Ein Tschaika fährt sich ganz von selbst“, hatte Jessenin gemurmelt und sich nervös durch die Haare gestrichen.

„Was ist los mit ihm?“, hatte Leyla gefragt.

David hatte nur mit den Schultern gezuckt und wirkte abwesend.

Die Stimmung war schlecht, und das änderte sich auch nicht, als sie losfuhren.

Während sie daran dachte, erfasste sie erneut eine Welle der Übelkeit.

„Jessenin, kannst du bitte anhalten.“

Schwankend kam der Wagen am Pannenstreifen zum Stehen, und Leyla schaffte es gerade noch hinaus, bevor sich ihr Mageninhalt mit dem gestrigen Abendessen in den schmutzigen Schnee ergoss. Ächzend ging sie in die Knie und ihr Oberkörper sackte nach vorne. Sie spürte den kalten Schnee auf ihrem Gesicht, und der Lärm der schnell vorbeifahrenden Autos klang wie ein metallenes Rauschen.

„Leyla, was ist los? Hast du dir den Magen verdorben?“, hörte sie die Stimme von David leise aus dem Motorenlärm auftauchen. „Jessenin, es dauert noch ein wenig. Leyla fühlt sich nicht wohl.“

Sie konnte die Antwort von Jessenin nicht hören, die in dem allgemeinen Aufheulen der Motoren und dem wütenden Hupen unterging, es klang wie ein infernalisches Orchester, das mit größtmöglicher Geschwindigkeit und höchster Lautstärke zu spielen versuchte.

„Es ist schon in Ordnung“, murmelte Leyla und schüttelte die Hand von David ab.

Davids Smartphone summte, doch er nahm den Anruf nicht entgegen, sondern fasste sie erneut am Arm und half ihr, sich über die Leitplanke zu beugen. Diesmal hatte sie nichts dagegen, ganz im Gegenteil, es war ein schönes Gefühl, dass sich David so um sie sorgte.

„Okay, mir geht es wieder besser. Fahren wir weiter.“

„Du musst besser auf deine Freundin aufpassen", sagte Jessenin tadelnd, als er sich wieder in den Verkehr einfädelte. „Das habe ich dir gestern schon gesagt."

„Mir geht es doch wieder gut", beeilte sich Leyla zu versichern, obwohl sie noch immer ein flaues Gefühl im Magen hatte.

„Was ist denn los?", flüsterte sie, als sie bemerkte, dass David verstohlen die Nachricht las, die zuvor auf seinem Smartphone eingegangen war. Leyla lehnte den Kopf an seine Schulter, um einen schnellen Blick auf das Display werfen zu können. Was sie sah, war nicht viel. Auf dem Bild war nur der Kopf von Jessenin zu sehen, aber darunter stand ein Codename. Was hatte das zu bedeuten?

Plötzlich war ihre Übelkeit wie weggeblasen und das Adrenalin der Jägerin schoss durch ihre Venen. Unauffällig fuhr sie mit der Hand nach hinten zu ihrem Gürtel, spürte den Griff der Makarow, die in ihrem Hosenbund steckte und ihr Sicherheit verlieh. Dann begann sie laut zu stöhnen.

„Wir müssen schon wieder anhalten", krächzte sie, als David ihr unauffällig das Display seines Smartphones hinhielt. Jetzt konnte sie den Text lesen, und sie bemühte sich, ein unbeteiligtes Gesicht zu machen: „Achtung! Jessenin hat 100.000 Dollar aus Zypern auf ein geheimes Konto überwiesen bekommen. Wir gehen davon aus, dass er ein Verräter ist."

„Bitte anhalten! Mir ist schon wieder übel!"

Langsam lenkte Jessenin den Tschaika erneut auf den Pannenstreifen, hielt an und beobachtete sie beide im Rückspiegel. Leyla bemerkte das kurze Aufblitzen in dessen Augen und wusste, dass sie sofort handeln musste. Sie wollte die Tür aufreißen, aber diese war blockiert.

„Mach sofort die Tür auf, du Verräter", zischte sie und zog gleichzeitig die Makarow aus dem Bund ihrer Hose.

„Lass die Pistole stecken", sagte Jessenin ganz ruhig. „Wenn ich den Daumen vom Zigarettenanzünder nehme, dann ist die Bombe scharf und wir fliegen alle in die Luft."

David warf ihr einen schnellen Blick zu und seine Lippen formten lautlos die Wörter: „Zeit gewinnen."

„Du bluffst doch nur", sagte David.

„Willst du es auf einen Versuch ankommen lassen?"

„Der angebliche Schnaps gestern, den du getrunken hast, das war nur Wasser. Stimmt doch?", sagte Leyla. „Als ich ein Glas davon wollte, hast du mir aus einer anderen Flasche eingeschenkt."

„Gut erkannt, aber leider ist es jetzt zu spät. Ihr habt euch wie zwei Turteltäubchen verhalten und dabei eure Mission aus den Augen verloren."

„Du hast dich für Geld kaufen lassen. Für 100.000 Dollar eine Freundschaft zu verraten, ist mies", sagte David.

„Ich hätte es auch für viel weniger getan." Jessenin lachte freudlos. „Was redest du da von Freundschaft. In unserem Job gibt es keine Freunde. Du hast nicht mehr die nötige Härte für einen Agenten. Die Frau hat dir den Kopf verdreht und hat dich weich und blind gemacht."

Plötzlich drückte Jessenin auf einen Knopf am Armaturenbrett und eine Trennscheibe fuhr geräuschlos aus der schmalen Ablage hinter den Vordersitzen in die Höhe. David versuchte noch, mit seiner Pistole die Scheibe zu verkeilen, aber der Schlitz war zu eng, um den Lauf auf Jessenin zu richten. Er feuerte, traf aber nur die Windschutzscheibe, auf der sich die Sprünge wie ein Spinnennetz ausbreiteten, die aber nicht splitterte.

„Das ist ein Funktionärsauto mit Trennscheibe und kugelsicherem Glas." Jessenin nahm den Finger vom Zigarettenanzünder und hielt sich mit beiden Händen die Ohren zu.

„Fliegen wir jetzt in die Luft?“ Erneut rüttelte Leyla an der Tür, aber es war zwecklos.

„David hatte recht. Der Zigarettenanzünder war nur ein Bluff. Die Bombe wird nur damit scharf gemacht.“ Jessenin schwenkte ein Handy in der Hand, mit dem er ein kleines Kästchen auf dem Armaturenbrett aktivierte, das Leyla für ein Navigationsgerät gehalten hatte. „Viel Glück, ihr beiden. Ihr habt noch eine knappe Minute zu leben. Wir sehen uns in der Hölle wieder“, rief Jessenin. Dann öffnete er die Fahrertür, stieg aus und wollte rund um den Wagen zur Leitplanke laufen.

Doch auf der Fahrbahn blieb Jessenin plötzlich wie erstarrt stehen und sein Schrei ging in einem durchdringenden Hupen unter. Auch Leyla hörte das dumpfe Hupgeräusch und sah die qualmenden Reifen, die nach einer Schnellbremsung zwar blockierten, aber der Schub des riesigen, chromblitzenden Lastzugs war stärker. Das Führerhaus donnerte auf Jessenin zu und zermalmte ihn unter sich.

32

MOSKAU – RINGAUTOBAHN MKAD

„Wir müssen sofort raus!“, schrie David und schlug mit seinem Stiefel gegen die Wagenscheibe. Aber seine Schläge zeigten nicht die geringste Wirkung. Es gab nicht einen Sprung im Glas.

„Das schaut nicht gut für uns aus, der Wagen hat tatsächlich gepanzerte Scheiben“, sagte er. „Leyla, wir haben nur eine Chance. Wir zielen beide gleichzeitig mit unseren Pistolen auf das Seitenfenster und schießen so lange, bis die Scheibe zu Bruch geht.“

Leyla nickte und zog ihre Makarow, feuerte gegen die Windschutzscheibe, das Glas zersetzte sich in gezackte Fäden wie ein Spinnennetz, blieb aber heil. Auch David schoss, traf dieselbe Stelle, das Glas knirschte, doch als er mit dem Stiefelabsatz dagegen stieß, splitterte es noch immer nicht.

Währenddessen riskierte er einen schnellen Blick durch die Trennscheibe nach vorn auf die Bombe. Auf dem Display rasten die roten Ziffern unerbittlich in Richtung null. Sie hatten einfach keine Chance.

„Achtung, David!“ Leyla schoss erneut auf die Scheibe. „Verdammt, ich bin doch eine gute Schützin. Ich brauche nur genau dieselbe Stelle zu treffen wie zuvor, dann springt selbst das härteste Panzerglas“, sagte sie und zielte und schoss. Wieder ein ohrenbetäubender Knall und endlich zerplatzte die Seitenscheibe und ein Glasregen rieselte in den Wagen. Hastig kletterten beide nach draußen und sprangen in letzter Minute über die Leitplanke. In diesem Augenblick explodierte der Wagen und David und Leyla wurden durch die Druckwelle den Hang hinuntergeschleudert.

Für einen kurzen Moment herrschte eine unwirkliche Ruhe, und David fühlte sich wie im Auge eines Taifuns, bis plötzlich die Sirenen der Polizeifahrzeuge mit ihrem durchdringenden Lärm diese Stille zerrissen und mit voller Wucht über sie hereinbrachen.

„Die Polizei ist bald hier. Wir müssen sofort verschwinden!“, schrie David und versuchte, das Sirren und Summen durch das Schütteln seines Kopfes aus den Ohren zu bekommen. Er sah, wie Leyla den Mund öffnete und etwas zu ihm sagte, konnte aber ihre Worte nicht verstehen, das Rauschen in seinem Kopf war allgegenwärtig.

Wie benommen torkelte er vorwärts und hielt sich beide Hände über die Ohren.

„David, was ist los mit dir?“ Leyla stand jetzt direkt neben ihm und klopfte ihm auf die Wangen.

„Ich kann nichts mehr hören.“ Davids Stimme klang für ihn selbst unnatürlich laut und immer wieder klopfte er sich mit seinen Handflächen gegen die Ohren. „Ich verstehe kaum, was du sagst. Das ist die Druckwelle der Explosion, die mir die Ohren verschlagen hat.“ David zog Leyla am Arm hoch. „Wir müssen hier weg.“

Gebückt rutschten sie den eisigen Schneehang hinunter und gelangten nach einigen Kilometern Fußmarsch in einen Außenbezirk der Stadt. Schnell gingen sie an den grauen mehrstöckigen

Wohnhäusern entlang. Immer wieder griff sich David an den Kopf, bemerkte, dass er leicht aus den Ohren blutete, aber langsam hörte das Rauschen auf und er konnte wieder hören.

Nach einiger Zeit ließen sie die grauen Wohnblöcke hinter sich und gelangten in eine Gegend mit kleinen bunten Holzhäuschen, die in der Winterlandschaft wie Puppenhäuser wirkten. Schweigend gingen sie durch den Vorort, der trotz seiner pittoresken Ausstrahlung wie ausgestorben wirkte. Es war kaum zu glauben, dass diese ländliche Gegend noch zum Großraum Moskau gehörte, denn es war eine gänzlich andere Welt.

Aus einem offenen Gartentor sprangen plötzlich zwei große Hunde auf die Straße. Es waren erbärmlich dürre Hunde, die sich kaum auf den Beinen halten konnten und völlig verwahrlost wirkten. Sie bellten nicht, sondern standen geduckt vor ihnen und starrten David und Leyla nur mit hochgezogenen Lefzen an.

„Ich kann da nicht weitergehen", flüsterte Leyla und fasste David erschrocken am Arm.

„Du musst keine Angst haben. Die Hunde sind zwar wild, aber sie akzeptieren den Stärkeren. Das bin ich in diesem Fall. Ich werde ihnen zeigen, dass nicht alle Menschen schlecht sind."

„Was willst du tun. Diese Hunde jetzt abrichten? Wir müssen weiter, brauchen einen Wagen." Leyla schüttelte den Kopf. „Ich fasse es einfach nicht", murmelte sie mehr zu sich selbst. In vielen Dingen war ihr David fremd. Seine Liebe zu den Hunden konnte sie nur schwer begreifen. Das lag wahrscheinlich auch an ihrer harten Kindheit in dem Flüchtlingslager, wo sie ständig mit streunenden Hunden um Essensreste streiten musste.

Erst durch David hatte sie gelernt, dass Hunde auch Freunde sein konnten, und zu Tiger, dem dreibeinigen Mischling, hatte sie sogar eine innige Beziehung entwickelt. Aber diese beiden riesigen ausgemergelten Köter mit ihrem räudigen Fell hatten nichts Vertrauenerweckendes an sich, sie verströmten nur düsteren Hass und Aggressivität.

Plötzlich hörte sie hinter sich ein leises Schnarren, so als würde die Luft von einem Ventilator aufgewirbelt. Als sie sich umdrehte, sah sie einen schwarzen Vogel, der sich auf einem morschen Zaunpfahl niederließ und in ihre Richtung starrte. War das eine schwarze Möwe? Sie machte einen Schritt auf den Vogel zu, doch dieser erhob sich sofort mit einem lauten Kreischen. Dieses Kreischen, das durch die Luft schnitt wie ein gezacktes Messer, klang für Leyla wie ein Befehl. Sie würde sich von diesen Hunden nicht einschüchtern lassen, sondern David zeigen, dass sie keine Angst mehr hatte. David wollte sie noch zurückhalten, doch Leyla schüttelte seine Hand ab und ging direkt auf die Hunde zu.

33

TANGER – STADTHAUS VON NELSON LOEWENSTEIN

„Was ist diesmal schiefgelaufen?“, bellte Loewenstein in das Satellitentelefon und hob verärgert die Augenbrauen. Die Stimme am anderen Ende versuchte, ihn zu beruhigen und alles logisch zu erklären.

„Warum kümmerst du dich nicht selbst um die Sache“, fragte er.

Er wartete keine Antwort ab, sondern redete gleich weiter.

„Ich habe dir doch schon gesagt, dass du die beiden nicht unterschätzen darfst. Ich will auch keine Alleingänge mehr, sondern du hältst dich ab jetzt an unsere Abmachungen. Hast du mich verstanden?“

Dann schilderte ihm Loewenstein seinen Plan und legte auf, ohne eine Antwort abzuwarten.

„Ich bin nur von Idioten umgeben“, murmelte er und drehte sich zu Alegra, die ihm schweigend zugehört hatte und nachdenklich ihre langen schwarzen Haare zwirbelte.

„Soll ich dir die Karten legen?“

„Ich brauche jetzt keine Zukunftsprognosen.“

Alegra schüttelte missbilligend den Kopf und zog ein Kartenspiel aus der Tasche ihres schwarzen Kaftans.

„Du kannst die Augen vor dem Schicksal nicht verschließen." Sie mischte die Karten und fächerte sie umgedreht auf einem niedrigen Tisch auf. „Zieh eine Karte."

„Ich habe doch schon gesagt, dass ich dieses Spiel jetzt nicht will", meinte Loewenstein energisch. Er zuckte aber sofort zurück, als er den bösen Blick von Alegra bemerkte. „Meine Liebe, ich wollte dich nicht beleidigen. Ich bin nur mit meinen Gedanken im Moment ganz woanders", versuchte er sich zu rechtfertigen.

„Das merkt man. Dann lassen wir es einfach bleiben." Alegra wollte die Karten wieder zusammenschieben, doch er hielt sie am Handgelenk fest.

„Stopp. Vielleicht hast du ja recht. Ich muss wissen, was das Schicksal mit mir vorhat." Zögernd strich er mit seiner Hand über die Karten, verharrte, zog dann eine und legte sie vor Alegra auf den Tisch, ohne sie umzudrehen. „Eigentlich glaube ich ja nicht daran." Hilflos lächelte er.

„Niemand glaubt daran, aber alle lassen sich die Karten legen." Alegra drehte eine Karte um und betrachtete sie lange. Ihre Miene verdüsterte sich zusehends und hastig wollte sie die Karte wieder zurück zu den anderen stecken.

„Halt! Was hast du auf der Karte gesehen?" Loewensteins Stimme hatte ihren metallenen Klang verloren und war jetzt leise, unsicher, fast ein wenig zittrig. „Ich will wissen, was du gesehen hast", flüsterte er.

„Das würde dich nur beunruhigen", entgegnete Alegra leise. „Es würde dir vielleicht sogar die Kraft rauben, eine Entscheidung zu treffen."

„Was für eine Entscheidung?"

„Nun, es wird stürmische Veränderungen geben und alte Strukturen brechen zusammen."

„Du redest nur Unsinn." Loewenstein riss Alegra die Karte aus der Hand, es war die Nummer 16 der großen Arkana, der Turm. „Aus einer einzelnen Karte willst du meine Zukunft lesen?" Ungläubig schüttelte er den Kopf.

„Dann zieh noch eine Karte", forderte ihn Alegra auf.

‚Was ist bloß los mit mir? Ich bin reich, habe Macht und Einfluss und lasse mir von einer Frau, die ich vor Jahren am Strand von Tanger aufgelesen habe, die Karten legen. Nur weil sie vielleicht zwei- oder dreimal recht gehabt hat und ich durch die Gunst ihrer Karten ein Vermögen an der Börse gemacht habe?', dachte er, während seine Hand unschlüssig über den Karten schwebte.

„Weshalb zauderst du? Du sollst eine Karte ziehen."

Wieder zögerte Loewenstein, sein Gefühl sagte ihm, dass diese Karte etwas in seinem Leben auslösen könnte. Vielleicht eine alte Geschichte, die weit zurück in der Vergangenheit lag.

„Was bedeutet diese Karte?", fragte er hektisch, als Alegra die neue Karte betrachtete und mit der Bildseite nach unten zu der anderen legte.

„Es geht um verletzte Gefühle und um eine Abrechnung", sagte sie kurz angebunden. „Mehr will ich dazu nicht sagen."

Alegra schüttelte ihre lange Mähne und ging durch den Raum hinaus auf die Terrasse. Sie lehnte an der Brüstung und hielt ihr Gesicht in den Wind.

Als Loewenstein ihr schnell folgte, drehte sie sich nicht einmal um und ignorierte ihn völlig.

„Du bist mir eine Antwort schuldig", flüsterte er ihr ins Ohr. „Ich habe dich am Strand aufgelesen, du hattest kein Geld, keine Freunde und kein Zuhause."

„Die Welt ist mein Zuhause, alle Menschen sind meine Freunde und aus Geld mache ich mir nichts."

„Hör sofort auf mit dem Quatsch!" Loewenstein wollte seine Wut herausschreien, wusste aber gleichzeitig, dass er auf das Orakel von Alegra angewiesen war, dass er keinen Tag zubringen konnte, ohne sich von ihr die Karten legen zu lassen. Nur wenn das Schicksal es gut mit ihm meinte, verließ er sein Haus oder seinen Segelschoner. Außer Alegra durfte das niemand wissen und so sollte es auch in Zukunft bleiben. Niemals durfte an die Öffentlichkeit gelangen, dass der mächtige Nelson Loewenstein sich von einer Wahrsagerin leiten ließ. Das war seine gefährliche Abhängigkeit.

„Was meinst du mit Abrechnung?" Seine Stimme hatte plötzlich einen flehentlichen Unterton, denn er hasste es, im Unklaren gelassen zu werden.

„Es ist die Fünf der Schwerter. Jemand, der dich jetzt noch sehr liebt, wird dich bald sehr hassen und nur mehr deinen Tod wünschen. Dieser Mensch wird kommen, um mit dir abzurechnen. Es liegt weit zurück in deiner Vergangenheit."

„Werde ich siegen?"

„Es gibt immer einen Sieger", antwortete Alegra kryptisch und strich ihm sanft über die Wange. Ein Windstoß wehte ihr die langen schwarzen Haare über das Gesicht und auf Loewenstein wirkte sie in diesem Augenblick wie eine Rachegöttin.

34

MOSKAU – VORORT KUNZEWO

Leylas Herz pochte heftig, als sie mit großen Schritten auf die beiden Hunde zuging.

Wie hatte David es ihr einmal erklärt: Es gibt ein simples Prinzip in der Rangordnung eines Rudels. Hunde akzeptieren immer den größeren und stärkeren Hund als ihren Führer. Menschen gehen auf zwei Beinen und wirken daher für Hunde groß, mächtig und überlegen. Diesen Vorteil musste Leyla jetzt ausnutzen, um die unsicheren, aggressiv wirkenden Hunde zu unterwerfen. Sie streckte beide Hände in die Höhe, um ein wenig größer zu wirken. Ganz langsam begannen die beiden Hunde nervös zu hecheln und schoben sich Zentimeter für Zentimeter zurück.

Sie spürte, wie ihr trotz der Kälte der Schweiß auf die Stirn trat, für einen kurzen Augenblick war sie unkonzentriert und ließ die Hände sinken. Ohne Vorwarnung sprang einer der Hunde plötzlich auf sie zu und schnappte nach ihr.

„Verschwinde!", rief Leyla überrascht aus und zuckte zurück. Jetzt machte auch der zweite Hund einen Satz nach vorn, doch David trat sofort mit einem Knurrlaut zwischen Leyla und die Hunde. Und plötzlich blieben sie wieder stehen.

„Halte dich an meiner Jacke fest. Dann sind wir für die Hunde eine Einheit und sie werden dir nichts tun", sagte er zu Leyla, ohne die beiden Tiere aus den Augen zu lassen. Im nächsten Moment blieb er stehen und stampfte mit seinem Fuß auf. Die beiden Hunde erstarrten und begannen leise zu winseln. David stampfte erneut auf und klatschte in die Hände. Die Hunde drehten sich um und verschwanden mit eingezogenen Schwänzen in einer Seitengasse.

„Ich wollte dir doch nur zeigen, dass ich keine Angst mehr habe", sagte Leyla und atmete tief durch. Seltsam, sie hatte nicht die geringste Angst verspürt, als der Hund auf sie zugesprungen war. Das war ein gutes Zeichen.

„Das hast du wirklich gut gemacht", antwortete David und drehte sich suchend im Kreis. „Ich habe keine Ahnung, wo wir sind", sagte er und zog sein Smartphone heraus. Er sah auf die Karte auf dem Display und tippte die Adresse der Datscha von Natalias Mutter ein. „Es sind noch ungefähr fünfzehn Kilometer. Wir brauchen unbedingt ein Fahrzeug."

Sein Smartphone vibrierte. Es war Robyn.

„Stein, es gab eine Explosion auf der Ringautobahn. Ich gehe davon aus, dass Sie damit zu tun haben."

„Auf gewisse Weise ja", antwortete David ausweichend. „Geben Sie mir einen kurzen Lagebericht."

„Die Moskauer Polizei ist bereits in höchste Alarmbereitschaft versetzt worden, man spricht von einem Terroranschlag. Sie müssen sofort aus dieser Gegend verschwinden. Bald wimmelt es dort von Milizionären. Der Generalstab, mit dem wir hier eng zusammenarbeiten, kann dann nicht mehr für Ihre Sicherheit garantieren."

„Wie sollen wir von hier wegkommen?"

„Ich habe einen kurzen Satellitenslot und kann Sie leiten."

„Wir brauchen dringend ein Fahrzeug."

„Gehen Sie die Straße 200 Meter geradeaus entlang. Weiter vorne finden Sie eine Tankstelle. Ein Lada steht vor der Zapfsäule, der Fahrer ist in dem Shop und kauft ein. Der Wagen steht dort mit laufendem Motor. Das wäre bei uns undenkbar, doch in Russland ist alles möglich. Aber Sie müssen sich beeilen."

David gab Leyla ein Zeichen und beide liefen sie durch die mit schmutzigem Schnee bedeckte Straße, bis sie die Tankstelle erreichten. Lukoil mit dem charakteristischen Öltropfen im Logo leuchtete von einem Schild und vor einer der Zapfsäulen stand tatsächlich ein verbeulter Lada mit laufendem Motor. Geduckt liefen sie auf den Wagen zu.

„Schnell einsteigen", flüsterte David und öffnete die Fahrertür. Ein Gestank aus Schnaps, Schweiß und billigen Zigaretten schlug ihnen entgegen, als sie sich in den Wagen setzten.

„Stein, der Fahrer steht bereits am Tresen", hörte er die Stimme von Robyn. „Ein Polizeifahrzeug nähert sich auf der anderen Seite der Tankstelle. Sie müssen sofort verschwinden."

David antwortete nicht, sondern gab einfach Gas. Der Lada machte einen Satz nach vorne und schoss davon.

„Immer die Straße entlang und bei dem großen Kreisverkehr die dritte Ausfahrt nehmen. So kommen Sie auf einem kürzeren Weg an Ihr Ziel."

„Was ist mit dem Polizeifahrzeug?", fragte David, doch der Bildschirm seines Smartphones blieb schwarz, der Satellitenslot war bereits geschlossen. Sie waren also wieder auf sich selbst angewiesen.

Nachdem sie ungefähr zwanzig Minuten schweigend durch die Dunkelheit gerast waren, sahen sie ein Straßenschild in der Dunkelheit aufleuchten.

„Wir sind richtig." Leyla klopfte auf das Armaturenbrett und atmete erleichtert auf. „Jetzt brauchen wir nur noch den Hund mitzunehmen und können verschwinden."

Unauffällig betrachtete sie sich im Spiegel, der schief an der Sonnenblende klebte. Ihr Gesicht war bleich und sie hatte dunkle Ringe unter den Augen. Sie stand unter Hochspannung und ihr Blick flackerte nervös. Bald musste sie David von ihrer Schwangerschaft erzählen und beide würden sie eine Entscheidung treffen. Aber würden sie jemals die Zeit dafür haben? War hier in Russland der richtige Zeitpunkt? Gab es überhaupt einen richtigen Zeitpunkt? Sie schob diese Gedanken weit zurück und konzentrierte sich auf die vorbeifliegende Gegend.

„Das ist also die Datscha von Natalias Mutter", murmelte sie, als sie vor einem geduckten Holzhaus anhielten, das hinter den hohen Schneewällen wie ein verwunschenes Haus aus einem düsteren Märchen wirkte.

35

MOSKAU – DATSCHA VON NATALIAS MUTTER

Die Frau mit dem geblümten Kopftuch und der unförmigen Strickjacke stellte eine große kugelige Matrjoschka-Puppe auf den wackeligen Tisch in der Küche. Die Figur war dilettantisch in grellbunten Farben bemalt, die nicht miteinander harmonierten. Die Küche war niedrig und eng, denn ein riesiger altmodischer Herd mit eisernen Kochringen nahm einen Großteil des Raumes ein. Auf einem Ring stand ein zerbeulter Wasserkessel, der unablässig zischte. Der Herd war undicht und der Rauch, der sich zwischen den Kochringen bis unter die geschwärzte Decke kräuselte, erschwerte das Atmen. Mit ihren schmutzigen Fingern tippte die Frau die Matrjoschka-Puppe an, die träge hin und her schwankte.

„Damit verdiene ich mir mein Geld. Von der Rente alleine kann ich ja doch nicht leben."

David hob erstaunt die Augenbrauen. So hatte er sich die Mutter von Natalia nicht vorgestellt. Sie war eine kleine, dicke Frau mit einem zerfurchten Gesicht, das unter dem weit in die Stirn gezogenen bunten Kopftuch hervorlugte. Aber wen hatte er erwartet? Er wusste es nicht, aber auf keinen Fall diese Frau, die in schwer verständlichem

Russisch über die Wirtschaftslage klagte und sich mit naiv bemalten Matrjoschkas ihren Lebensunterhalt verdiente.

„Wie geht es meinem kleinen Täubchen?", fragte sie desinteressiert, während sie dünnen Kaffee in abgeschlagene Tassen goss. David hatte das Gefühl, dass sie sich das Kosewort „Täubchen" mühsam von den Lippen abringen musste.

„Natalia lässt Sie schön grüßen. Sie brauchen sich keine Sorgen um sie zu machen", sagte David, obwohl Natalia ihre Mutter immer nur am Rande erwähnt hatte und ihre größte Sorge ihrem Hund Boris galt.

„Ich mache mir auch keine Sorgen um sie. Jeder muss in diesen Zeiten sehen, wo er bleibt."

Plötzlich mischte sich Leyla ein. „Sie scheinen keine allzu enge Beziehung zu Ihrer Tochter zu haben." Natalias Mutter taxierte sie mit einem abfälligen Blick.

„Was wissen Sie schon über Kinder, junge Frau. Als mein Mann und ich sie bekommen haben, da ahnten wir ja auch nicht, was aus ihr wird. Aber sie war schon als kleines Mädchen sehr eigenartig, wollte immer mehr wissen, als gut für sie war. Und bei jeder Gelegenheit stellte sie viele Fragen, das war sehr anstrengend für uns."

„Was meinen Sie damit?", fragte David und versuchte, der Frau in die Augen zu sehen, aber sie wich seinem Blick aus und begann die dicke Matrjoschka auseinanderzuschrauben.

„In jeder Matrjoschka ist eine neue Matrjoschka, das reicht bis ins Unendliche. Am Schluss findet man seinen Schatz", sagte sie schleppend und ging mit keinem Wort auf Davids Frage ein.

„Ich weiß, ich kenne diese Geschichten", unterbrach sie David, den das Verhalten der Frau zunehmend nervte.

„Natalia war wie ein Fremdkörper hier in diesem Dorf. Früher war das ja noch kein Vorort von Moskau, sondern eine eigene kleine

Stadt", klagte sie wehmütig. „Jetzt war auch schon das Militär hier bei mir zu Hause, hat ihr Zimmer ausgeräumt und mich stundenlang ausgefragt." Sie legte die Hände auf die zerschrammte Tischplatte. „Man hat mir gesagt, dass Natalia eine Terroristin sein soll."

„Das ist sie ganz sicher nicht", widersprach ihr David. „Ihre Tochter ist eine tapfere junge Frau, die man einschüchtert und die um ihr Leben kämpft."

„Das Militär sagt etwas anderes", antwortete die Frau trotzig. „Was wollen Sie überhaupt von mir?"

David versuchte das Gespräch wieder in eine andere Richtung zu lenken. „Ich soll Boris zu Natalia bringen, das habe ich ihr versprochen."

„Boris?" Natalias Mutter blickte ihn fragend an, während sie die Puppe weiter zerlegte.

Leyla mischte sich wieder ein. „Der Hund. Es geht um Natalias Hund."

„Ach, der Hund. Ja, der ist vor ein paar Tagen hierhergekommen." Die Frau machte eine unbestimmte Kopfbewegung. „Er muss irgendwo da draußen sein."

„Sie lassen den Hund im Freien bei diesen Temperaturen?" David schüttelte ungläubig den Kopf.

„Er hat ein dickes Fell." Die Mutter von Natalia hatte jetzt alle Matrjoschkas auseinandergeschraubt bis auf die letzte winzige Figur. Schnaufend löste sie die letzte Puppe und fischte eine winzige Ikone hervor, die sie David in die Hand drückte. „Das ist für Sie. Hüten Sie die Ikone wie einen Schatz."

„Danke."

„Das kostet zehn Dollar."

„Was ist das?", fragte Leyla neugierig.

David hielt ihr die Ikone hin. Leyla kniff die Augen zusammen, um das Bild besser sehen zu können.

„Ein Baby mit einem Kreuz?“ Fragend blickte sie von David zu der alten Frau. „Was hat das zu bedeuten?“

„Sie wissen sicher, was damit gemeint ist“, antwortete Natalias Mutter und wies auf die Ikone in Davids Hand. „Achten Sie auf diesen Schatz.“

„Ist schon gut, ich werde die Ikone aufbewahren“, sagte David und steckte das winzige Holzbild achtlos in seine Lederjacke. „Aber jetzt zeigen Sie uns bitte, wo Boris ist.“

Er stand auf und trat aus der niedrigen Stube nach draußen. Der Wind hatte an Intensität zugenommen und wirbelte gefrorenen Schnee auf, der wie spitze Nadeln über seine Haut strich.

Neben der Datscha stand ein windschiefer Schuppen, an den ein provisorischer Verschlag genagelt war. Es war die Hundehütte, wie David an der langen Kette unschwer erkennen konnte. Hatte man den Hund an die Kette gelegt? Er trat näher, doch in diesem Augenblick schoss ein großer Hund mit gefletschten Zähnen aus dem Verschlag und sprang auf David zu, der im letzten Moment ausweichen konnte. Der Hund machte eine Drehung und verschwand wieder in dem Verschlag.

„Was ist mit Boris passiert?“, rief er der alten Frau zu, die mit verschränkten Armen auf der Türschwelle stand und ihn beobachtete.

„Ich weiß es nicht. Er ist ohne Natalia gekommen und sofort in den Verschlag gekrochen. Der Hund ist wahrscheinlich genauso verrückt wie meine Tochter“, sagte sie achselzuckend. „Nicht einmal zum Fressen darf man sich ihm nähern. Da sehen Sie, überall liegen noch die Knochen, die wir ihm hinwerfen.“ Sie deutete auf abgenagte gefrorene Knochen, die im Schnee lagen. „Es hat ihm aber bisher an nichts gefehlt.“

„Ich brauche ein Stück frisches Fleisch“, sagte David, doch die Frau rührte sich nicht. „Haben Sie nicht gehört? Ich brauche es für den Hund.“

„Wir haben doch kein Fleisch zum Verschenken“, antwortete Natalias Mutter giftig.

„Wer spricht von Verschenken.“ David zog erneut einen 10-Dollar-Schein aus seiner Tasche. „Ich bezahle dafür.“

Schnell griff die Frau nach dem Geldschein und schlurfte in das Haus zurück. Nur wenige Augenblicke später war sie schon wieder zurück und hielt David ein rohes Stück Fleisch hin, das intensiv roch.

„Jetzt lassen Sie mich bitte in Ruhe“, sagte David. Er nahm das Stück Fleisch in seine Hand und ging in die Knie, um aus der Entfernung einen Blick in den Verschlag werfen zu können. Der Hund lag lauernd auf dem gefrorenen Boden und zog die Lefzen zurück, bereit, sich sofort auf David zu stürzen. Wie sollte er den verunsicherten Hund aus seinem Verschlag locken und – noch schwieriger – wie ihn zu Natalia bringen. Er hatte nicht die Zeit, sich ein paar Tage mit dem Hund zu beschäftigen, um sein Vertrauen zu gewinnen. Die Zeit lief und Natalia hatte nur noch kurz zu leben. Da fiel ihm plötzlich wieder der wichtige Hinweis von Natalia ein, dass Boris auf den Namen „Bubu“ immer positiv reagierte. ‚Das ist eine Möglichkeit‘, dachte David und drehte sich zu Natalias Mutter, die noch immer mit verschränkten Armen wie eine Matrjoschka in der Tür lehnte und ihn argwöhnisch beobachtete.

„Was frisst der Hund sonst noch gerne?“, fragte David und deutete auf die abgenagten Knochen.

„Nichts“, war die kurze und knappe Antwort. „Er frisst den Schnee, das scheint ihm zu schmecken.“

„Nur Schnee?“

„Sie sehen ja selbst, die Knochen lässt er liegen. Verschwinden Sie endlich mit dem Köter“, sagte Natalias Mutter. „Ich muss wieder hinein.“

„Wollen Sie eigentlich gar nicht wissen, wie es Ihrer Tochter geht?“, fragte Leyla, die sich die ganze Zeit über schweigend verhalten hatte.

„Wie geht es ihr?“ Die Stimme der Frau klang völlig teilnahmslos.

„Sie wird in ein paar Tagen sterben“, konnte sich Leyla nicht zurückhalten.

„Das ist nicht gut, wer soll uns dann weiter die Miete zahlen?“

„Es ist Ihre Tochter, die im Sterben liegt“, rief Leyla plötzlich laut und der Hund begann zu bellen. „Bedeutet Ihnen Ihr Kind denn überhaupt nichts?“

„Lass es gut sein, das bringt doch nichts“, sagte David und legte ihr den Arm um die Schulter.

„Ich muss wieder zurück an meine Arbeit.“ Natalias Mutter drehte sich um, ohne auf Leylas Wutausbruch zu antworten. „Machen Sie das Gartentor zu, wenn Sie gehen.“ Dann schlug sie die Tür hinter sich zu und war wieder im Haus verschwunden.

„Diese Frau ist wirklich das Letzte.“ Leyla schüttelte den Kopf. „Mit der stimmt doch etwas im Kopf nicht. Die Kälte hat sie herzlos gemacht.“

„Das mag schon sein, aber wir müssen uns jetzt um den Hund kümmern. Ich habe Natalia ein Versprechen gegeben.“

„Du und deine Versprechen“, antwortete Leyla resigniert.

„Bald wirst du mich verstehen.“

Wieder sank er auf die Knie und kroch langsam auf den Verschlag zu. Der Hund beobachtete ihn mit hochgezogenen Lefzen und knurrte leise.

„Bubu!", flüsterte David und kroch näher. Er sah, wie der Hund die Ohren spitzte und aufhörte zu knurren.

„Bubu!", wiederholte David und legte sich flach in den Schnee, wiederholte „Bubu!", sonst nichts. Der Hund sollte sich an den vertrauten Klang des Wortes gewöhnen, denn damit verknüpfte der Hund Sicherheit und Zuneigung. Wieder sagte David das Wort, diesmal ein wenig lauter und schob seine Hand mit dem Stück Fleisch nach vorne. Der Hund robbte vorwärts, blieb dann aber doch misstrauisch liegen, und David sah, dass der Stützverband an seinem vorderen Lauf schon ganz schmutzig und aufgerissen war.

„Bubu!" Jetzt hatte er den richtigen Klang erwischt, denn der Hund kroch jetzt winselnd auf David zu und schnappte gierig nach dem Stück Fleisch in Davids Handfläche. Plötzlich war der Bann gebrochen, der Hund spürte, dass von David keine Gefahr ausging, und das Kosewort verlieh ihm zusätzlich Sicherheit. Mit dem Rest des Fleisches lockte er den Hund in den Wagen.

„Du fährst", sagte David zu Leyla und setzte sich zu dem großen Hund auf den Rücksitz. Mit dem gestohlenen Lada fuhren sie zurück auf die Ringautobahn und weiter in Richtung des Militärhospitals. Der Lada war zwar erst vor Kurzem gestohlen worden, aber es war durchaus möglich, dass man den Wagen wegen des Terroralarms bereits zur Fahndung ausgeschrieben hatte. Sie mussten also so schnell wie möglich auf das Militärgelände gelangen. Als die Abzweigung vor ihnen auftauchte, ließ das Dröhnen in Davids Ohren nach und er entspannte sich ein wenig. Doch in diesem Moment hörten sie hinter sich das Aufheulen einer Polizeisirene.

36

MOSKAU – MILITÄRHOSPITAL SOMJONOW

Leyla stieg auf das Gaspedal, als sie die Polizeisirene hinter sich hörte. Im Rückspiegel sah sie den rot-blau flackernden Lichtbalken und den klobigen Geländewagen, der bereits zum Überholen ausscherte. Sie riss den Lada nach links zur Seite und der Polizeiwagen musste scharf abbremsen, um sie nicht zu rammen. David hatte sich über den Hund gelegt und flüsterte ihm das beruhigende Kosewort zu, während Leyla so stark beschleunigte, dass der Wagen schleuderte und das Heck ausbrach, aber von ihr sofort wieder unter Kontrolle gebracht wurde. Mit schweißnassen Händen umklammerte sie das Lenkrad und schoss auf die Ausfahrt zu.

Das Militärgelände lag in greifbarer Nähe und sie musste nur die Polizei in Schach halten. Wieder warf sie einen kurzen Blick in den Rückspiegel. Jetzt hatten sich noch zwei weitere Polizeifahrzeuge an sie geheftet. Der Himmel hing tief, es wurde schon am frühen Nachmittag dämmrig, und es begann bereits leicht zu schneien. In der Ferne sah Leyla die Schranke und das Wachhaus und knapp hundert Meter dahinter die düstere Fassade des Militärhospitals, wo die Polizei keine Befugnis hatte.

Kurz vor dem Wachhaus sah sie einen Polizeiwagen, der mit blitzendem, rot-blauem Lichtbalken eine schmale Straße entlangjagte, die parallel zu dem niedrigen Zaun verlief. Mit quietschenden Reifen stellte sich der Polizeiwagen quer über die Zufahrtsstraße, um ihr die Weiterfahrt zu versperren.

„David, halte dich fest!“, rief sie nach hinten und riss das Lenkrad nach rechts. Mit aufheulendem Motor raste der Lada von der Straße, holperte krachend über ein mit schwärzlichem Schnee bedecktes Feld direkt auf den Zaun zu.

„Habe ich dir schon einmal gesagt, dass ich dich liebe“, schrie sie nach hinten, während sie auf den Zaun zuhielt, hinter sich mehrere Polizeifahrzeuge, die sie in einer weit auseinandergezogenen fächerförmigen Kette verfolgten. „Das sollst du wissen, falls wir hier sterben.“

„Was redest du da!“, hörte sie David von hinten rufen. „Wir schaffen das. Der Lada ist stabil, damit durchstoßen wir den Zaun und dann sind wir auch schon auf dem militärischen Sperrgebiet.“

Ein Polizeijeep tauchte jetzt groß und mächtig direkt neben ihnen auf, und Leyla sah, wie das Fenster auf der Beifahrerseite geöffnet und ein Gewehrlauf nach draußen geschoben wurde. Sie zählte die Sekunden, bis der Schuss abgefeuert wurde, und im letzten Moment zog Leyla den Lada nach rechts und der Schütze verfehlte sein Ziel.

Blitzschnell kurbelte David das rückwärtige Fenster nach unten und schoss mit seiner Pistole auf die Reifen des Polizeijeeps. Der Wagen schleuderte und blieb dann mitten auf dem Feld stehen.

„Achtung!“ Plötzlich tauchte der Zaun riesengroß, glänzend und stabil vor ihnen auf.

„Einfach mit Vollgas durch. Geh in Deckung.“

„David!“, rief Leyla noch, der Rest des Satzes ging in dem ohrenbetäubenden Krachen unter, als sie den Zaun durchstießen. Die vordere Stoßstange des Ladas flog durch die Luft, die Kühlerhaube wurde aufgerissen und versperrte Leyla die Sicht, schlingernd und schleudernd fegte der Lada durch den Park, raste durch Büsche und Beete und hinterließ eine Spur der Verwüstung. Auf dem gekiesten Vorplatz brachte Leyla den Lada zum Stehen, legte ihre Pistole unter den Fahrersitz und stieß mit dem Fuß die verbeulte Tür auf.

Soldaten mit angelegten Gewehren umringten sie und sofort hob sie die Hände.

„Ich bin Journalistin“, rief sie und hielt den Soldaten ihren Presseausweis entgegen. In der Zwischenzeit war auch David mit Boris aus dem Wagen geklettert und zeigte ebenfalls seinen Presseausweis.

„Wir sind auf Einladung des Generalstabs hier“, sagte er. „Die Polizei hat uns verfolgt, will uns daran hindern, eine Gefangene zu besuchen.“

„Niemand hindert Sie daran, Herr Rubin.“ Maschkow, der Direktor, kam langsam aus dem gläsernen Vorbau und betrachtete mit einem ironischen Zug um den Mund die Polizeifahrzeuge, die mit blinkenden, rot-blauen Lichtbalken vor der Schranke standen.

„Entschuldigen Sie bitte den Vorfall. Unsere Polizei ist manchmal übereifrig“, sagte er zu David und winkte die Soldaten zur Seite. „Ich sehe, Sie haben ein Geschenk für Natalia mitgebracht.“ Er deutete auf den Hund. „Da wird sie sich aber freuen.“

„Ich habe ihr das Versprechen gegeben, dass sie ihren geliebten Hund Boris bei sich im Zimmer behalten darf. Das ist wichtig für ihr seelisches Wohlbefinden.“

Maschkow lächelte wissend.

„Ja, warum nicht. Wir wollen ihr doch ihre letzten Tage so angenehm wie möglich bereiten.“ Dann drehte er sich zu Leyla.

„Sie sehen ziemlich blass aus“, meinte er nachdenklich. „Wenn Sie wollen, können wir Sie gründlich untersuchen, ob Ihnen etwas fehlt.

Vielleicht haben Sie sich einen Virus zugezogen. Davon wimmelt es um diese Jahreszeit hier in Moskau."

„Nein, nicht nötig", winkte Leyla ab. „Ich bin nur ein wenig müde."

„Ja, ich kenne die Symptome, so fängt es immer an." Maschkow blickte sie ernst an, und Leyla spürte, wie ihr plötzlich wieder übel und schwarz vor Augen wurde.

37

MOSKAU – MILITÄRHOSPITAL SOMJONOW

Natalia brannte von innen und fühlte sich, als würden ihre Eingeweide in Flammen stehen. Der Schmerz war glühend, laut, weiß und funkelnd, diese Worte spukten in ihrem Kopf herum, wenn sie sich auf dem Bett umherwarf, aber nicht in der Lage war, sich aufzurichten, aus dem Bett zu steigen und zu fliehen. Der Wachmann saß unbeteiligt neben der Tür und las seine Zeitschrift, während sie wimmernd, keuchend und schreiend nur wenige Meter von ihm entfernt um ihr Leben kämpfte. Es war genau so, wie Maschkow es prophezeit hatte, der Schmerz in ihrem Inneren war so gewaltig, dass er sie fast um den Verstand brachte.

„Was ist das für ein Gift in meinem Körper?", hatte sie den Wachsoldaten angeschrien, doch dieser hatte nicht einmal aufgesehen.

Nach einer endlos langen Zeit war der Schmerz abgeklungen und sie weinte vor Erschöpfung wie ein kleines Mädchen.

„Ich will nicht sterben", murmelte sie und krallte sich an der Bettdecke fest. Natalia hatte das Gefühl, als würde ihr Verstand aus ihrem Körper entweichen und sie von oben betrachten, wie sie bleich, mit roten Flecken am ganzen Körper, in ihrem Bett lag und mit aufgesprungenen Lippen vor sich hin sinnierte.

„Ich will weiterleben!"

Aber natürlich wusste sie, dass ihre Zukunft ein Ablaufdatum hatte, dass sie schon in wenigen Tagen tot und vergessen sein würde, wenn nicht wenigstens der Film veröffentlicht wurde. Der Journalist Peter Rubin hatte ihr das Versprechen gegeben, er würde Boris, ihren geliebten Bubu, zu ihr bringen, diesen Hund, den sie liebte, da sie sonst ja keinen Menschen hatte, den sie lieben konnte. Die Erkenntnis, dass es daher auch keinen Menschen gab, der sie liebte, machte sie sehr traurig, und beinahe hätte sie wieder zu weinen begonnen, als sich die Tür öffnete und ein riesiger heller Kopf neugierig hereinlugte.

„Boris! Mein Bubu!", krächzte sie und die Erinnerung an den Schmerz war plötzlich wie weggeblasen, als der Hund auf ihr Bett zugaloppierte, hochsprang und ihr mit seiner rauen Zunge über ihre fleckige Haut schleckte.

„Bubu", murmelte sie vor Freude und vergrub ihr Gesicht in dem weichen flauschigen Fell. „Bubu!" Sie krallte die Finger in den dicken Kopf, wollte einfach nicht mehr loslassen, bis sie eine Stimme hörte.

„Ich habe mein Versprechen gehalten und dir deinen Hund gebracht, Natalia."

Langsam hob sie den Kopf und sah Peter Rubin neben dem Bett stehen. Beinahe hätte sie ihn nicht erkannt, denn er trug eine Baseballkappe, die er tief in die Stirn gezogen hatte, und über der Lederjacke hatte er einen ziemlich schmutzigen Mantel an.

„Danke", sagte sie mit tränenerstickter Stimme. „Du weißt gar nicht, was mir das bedeutet."

Beide schwiegen und Natalia kraulte wie besessen das Fell von Boris. Rubin war ehrlich, er hatte sein Versprechen gehalten und ihr den Hund gebracht. Er würde auch den Film hochladen, der ihr posthum Ruhm bringen würde. Dieser Film, der sie vor dem Vergessenwerden bewahren würde.

„Setz dich zu mir", sagte sie zu Rubin und deutete auf das Bett. „Du weißt, man hat mir einen Deal angeboten. Ein Gegenmittel für das Gift, wenn ich den Chip mit dem Film herausrücke."

„Ich weiß, du hast es mir erzählt. Wie wirst du dich entscheiden?"

„Ich bin knapp davor, zu kapitulieren", murmelte sie und erzählte ihm von den unerträglichen Krämpfen, die sie in der letzten Nacht gepeinigt hatten. „Ich will einfach weiterleben und nicht sterben. Aber das wäre feige, sage ich mir dann. Ich will, dass die Welt die Wahrheit erfährt und weshalb ich gestorben bin." Ihre Stimme war nur noch ein leises Flüstern. „Wirst du mir dabei helfen?"

„Ich werde alles tun, was in meiner Macht steht", antwortete Rubin genauso leise und sah sie mitfühlend an.

„Es geht um den Chip." Natalia warf einen schnellen Blick auf den Wachsoldaten, aber dieser nahm keine Notiz von dem Geflüster der beiden. „Du musst den Chip für mich veröffentlichen. Dieser Film darauf ist so ungeheuerlich, dass es Regierungen stürzen wird."

„Wenn du mir den Chip gibst, dann können wir das Gegenmittel doch erpressen", warf Rubin ein.

„Nein, nein, ich will, dass dieser Film online geht. Ich habe als Journalistin immer für die Wahrheit gekämpft. Davon will ich nicht abrücken. Ich habe Angst, dass mein ganzes Leben sinnlos war, wenn ich es nicht mache."

Sie blickte Rubin mit großen Augen an und spürte, dass sie gleich zu weinen beginnen würde. Wie gerne hätte sie jetzt ihren Kopf an seine Schulter gelehnt und sich gewünscht, dass er ihr sanft über ihr Haar streichen würde. Dass er ihr Mut zusprechen und ihr sagen würde, dass sie ihm etwas bedeutete. Was war nur so besonders an ihm, dass sie sich in seiner Gegenwart so geborgen fühlte? Es war seine Ausstrahlung. Auch Boris schien das zu spüren, denn er wedelte freundlich, als ihm Rubin den Rücken tätschelte.

‚Wenn ich einen Mann wie ihn jemals kennengelernt hätte, dann wäre mein Leben vielleicht anders verlaufen, dann wäre ich nicht diese einsame Journalistin geworden.' Aber jetzt war es zu spät, diesen vergeudeten Chancen nachzutrauern. Jetzt war sie auf die Zielgerade ihres Lebens eingebogen, sah bereits das rote Band über die Straße gespannt, das sie zerreißen würde, wenn sie ihr Ziel erreicht hatte. ‚Wenn das Band des Lebens zerrissen ist, dann bin ich tot', dachte sie und drückte die Hand von Rubin.

„Ich sage dir jetzt, wo der Chip mit dem Film versteckt ist. Er ist in der Stützmanschette von Boris", flüsterte sie. „Ich habe ihn unter sein langes Fell an den Vorderlauf geklebt." Ihre Stimme war beinahe unhörbar, verwehte im Raum, ohne den Wachsoldaten zu erreichen.

„Ich vertraue dir."

„Und ich lasse dich nicht sterben. Ich komme mit dem Gegenmittel rechtzeitig zurück."

38

MOSKAU – U-BAHN-STATION LUBJANKA

Wolkow saß in einem unauffälligen Lieferwagen in einer Parkbucht an der Abzweigung zum Militärhospital und versuchte, etwas von der Unterredung aufzuschnappen, die Stein mit Natalia führte. Aber die Richtmikrofone auf seinem Lieferwagen waren zu schwach, und so hörte er nur endloses Rauschen, das ihn an einen Ozean erinnerte.

Die Polizeifahrzeuge waren in der Zwischenzeit abgezogen, und Wolkow tat es irgendwie leid, dass das Leuchten der rot-blauen Warnlichtbalken wieder einem trostlosen Grau gewichen war. Er wusste, dass er sich keinen Fehler mehr erlauben durfte. Das Attentat auf der Ringautobahn war gründlich schiefgelaufen, und im Nachhinein wunderte sich Wolkow, dass sein Auftraggeber einen unzuverlässigen Säufer wie Jessenin mit der Durchführung betraut hatte. Er hätte sich niemals auf ihn verlassen. Aber jetzt gab es einen neuen Plan und diesmal musste er zufriedenstellend ausgeführt werden.

Mit einem Feldstecher zoomte er eine Gestalt näher, die gerade aus dem gläsernen Vorbau trat und schnell in einen grauen Kleinwagen stieg. Es war Stein mit dem schmierigen Mantel und der Baseballkappe. Wolkow wollte jedoch auf Nummer sicher gehen und zoomte den Wagen noch weiter heran, um einen Blick auf den Fahrer zu werfen. Als er sah, wie sich der Fahrer mit dem Daumen über die Narbe an seiner rechten Augenbraue fuhr, nickte er grimmig und startete seinen Wagen.

„Der Kampf der Wölfe beginnt“, sagte er und wartete, bis der klapprige Wagen an ihm vorbei auf die Ringautobahn fuhr. Anscheinend ohne konkretes Ziel fuhr Stein auf der Straße dahin und Wolkow wurde langsam nervös. Was plante er? Wo war das Versteck des Chips? Doch plötzlich setzte Stein den Blinker und bog in Richtung Zentrum ab. In dem Verkehrschaos der Innenstadt hatte Wolkow Mühe, den Wagen nicht aus den Augen zu verlieren. Plötzlich stoppte Stein neben einer U-Bahn-Station und stieg aus, ohne sich nach etwaigen Verfolgern umzusehen. Er schien sich seiner Sache ziemlich sicher zu sein. Immer wieder warf er einen Blick auf sein Smartphone, so als würde er dort wichtige Instruktionen erhalten.

Auch Wolkow hatte jetzt den Lieferwagen im Halteverbot abgestellt, zog sich die Kapuze des Anoraks über seine auffälligen weißen Haare und folgte Stein, der gerade die Treppe zur U-Bahn hinunterlief. Unauffällig bahnte sich Wolkow einen Weg durch die Menge, sah Stein, wie er sich am Automaten ein Ticket löste. Wolkow wartete an einem Zeitschriftenstand, bis Stein sich an den Anzeigetafeln orientiert hatte. Auf der Rolltreppe fuhr er dann weit hinter ihm tief nach unten in den Bauch der Stadt. Er hatte alles unter Kontrolle. Doch als er den luxuriös gestalteten Bahnsteig erreichte, konnte er Stein in dem Gewimmel der Fahrgäste nicht mehr entdecken.

‚Verdammt, du bist clever‘, dachte er, denn die U-Bahn-Station Lubjanka war der Knotenpunkt verschiedener Linien und es herrschte ein ständiges Kommen und Gehen. Immer wieder schoben sich die

Menschenmassen aus allen Richtungen auf die Bahnsteige, hasteten in dichten Kolonnen durch elegant verflieste Jugendstilgänge, um in andere Stationen zu gelangen. Wolkow kniff die Augen zusammen, drehte sich im Kreis, aber Stein war plötzlich wie vom Erdboden verschluckt. Weiter vorne gabelte sich ein Gang und teilte den Strom der Fahrgäste. Im letzten Moment sah er eine Gestalt mit Baseballkappe in einen schmalen Gang einbiegen. Das musste Stein sein! Hastig lief Wolkow hinterher, kämpfte sich durch die wogende Menschenmenge, verschaffte sich mit den Ellbogen Platz, wollte Stein auf keinen Fall ein zweites Mal verlieren.

Der Gang, in den Stein verschwunden war, mündete in einen anderen Bahnsteig, der weit weniger frequentiert war als die anderen, da ein Teil der Station gesperrt war. Wolkow versteckte sich hinter einer Säule und beobachtete Stein. Dieser studierte die riesige Tafel mit dem weitverzweigten Moskauer U-Bahn-Netz, wirkte unschlüssig, so als könne er sich nicht entscheiden, mit welcher Linie er fahren sollte. Ein Windstoß kündigte eine einfahrende U-Bahn an, doch Stein blieb bei der Anzeigetafel stehen.

Die U-Bahn hielt mit einem durchdringenden Quietschen und eine anonyme, graue Menschenmenge wurde aus den Waggons gespuckt, verteilte sich auf dem Bahnsteig und verschwand in den verschiedenen Gängen. Wolkow trat aus dem Schatten der Säule, um Stein besser beobachten zu können. In einem großen ellipsenförmigen Spiegel, der an der gegenüberliegenden Wand des U-Bahn-Schachts angebracht war, konnte er den ganzen Bahnsteig überblicken. Im selben Augenblick erkannte er seinen Fehler, denn auch Stein kontrollierte natürlich den Bahnsteig über diesen Spiegel. Hastig zuckte Wolkow zurück hinter die Säule, aber Stein drehte sich bereits in seine Richtung. Doch als Stein sein Gesicht zu ihm drehte, begriff Wolkow, dass man ihn hereingelegt hatte, denn er schaute direkt in die Augen von Leyla Khan.

Vor Wut ballte Wolkow die Fäuste, sah, wie Leyla mit einer fließenden Handbewegung eine Pistole mit Schalldämpfer aus ihrem Mantel zog und sofort schoss. Niemand hörte den Schuss, nur Wolkow zuckte zurück, als die Kugel knapp neben ihm in die Säule einschlug und Staub auf seine Schulter rieselte. Wieder donnerte eine U-Bahn in die Station, und Wolkow nutzte den Lärm, zog seine Waffe und schoss. Leyla sprang hinter die Anzeigetafel, und er sah Funken sprühen, dort, wo die Kugel den Rahmen der Tafel streifte. Dick vermummte Fahrgäste hasteten vorüber, und Wolkow mischte sich darunter, nutzte sie als Deckung, um kein Ziel zu bieten, um näher an Leyla heranzukommen.

Jetzt war sie vielleicht noch drei Meter von ihm entfernt und hielt ihre Pistole nachlässig unter ihrem Mantel verborgen. Angestrengt blickte sie umher, konnte ihn aber nirgends entdecken, denn er versteckte sich hinter einem dicken Mann, der ununterbrochen in sein Handy sprach. Sie riss sich die Baseballkappe vom Kopf und er sah die pulsierende Ader auf ihrer Stirn. Im Sog der abfahrenden U-Bahn flatterten ihre Haare. Wolkow ging in die Knie, nestelte an seinem Schuhband herum, hörte das Kreischen der Bremsen, die eine weitere U-Bahn ankündigten. Als sich die Scheinwerfer des Triebwagens bereits wie leuchtende Schlangen über die Köpfe der Wartenden schlängelten, schnellte er in die Höhe, stieß den dicken Mann zur Seite, hechtete auf Leyla zu und warf sie zu Boden. Vor Wut und Überraschung schrie sie laut auf, versuchte, die Pistole in seine Richtung zu drehen, aber durch den Schalldämpfer war die Waffe zu lang und unhandlich.

Jetzt musste alles sehr schnell gehen, denn es war nur eine Frage der Zeit, bis die Polizei in die Station stürmte. Wolkow packte den Arm von Leyla und schlug ihn so lange auf den Boden, bis ihre Hand blutig aufgeschürft war und sie die Pistole losließ. Mit der Faust traf er ihre Wange, holte erneut aus, aber Leyla wehrte den Schlag mit dem Unterarm ab. Gleichzeitig drehte sie sich ein wenig zur Seite, um die Pistole wieder zu fassen, doch Wolkow stieß die Waffe mit dem Ellbogen weg, die außerhalb von Leylas Reichweite über die Schachbrettfliesen schlitterte.

Leyla kämpfte aggressiv wie ein in die Enge getriebenes Raubtier. Sie stieß Wolkow die Finger in die Augen, sprang wieder auf die Beine und raste über den Bahnsteig. Fast blind und mit tränenden Augen torkelte Wolkow hinterher, stieß Fahrgäste zur Seite und umklammerte seine Pistole, um sofort zu schießen, wenn er sie entdeckte. Immer wieder wischte er sich über die Augen, konnte endlich wieder klar sehen und musste grinsen. Leyla saß in der Falle, denn der Aufgang an der Vorderseite war zugemauert worden. Langsam hob Wolkow seine Waffe, hörte wieder das Donnern der einfahrenden U-Bahn, spürte den Wind, der den Tunnel entlangwehte. Doch plötzlich drehte sich Leyla zur Seite, sprang in den U-Bahn-Schacht, wurde von den grellen Lichtern der einfahrenden Garnitur erfasst, die U-Bahn kam mit einem infernalischen Kreischen zum Stehen und Leyla war verschwunden.

39

PRIVATTERMINAL FLUGHAFEN WNUKOWO BEI MOSKAU

David hatte sich vor zwei Stunden von Dr. Maschkow verabschiedet und war auf dem Weg nach Wnukowo, wo ein diskretes Flugzeug schon seit einigen Tagen flugbereit auf ihn wartete.

„Ich werde aufbrechen. Natalia braucht ihre Ruhe. Sie ist ziemlich erschöpft", sagte David zu Maschkow und zog seine Lederjacke an.

„Wo ist die Journalistin Lea Castro, so war doch ihr richtiger Name?"

„Sie musste schon früher weg. Ein Interview mit dem Botschafter", hatte David dabei lächelnd erwidert.

„Hat Ihnen Natalia nicht etwas mitgegeben?"

„Nein, ich wüsste nicht was."

„Reden wir doch Klartext", sagte Maschkow vertraulich und zog David zur Seite. „Sie sind hinter diesem Film her, genau wie ich. Wir sitzen also im selben Boot."

„Wovon reden Sie? Ich habe mit Natalia nur über ihr Leben und ihre tragische Vergiftung gesprochen. Das Mädchen imponiert mir und ich mache eine Reportage über eine engagierte, mutige Frau", antwortete David, der Maschkow nicht traute. Deshalb hielt er auch an seiner Rolle als Journalist Peter Rubin konsequent fest und gab sich unwissend.

„Das ist doch kompletter Unsinn!" Maschkow explodierte plötzlich, hatte sich aber im nächsten Moment sofort wieder unter Kontrolle. „Wir stehen auf derselben Seite, es geht nur um diesen Film, der niemals in die Öffentlichkeit gelangen darf."

„Natalia hat mir keinen Film gegeben", beharrte David. „Ich war hier, weil ich einen Bericht über sie schreiben will. Das ist alles. Der Generalstab hat grünes Licht gegeben, dass ich mich hier überall frei bewegen darf. Er wird es sicher nicht gutheißen, wenn Sie meine Arbeit behindern oder mich festhalten."

„Niemand hält Sie fest, Herr Rubin. Aber bevor Sie uns endgültig verlassen, müssen wir Sie zu Ihrer eigenen Sicherheit kontrollieren." Maschkow nahm David am Arm und führte ihn durch das düstere Foyer.

„Wir haben einen Spezialraum, wo wir Sie gerne durchsuchen würden. Sie haben doch sicher nichts dagegen?"

„Nein, natürlich nicht. Wenn es Ihnen Spaß macht", seufzte David und verdrehte genervt die Augen.

Der Raum, in den ihn Maschkow schob, sah aus wie ein futuristisches Hightech-Labor. Überall waren Computer, Bildschirme, Messgeräte und Zentrifugen aufgestellt, und in der Mitte stand ein großer Zylinder, der an eine Duschkabine erinnerte.

„Wenn Sie bitte in die Kabine treten", forderte ihn der Techniker auf, der neben einem großen Bildschirm saß.

„Ist das ein Ganzkörperscanner wie auf dem Flughafen?", fragte David und klebte seinen Kaugummi unbemerkt an die Außenseite des Scanners. Er war jetzt wieder ganz der neugierige Journalist, den alles auf der Welt interessiert.

„Im Prinzip funktioniert dieser Scanner wie die Geräte auf den Flughäfen. Allerdings haben wir unser Gerät etwas modifiziert“, antwortete der Techniker sichtlich stolz, denn er redete anscheinend gerne von seinen Entwicklungen. „Es kann sogar unbekannte Substanzen nachweisen, die sich im Körper befinden.“

„Klingt ja sehr interessant.“

Während er nach dem Scannen den Techniker in ein fachliches Gespräch verwickelte, zog er unbemerkt seinen Kaugummi wieder von der Außenwand des Scanners und steckte ihn in den Mund.

Der präparierte Kaugummi war eine Idee von Robyn gewesen und die Techniker der „Abteilung“ hatten eine Spezialmasse entwickelt, in der man einen Mikrochip verstecken konnte. Das Entscheidende daran war, dass man den Gummi ganz normal im Mund behalten konnte, ohne den Chip zu beschädigen.

Kurze Zeit später erreichte er den Flughafen. Als David das Abfertigungsgebäude betrat, sah er zwei Zollbeamte und einen Polizisten hinter dem Tresen stehen.

„Peter Rubin, Journalist. Ich fliege nach Berlin.“ Er nannte den Beamten seine Flugnummer und die beiden Zollbeamten nickten wissend.

„Wenn Sie bitte einen Augenblick warten.“ Der Polizist blätterte durch Davids Pass und verschwand dann durch eine Tür in den hinteren Räumen.

„Stimmt etwas mit meinem Pass nicht?“, fragte David einen der Zöllner.

„Reine Routine. Nehmen Sie in der Zwischenzeit Platz. Dort drüben bitte.“ Der Zöllner deutete auf eine Lounge-Ecke mit weißen Ledersofas und einer großen blitzenden Kaffeemaschine.

„Ich erkundige mich in der Zwischenzeit, ob Ihr Flugzeug bereits startbereit ist."

David warf einen Blick auf seine Uhr. Leyla hätte ihn schon vor einer Stunde anrufen oder eine SMS mit dem Codewort KISS schicken müssen. Weshalb meldete sie sich nicht? Sie sollte doch nur ein kurzes Ablenkungsmanöver inszenieren, falls sie wirklich jemand beschattete. In der Innenstadt sollte sie den Mietwagen abstellen und mit der Schnellbahn zum Flughafen fahren und dann weiter nach Mallorca fliegen.

Er spürte, wie sein Smartphone vibrierte. Freudig griff er danach, aber es war nicht Leyla.

„Wieder nur ein kurzer Slot, Stein", hörte er die Stimme von Robyn.

„Haben Sie den Auftrag ausgeführt?"

„Ja, alles wie besprochen."

„Gut. Sie müssen sofort starten."

„Weshalb? Was ist los."

„Der Polizist hat Ihren Pass gescannt und die Daten an die Zentrale in Moskau geschickt. Ich konnte es nicht verhindern."

„Das bedeutet richtigen Ärger?"

„Im zentralen Rechner werden bereits Meldungen über den gestohlenen Lada und die Verfolgungsjagd durch die Polizei gespeichert sein. Man wird auch ein Foto von Ihnen auf einer Überwachungskamera auf der Ringautobahn eingespeist haben und das wird jetzt automatisch durch die Gesichtserkennungssoftware mit Ihrem Pass abgeglichen."

„Wie viel Zeit habe ich noch?"

„Ich kann den Computer und das Handy des Polizisten hier am Terminal manipulieren, aber dabei müssen Sie mir helfen."

„Sagen Sie, was ich zu machen habe", sagte David, ohne eine Miene zu verziehen, um sich vor den Zollbeamten nicht zu verraten.

„Sie müssen auf dem Handy des Polizisten die Eins und die Raute-Taste drücken, dann habe ich ein Gate in das Innenleben. Lassen Sie sich ..."

Mitten im Satz brach die Verbindung ab und David schaltete sein Smartphone komplett aus.

„Ich habe den Code vergessen. Darf ich schnell mit Ihrem Handy meine Mailbox abrufen?", fragte er den Polizisten, der ihn zunächst erstaunt anblickte, ihm aber dann zögernd sein Handy gab. David drückte die Tasten, wie von Robyn befohlen, und tippte sich dann an die Stirn.

„Jetzt ist mir doch plötzlich der Code wieder eingefallen", sagte er und gab dem Polizisten das Handy wieder zurück. „Und Sie können wieder telefonieren", meinte er und wollte sich gerade umdrehen.

„Kein Problem. Ich habe ja ein Ersatzgerät dabei", antwortete der Polizist stolz und hielt David ein elegantes Mobiltelefon hin, das in diesem Augenblick einen eingehenden Anruf anzeigte. „Moscow Police. Please enter your code." stand auf dem Display.

40

MOSKAU – U-BAHN-STATION LUBJANKA

ZWEI STUNDEN ZUVOR

Fünf Sekunden konnten über Leben und Tod entscheiden. Fünf Sekunden, mehr hatte sie nicht zur Verfügung, um in die U-Bahn-Trasse zu springen, sich sofort mit den Füßen vom Boden abzustoßen, um sich durch den Schwung auf der anderen Seite aus dem Schacht zu katapultieren.

Fünf Sekunden später rollte sich Leyla auf dem schmalen Betonstreifen auf der anderen Seite der U-Bahn-Trasse an die Wand und zog sich sofort hoch. Gebückt lief sie auf dem Mauerstreifen in den Tunnel hinein, drückte sich an der feuchten Wand entlang, um nicht von den Scheinwerfern der wartenden U-Bahn erfasst zu werden.

Ihr Kopf dröhnte noch von den vielen Faustschlägen, die sie von Wolkow abbekommen hatte. Aber sie biss die Zähne zusammen, denn sie hatte jetzt einfach keine Zeit für den Schmerz. Sie musste durch den Tunnel, bei der nächsten Station nach oben laufen und mit einem Taxi im Höllentempo zum Flughafen fahren, um die Maschine nach Palma noch rechtzeitig zu erwischen. Keuchend lief sie weiter, versuchte mit ihrem Smartphone eine Verbindung zu David herzustellen oder ihm KISS als SMS zu schicken, aber in dem betonierten U-Bahn-Schacht hatte sie keine Verbindung.

Plötzlich umhüllte sie der ohrenbetäubende Lärm einer vorbeirasenden U-Bahn, und sie musste sich festhalten, um nicht vom Sog des Fahrtwindes mitgerissen zu werden und auf die Gleise zu stürzen. Was, wenn Wolkow mit der U-Bahn bis zur nächsten Station gefahren war und dort bereits auf sie wartete?

Sie krallte sich an dem vorspringenden Mauerwerk fest, als eine weitere U-Bahn an ihr vorüberraste. Im Lichtstreifen des Triebwagens bemerkte sie plötzlich Tritteisen in der Mauer, die nach oben in die Dunkelheit führten. Hastig kletterte sie hinauf, bis sie gegen eine massive Eisenplatte stieß, die in die Decke des Tunnels eingelassen war. Sie nahm all ihre Kraft zusammen und stemmte die Platte mit ihrem Rücken auf. Außer Atem stand sie kurz darauf in einem dunklen Raum, der außer einigen herumliegenden Kabeln und einem verstaubten altertümlichen Kontrolltisch nichts enthielt.

Wieder versuchte sie, David anzurufen, doch noch immer hatte sie keinen Empfang. Mit der Lampe auf ihrem Smartphone leuchtete sie durch den Raum und sah eine Tür, die halb offen stand. Vorsichtig schlüpfte sie hindurch, gelangte in einen weiteren Raum. Auch diese Kammer war ähnlich verlassen wie die zuvor. Es gab einen alten Kontrolltisch und zwei ramponierte Bürostühle mit hervorquellender Kunststofffüllung. Hier war der Boden voll Wasser, das eiskalt durch ihre Schuhe drang. Aus diesem Raum führte eine eiserne Wendeltreppe nach oben zu einem Kanaldeckel, wo aus der durchlöcherten Abdeckplatte ein schmutzig graues Tageslicht bis zu ihr nach unten sickerte. Von dort oben war sicher auch das Wasser in den Raum eingedrungen.

Vorsichtig stieg sie über eine aufgeblähte tote Ratte, die in dem dreckigen Wasser trieb, und kletterte die kleine Wendeltreppe nach oben. Sie war ungefähr auf halber Höhe, da hörte sie, wie oben der Kanaldeckel zur Seite geschoben wurde und ein Schatten nach unten blickte. Leyla erstarrte und drückte sich an die Betonwand. Der Strahl einer Taschenlampe huschte durch den Raum, erfasste sie, blieb auf ihr haften, schälte sie aus der Dunkelheit, machte sie zu einer perfekten Zielscheibe. Was sollte sie jetzt tun? In Windeseile kletterte sie über das eiserne Geländer der Wendeltreppe und ließ sich einfach nach unten in das eiskalte Wasser fallen. Dann hörte sie das Jaulen eines Schusses und das charakteristische Klatschen, als die Kugel in das Wasser neben ihr zischte. Auf Händen und Füßen robbte sie hektisch durch das brackige Wasser und versteckte sich unter dem Kontrolltisch, zitternd, atemlos, ohne Waffe.

„Leyla Khan, ich weiß, dass du dort unten bist", hörte sie die Stimme von Wolkow. „Du hast keine Chance, zu entkommen. Also komm zu mir nach oben. Du brauchst keine Angst zu haben, ich will dich nicht töten, dafür bist du viel zu wichtig für uns."

„Du musst schon selbst herunterkommen und mich holen." Ihre Stimme hallte von den Wänden wider, die Worte krochen die Wendeltreppe nach oben und erreichten Wolkow, der für einen kurzen Moment irritiert schien.

„Ganz, wie du willst", sagte Wolkow nach einer Weile, und sie hörte, wie er zögernd die Wendeltreppe nach unten stieg. Das war ihre einzige Chance und vor ihrem geistigen Auge wurde der immer gleiche Film abgespult: Sie sah sich selbst als kleines verdrecktes Mädchen mit verfilzten Haaren auf einen Müllberg klettern. In der Hand hielt sie ein schimmliges Stück Brot und eine Horde ausgemergelter Jungen verfolgten sie brüllend. Doch auf der Spitze des riesigen Müllberges fand sie ein rostiges Eisenrohr, das jemand als Fahnenstange in den Müll gerammt hatte. Sie versteckte das Brot in der Tasche ihres zerschlissenen Kaftans und wirbelte das Rohr wie einen Baseballschläger durch die Luft. Das schüchterte die Jungen ein und sie verloren die Lust an ihrer Verfolgung. Von diesem Tag an wusste sie, dass sie sich wehren konnte.

Der Strahl der Taschenlampe huschte bereits durch den Raum und das Geräusch von Wolkows vorsichtigen Schritten auf der eisernen Treppe wurde von den Betonwänden zurückgeworfen. ‚Gleich wird er unten sein, dann ist das Überraschungsmoment verloren', dachte Leyla. Mit den Händen tappte sie durch das eiskalte Wasser, erwischte ein langes Stück Kabel, formte es blitzschnell zu einer Schlinge und wickelte es sich wie ein Lasso um den Arm. Dann schob sie sich durch das Wasser, stieß mit dem Gesicht an die tote Ratte, packte sie am Schwanz und schleuderte sie in eine dunkle Ecke. Sofort fegte der Strahl der Taschenlampe in Richtung des Lärms, ein Schuss zerfetzte den Kadaver und Wolkow trampelte weiter nach unten.

Doch jetzt sprang Leyla auf, warf das Seil um seinen Fuß, und als sie ruckartig anzog, verlor Wolkow das Gleichgewicht und stürzte krachend die Wendeltreppe nach unten in das Wasser. Sofort hechtete sich Leyla auf ihn und schlang ihm das Kabel um den Hals. Doch sie hatte die Schnelligkeit von Wolkow unterschätzt, denn während sie das Seil zuzog, richtete er sich halb auf, tastete nach seiner Pistole, die er bei dem Sturz verloren hatte. Leyla zog mit aller Kraft das Kabel um seinen Hals zusammen, es drang tief in seinen Hals, doch Wolkow war immun gegen Schmerz. Keuchend kroch er durch das Wasser, erwischte seine Pistole, schoss, schnappte nach Luft, schoss wieder. Die Schüsse jaulten als Querschläger durch den Raum, prallten an die Betonwände, schlugen funkensprühend in den Kontrolltisch ein.

Leyla drückte seinen Kopf nach unten in das Wasser, wollte ihn ersäufen wie die Ratte, zog gleichzeitig das Kabel fest und immer fester an seinem Hals zusammen. Doch Wolkow war zäh und konnte kämpfen, er riss den Kopf wieder aus dem Wasser, sog gierig die Luft ein, drehte sich überraschend zur Seite und Leyla verlor beinahe den Halt. Für einen kurzen Moment musste sie den Druck um Wolkows Hals lockern und diesen Augenblick des Nachlassens, diese Sekunde der Schwäche nutzte Wolkow eiskalt aus. Er bäumte sich auf, schlug ihr mit der Pistole gegen die Stirn, immer und immer wieder, bis ihr das Blut über das Gesicht spritzte und sie das Kabel loslassen musste. Wolkow riss sich das Kabel vom Hals, kroch vorwärts, aber Leyla wollte nicht aufgeben, sprang ihm hinterher, fasste seine Beine, doch Wolkow trat wie besessen nach ihr und stieß sie zurück in das stinkende Wasser. Noch immer hielt er die Pistole in der Hand, Leyla erwischte wieder das Kabel, ließ es wie eine Peitsche durch die Luft und über Wolkows Hand sausen, wo es eine blutige Spur hinterließ. Aber er ließ die Pistole nicht fallen, sondern warf sich herum, stieß Leyla mit dem Stiefel zurück, brüllte laut auf, sprang aus der schwarzen Brühe und schüttelte sich wie ein nasser Wolf. Seine weißen Haare glitzerten noch feucht, als er sein Ziel anvisierte, um gleich abzudrücken.

Die Zeit fror ein und eine majestätische Stille breitete sich aus. Wolkow stand bis zu den Knien im Wasser und Leyla sah direkt in die schwarze Mündung der Pistole. Als sich Wolkows Finger um den Abzug krümmte, kam es ihr vor, als würde ein Schwarm schwarzer Vögel kreischend in die Luft flattern und in einem grauen Himmel verschwinden.

41

BERLIN – ZENTRALE DER ABTEILUNG

Staatssekretärin von Webern trommelte nervös mit den Fingern auf die Tischplatte und wartete auf Informationen. Auch General Brock, Regierungsrat Teichgraben und der französische Militärattaché wirkten angespannt. Als endlich die Tür des Besprechungsraums aufging, sahen alle erwartungsvoll auf.

„Ich habe soeben den vereinbarten Code erhalten."

Robyn kam mit ihrem Tabletcomputer in den großen Besprechungsraum und setzte sich sofort in einen Drehstuhl, der vor einem an der Wand befestigten Bildschirm stand. Während sie redete, flocht sie die Bänder ihrer Sneakers zu mehreren komplizierten Knoten.

„Das heißt, in einigen Stunden ist der Film endlich hier bei uns." Die Staatssekretärin atmete erleichtert auf und goss sich eine Tasse Kaffee ein. „Das war gute Arbeit", sagte sie und nickte Müller zu.

„Noch ist der Film nicht in Berlin", sagte Müller und blickte zu Robyn, die ihm sofort assistierte:

„Die Operation ist nicht ohne Komplikationen abgelaufen. Das hat auch die Polizei von Moskau hellhörig gemacht. Jetzt wird gerade der Pass unseres Agenten eingehend überprüft."

„Der Pass ist doch echt, da kann ihm nichts passieren", sagte von Webern mit ruhiger Stimme.

„Natürlich ist der Pass echt, aber unser Agent war in einen schweren Autounfall mit einem Toten verwickelt, hat an einer Tankstelle ein Auto gestohlen und sich eine wilde Verfolgungsjagd mit der Polizei geliefert. Das hat selbst die schwerfällige russische Polizei auf ihn aufmerksam gemacht."

„Wie kommen wir dann jetzt zu unserem Chip?", fragte Staatssekretärin von Webern und zwinkerte nervös mit einem Auge. „Die russische Polizei weiß ja nichts von unserer Operation. Der stellvertretende russische Verteidigungsminister arbeitet mit uns zusammen, aber diese Information darf diesen Raum nicht verlassen, ist das klar, meine Herren."

Die Anwesenden nickten schweigend und Müller rückte seine schwarze Brille zurecht.

„Robyn, wie können wir Stein und diesen verdammten Film ohne Aufsehen aus Russland herausschaffen?"

„Wenn die zentrale Polizeidienststelle in Moskau den Flughafen informiert, dann kann ich die Verbindung unterbrechen. Ich habe mit Steins Hilfe das Handy des Polizisten am Flughafen manipuliert", antwortete Robyn. „Aber wir hatten nur einen kurzen Satellitenslot, ich weiß also nicht, ob es geklappt hat."

„Wie können wir sonst noch verhindern, dass dieser Film in falsche Hände gerät?" General Brock hatte seine Uniform aufgeknöpft und fächelte sich mit einem Schriftstück kühle Luft zu.

„Ihr Agent soll den Film in dem Privatflughafen an einem sicheren Ort deponieren. Wenn man ihn wegen Autodiebstahls verhaftet, ist er auf sich alleine gestellt, und wir wissen natürlich von nichts", sagte Regierungsrat Teichgraben, der am hinteren Ende des Tisches saß und ständig auf die Uhr blickte.

„Eine gute Idee", stimmte General Brock zu. „Doch was ist, wenn unser Agent etwas ausplaudert?"

„Liquidieren Sie ihn doch." Der französische Militärattaché hob die Hände. „Das ist die pragmatischste Lösung."

„Haben wir einen weiteren Agenten vor Ort?" Fragend blickte General Brock zu Müller.

„Nein, in Moskau haben wir zurzeit keinen ausgebildeten Scharfschützen. Außerdem würde das zu diplomatischen Verwicklungen führen." Müller strich sich den Bart, während er nachdachte. „Wir müssen den Agenten mitsamt dem Film herausholen."

„Egal, wie Sie es tun", sagte die Staatssekretärin erbost. „Der Film muss in jedem Fall hierher nach Berlin gebracht werden."

„Ihr Agent kann uns doch eine verschlüsselte Botschaft zukommen lassen, wo sich der Film befindet", ließ Teichgraben nicht locker, „dann soll ihn ein anderer Agent unauffällig hierherbringen. Dieser David Stein existiert doch überhaupt nicht bei uns, also haben wir auch nichts damit zu tun. Keiner wird ihm glauben, wenn er auspackt."

Die Staatssekretärin winkte verärgert ab. „Das ist viel zu unsicher." Sie wandte sich an Müller, ohne Robyn auch nur eines Blickes zu würdigen.

„Was hat Ihre kleine IT-Expertin zu Beginn gesagt: Sie hat das Handy des Polizisten manipuliert. Dann warten wir am besten ab."

„Stopp!" Alle Augen waren plötzlich auf Robyn gerichtet, die eine Tonfrequenz auf den großen Bildschirm schickte. „Es gibt einen Anruf."

„Ich dachte, Stein hat das Handy manipuliert?", fragte Müller irritiert.

„Es muss ein anderes Handy sein", gab Robyn zur Antwort und tippte mit hochgezogenen Schultern verschiedene Zahlenkombinationen in ihr Tablet. „Ich kann den Anruf nicht abfangen."

42

PRIVATTERMINAL FLUGHAFEN WNUKOWO BEI MOSKAU

David erkannte sofort die Buchstaben auf dem Display des Smartphones: „Moscow Police. Please enter your code."

„Oh, das ist jetzt ja Englisch." Der Polizist blickte erstaunt auf die Schrift und dann ratlos zu David. „Was soll ich tun? Ich verstehe kein Englisch."

„Geben Sie mir das Telefon."

Ohne eine Antwort abzuwarten, griff David nach dem Smartphone und tippte den mit Robyn vereinbarten Code, die Eins und die Raute, ein. Sofort hörte das Klingeln auf und über das Display liefen kyrillische Buchstaben.

„Tut mir leid. Aber der Anruf ist jetzt leider weg." David legte das Smartphone des Polizisten auf den Tresen. „Darf ich jetzt meinen Pass haben, ich muss dringend zurück nach Deutschland."

„Halt! Lassen Sie den Pass bitte noch liegen." Der Polizist straffte die Schultern und sammelte seine ganze Autorität zusammen. „Das Dokument wird noch überprüft. Ich habe auch noch keine Erlaubnis der Dienststelle bekommen, dass Sie uns verlassen dürfen." Mit finsterer Miene starrte er auf sein Smartphone, dessen Display plötzlich aufleuchtete. Kyrillische Buchstaben liefen über den Bildschirm, und der Polizist nickte, während er die Nachricht las.

„Es geht in Ordnung. Die Dienststelle für den Großraum Moskau hat keinerlei Einwände gegen Ihre Ausreise."

Der Polizist gab David den Pass zurück und schlug dann militärisch die Hacken zusammen. „Wünsche einen angenehmen Flug, Herr Rubin."

Es schneite leicht, als David nach draußen auf das Rollfeld ging. Der silberne Jet tauchte aus der Dunkelheit auf und der Flugkapitän stieg über die schmale Gangway nach draußen und kam im Laufschritt auf David zu.

„Es nähert sich eine Schlechtwetterfront mit gefrierendem Schneeregen. Wir müssen sofort starten, sonst können wir heute nicht mehr abheben."

„Ich bin gleich so weit." Nervös starrte er auf das Display. Noch immer kein Lebenszeichen von Leyla. Kein Anruf. Kein Codewort KISS.

Plötzlich klingelte sein Smartphone und wieder war es nicht die Nummer von Leyla.

„Stein, sind Sie schon im Flugzeug?"

„Ich bin gerade beim Einsteigen. Weshalb?"

„Wir haben gerade die Information erhalten, dass es in Moskau Terroralarm gibt. Die Polizei glaubt, dass zwischen der ausgebrannten Wäscherei und der Explosion auf der Ringautobahn ein Zusammenhang besteht. Deshalb werden die Militärs in wenigen Minuten die privaten Flughäfen sperren und die Kontrollen verschärfen. Beeilen Sie sich. Es bleibt Ihnen nicht mehr viel Zeit."

43

MOSKAU – NOBELVORORT RUBLJOWKA

Leyla zitterte am ganzen Körper, als sie die Augen öffnete. Es war kalt und ihre Kleidung war feucht. Verwirrt schloss sie die Augen und öffnete sie wieder. Nach und nach realisierte sie, dass es kein Traum war, sondern die Wirklichkeit. Ihr Kopf schmerzte und am Haaransatz hatte sie eine große Platzwunde mit eingetrocknetem Blut.

Langsam kehrte auch die Erinnerung wieder zurück: Wolkow hatte auf sie gezielt und abgedrückt. Aber die Pistole war durch das schmierige Wasser unbrauchbar geworden und funktionierte nicht mehr. Dann hatte er sie einfach brutal niedergeschlagen, bis sie ohnmächtig wurde, und jetzt war sie wieder aufgewacht. Sie wollte aufstehen, schlug aber mit dem Kopf gegen eine hölzerne Decke. Wo war sie? Unauffällig sah sie sich um. Sie war in einem Käfig gefangen, einem altmodischen Käfig mit eisernen Gitterstäben, einem hölzernen Boden und einer ebensolchen Decke. Der Käfig stand in einer Reihe mit anderen leeren Käfigen auf einer verschneiten Wiese oder einem Feld, denn der eisige Wind pfiff ungehindert zwischen den Stäben hindurch und vor Kälte klapperten ihre Zähne.

Was plante Wolkow, dieser grausame Wolf? Wollte er sie in diesem Käfig erfrieren lassen, war das eines seiner sadistischen Spiele? Bereitete es ihm Vergnügen, wenn sie um ihr Leben bettelte. Aber diesen Gefallen würde sie ihm sicher nicht tun. Nein, lieber würde sie aufrecht sterben, als Wolkow diese Genugtuung zu bereiten. Doch dann musste sie an das Kind denken, das in ihrem Bauch langsam heranwuchs, und es wurde ihr mit einem Mal siedend heiß. Hoffentlich hatte das Ungeborene keinen Schaden erlitten. Durfte sie so einfach über dieses Leben verfügen? Konnte sie eine Entscheidung treffen, ohne darauf Rücksicht zu nehmen? Musste sie nicht doch einen Versuch unternehmen, sich und das ungeborene Kind zu retten?

Es waren Gedanken, die völlig neu über sie hereinbrachen, Gedanken, die so fremd waren, dass sie dachte, eine andere Person geworden zu sein. Aber sie war anders, sie war nicht mehr die Frau, die kaltblütig Zielpersonen auslöschte, jetzt war sie plötzlich eine Frau, die Verantwortung für jemanden hatte, für jemanden, der noch überhaupt nicht geboren worden war.

„Was soll ich bloß machen?“, murmelte sie und schlang die Arme um ihre Schultern, um sich ein wenig aufzuwärmen. So gut es ging, machte sie gebückt einige Schritte, um ihren Kreislauf wieder in Schwung zu bringen. Am hinteren Rand der Wiese stand eine lang gezogene Holzvilla mit geschlossenen Fensterläden, die unbewohnt aussah.

„Wolkow“, rief sie und schlug mit den Händen gegen die Eisenstäbe. „Wolkow, wo bist du?“

Plötzlich hörte sie aus dem Käfig nebenan ein Geräusch, ein leises Hecheln. Sie zuckte zusammen und drehte sich vorsichtig um. Ein großer weißer Wolf stand hinter den Gitterstäben und beobachtete sie mit seinen grünen Augen. Er wirkte nicht aggressiv oder gefährlich, sondern interessiert, so als würde er die plötzliche Gesellschaft in dieser Einsamkeit schätzen.

Leyla hatte viel von David über das Verhalten von Tieren gelernt. Sie wusste, dass Hunde im Grunde nicht aggressiv waren, und war nicht auch ein Wolf so etwas wie ein Hund? Trotzdem hielt sie Abstand und redete nur mit leiser Stimme, so wie sie es bei David immer gesehen hatte.

„Wie heißt du? Was bist du für ein schönes Tier. Musst du immer in diesem Käfig eingesperrt bleiben?“ Sie reihte Worte und Sätze zu einem melodischen Singsang wie Perlen auf einer Schnur aneinander, und dem Wolf schien diese Melodie zu gefallen, denn er legte sich auf den Boden seines Käfigs, beobachtete sie aber weiterhin wachsam.

„Es wird dir nichts nützen, wenn du Yuri etwas vorsingst“, hörte sie plötzlich die Stimme von Wolkow neben ihrem Käfig. Wolkow ging zu dem weißen Wolf und hielt die Hand in den Käfig. Der Wolf erhob sich majestätisch, elegant animalisch und trabte mit federnden Schritten zu Wolkow. Dann ließ er sich von ihm den Kopf kraulen. Erst jetzt bemerkte Leyla, dass Wolkow barfuß und mit nacktem Oberkörper im Schnee stand.

„Warum hast du mich hier eingesperrt?“, fragte sie und klapperte dabei laut mit den Zähnen. „Warum lässt du mich nicht laufen oder bringst mich gleich um?“

„Wir haben noch andere Pläne mit dir vor.“

„Wer seid ihr und was wollt ihr von mir. Der Chip, hinter dem ihr her seid, ist längst außer Landes.“

„Genau dieser Chip wird dein Lebensretter sein. Eben deshalb bist du auch noch am Leben“, sagte Wolkow und öffnete den Käfig, in dem der Wolf war. „Yuri ist mein einziger Freund, sonst habe ich nur Feinde. Das ist mein Schicksal. Ich wurde zum Töten ausgebildet, so wie du.“

„Das stimmt nicht, ich bin keine Mörderin."

„Du bist genauso wie ich. Ich kenne deinen Duft. Wir beiden kommen aus der Gosse und wollten trotzdem die Sterne sehen. Dafür ist uns jedes Mittel recht. Stimmt's?"

„Das war vielleicht früher so, aber jetzt habe ich das wirkliche Leben kennengelernt. Es gibt noch viel mehr hinter den Sternen zu entdecken."

„Du redest so klug, aber in Wirklichkeit bist du ein armes Mädchen auf der Suche nach dem Glück. Einem Glück, das du nie finden wirst, denn du bist verflucht, genauso wie ich verflucht bin. Beide werden wir uns in der Hölle treffen."

Wolkows Stimme zitterte, und er drehte Leyla seine nackte Brust zu, die über und über von Wundmalen verunstaltet war. Mit einer Hand zeigte er stolz auf seine Narben und meinte:

„Diese Kreuze sind die lebenden Toten auf meinem Körper. Es sind sichtbare Zeichen, die mich immer daran erinnern, wer ich bin und was ich getan habe."

Wolkow setzte sich mit Yuri vor Leylas Käfig in den Schnee und begann zu reden. Er erzählte Leyla von den stillen Säufern, zu denen auch seine Mutter gehört hatte, erzählte von dem staatlichen Ausschank, wo man seine Mutter erschlagen hatte, erzählte von dem nächsten Morgen, als er mit nur zehn Jahren mit weißen Haaren aufgewacht war, erzählte auch davon, dass er seinen unbekannten Vater hasste, weil der seine Mutter im Stich gelassen und in den Tod getrieben hatte. Er erzählte von seinem Auftraggeber im fernen Tanger, den er verehrte und den er gerne als Vater gehabt hätte.

Dann schwieg er, und Leyla kroch nach vorne, schob ihre Hand zwischen den Gitterstäben hindurch und strich Wolkow über die Haare.

„Du hast recht, wir sind uns ähnlich“, flüsterte sie und sah, dass Wolkow plötzlich zu weinen begann. Noch vor Kurzem hatte er versucht, sie umzubringen, und jetzt weinte er wie ein kleiner Junge.

„Wo ist mein Vater?“

Leyla wurde einfach nicht schlau aus Wolkow, dem Killer, der mit seinem weißen Wolf ausgelassen durch den Schnee tollte und im nächsten Moment jemanden kaltblütig erschießen konnte.

„Wir müssen jetzt aufbrechen“, sagte er mit einem Mal, stieß ihre Hand zurück und wischte sich die Tränen mit Schnee aus dem Gesicht. Abrupt sprang er in die Höhe und rannte lachend mit Yuri auf ein kleines steinernes Häuschen zu, in dem er verschwand. Kurze Zeit später kam er zurück und hielt ein großkalibriges Gewehr in der Hand. Leyla kannte die Waffe, es war eine Mannlicher mit Zielfernrohr, ihre bevorzugte Waffe in der Vergangenheit, wenn sie als Scharfschützin ein bewegliches Ziel aus der Ferne treffen musste.

„Was willst du mit dem Gewehr?“, fragte sie und kroch in ihrem Käfig zurück, bis sie mit dem Rücken an die Eisenstäbe stieß.

Wolkow gab keine Antwort, sondern lud das Gewehr durch, visierte ein imaginäres Ziel am Himmel an und ließ die Waffe lächelnd wieder sinken. Von ferne hörte Leyla das Geräusch eines Hubschraubers, der rasch näher kam.

„Wir werden jetzt gemeinsam in ein fernes Land verreisen“, sagte er und deutete zum Himmel, wo der Hubschrauber bereits über dem Feld kreiste.

44

TANGER – STADTHAUS VON NELSON LOEWENSTEIN

„Deine Karten haben nicht die Wahrheit gesagt.“ Loewenstein legte gut gelaunt das Satellitentelefon auf den Schreibtisch und blickte Alegra herausfordernd an. „David Stein hat zwar ein Ablenkungsmanöver inszeniert und ist mit dem Film verschwunden, aber dafür haben wir jetzt Leyla Khan als Trumpf gegen ihn in unserer Gewalt. Sie ist schon unterwegs hierher.“

„Was redest du da. Karten lügen nicht“, entgegnete Alegra und zog den schwarzen Kaftan eng um ihren Körper, als würde sie frösteln. „Der Film ist jetzt im Besitz eines anderen. Mehr habe ich auch nicht vorausgesagt.“

„Das ist doch bloß wieder eine deiner Spitzfindigkeiten“, antwortete Loewenstein und verschränkte die Hände im Nacken. „Jetzt steht meinem Plan nichts mehr im Weg. Ich habe alles genau durchanalysiert. Wolkow wird Leyla Khan hierher nach Tanger bringen, und damit habe ich das geeignete Druckmittel, damit Stein mir den Chip mit dem Film übergibt.“

„Sei dir nicht zu sicher. Noch bist du nicht in seinem Besitz.“ Alegra lehnte an der Brüstung und drehte ihren geflochtenen Zopf. „Noch ist alles im Fluss.“

„Spar dir diese philosophischen Sprüche." Loewenstein stand auf und ging im Zimmer umher. „Stein wird seine Partnerin niemals im Stich lassen. Ich habe mich über ihn genauestens informiert. Vor Jahren starb seine Frau bei einem Terroranschlag und er gibt sich die Schuld dafür, deshalb wird er niemals zulassen, dass Leyla Khan etwas passiert."

„Du lässt sie also frei, wenn du diesen Film bekommst?", fragte Alegra und zog erstaunt die dichten Augenbrauen hoch.

„Ich habe mich noch nicht entschieden." Loewenstein lächelte in sich hinein. „Das hängt von den Karten ab."

„Sie werden dir zum richtigen Zeitpunkt eine Antwort geben." Alegra trat zum weit geöffneten Fenster, durch das eine ungemütliche Meeresbrise in das Zimmer wehte. „Was willst du dann mit dem Film anfangen? Ihn in einen Tresor legen?"

„Dieser Film wird mir Macht schenken. Ich habe Geld, Luxus, kann jede Frau haben, die ich will, aber was ich wirklich will, ist Macht. Ich will, dass Politiker und ganze Staaten vor mir zittern." Loewensteins Stimme begann leicht zu beben. „Ich war arm und alle haben auf mich herabgeschaut. Jetzt will ich auf alle herabsehen und sie demütigen, verstehst du."

„Du bist noch immer arm, denn noch immer gierst du nach Anerkennung, willst akzeptiert werden. Da nützt dir auch dein ganzer Reichtum nichts, denn du kommst nun einmal von tief unten, bist einer jener Menschen, die normalerweise nie das Tageslicht sehen, weil sie im Bergwerk schuften, so wie es dein Vater ja gemacht hat."

Alegras Worte drangen in Loewensteins Bewusstsein und weckten verdrängte Erinnerungen. Sein Vater, der sich im Bergwerk zu Tode gearbeitet hatte, die Mutter, die an der Schwindsucht starb, und er selbst, der barfuß durch den Dreck huschte und Streichhölzer verkaufte. Als das Bergwerk geschlossen wurde, kroch er in den dunklen Schacht, in dem sein Vater verschüttet worden war, und hielt stumme Zwiesprache mit ihm. Mit den Fingern kratzte er die schwarze Erde von den Wänden und fand Gold. Das war der Beginn seines geheimnisvollen Reichtums.

„Ich will Macht über die Menschen“, sagte er und verschloss die Bilder wieder weit hinten in den dunklen Kammern der verschütteten Erinnerung.

„Bis dahin ist es aber noch ein weiter Weg.“ Alegra beugte sich aus der geschwungenen Fensteröffnung und blickte hinunter in die engen Gassen der Altstadt von Tanger. Zwei Männer in schmutzigen Kaftanen zerrten ein jämmerlich blökendes Schaf an einem dicken Strick durch die düstere Gasse, an deren hinterem Ende bereits der Schlächter wartete.

„Es gibt Sieger und es gibt Verlierer“, murmelte Loewenstein, der hinter Alegra getreten war und ebenfalls nach unten blickte. „Das Schaf wird geschlachtet und kann sich nicht dagegen wehren, weil es keine Macht hat.“

„Du bist also der Henker?“, fragte Alegra.

„Weshalb musst du immer alles so negativ sehen?“ Er umfasste ihre Schultern. „Ich bin kein Henker, ich bin ein Sieger, denn ich erreiche immer alles, was ich mir vornehme. Daran können auch deine Karten nichts ändern“, flüsterte er. „Dieses ständige Kartenlegen ist nur ein netter Zeitvertreib für mich.“

„Wenn es so ist, dann kann ich ja beruhigt nach Österreich in die Berge fahren. Du kommst doch hier sicher alleine zurecht.“ Alegra schüttelte Loewensteins Hände ab und raffte ihren Kaftan. „Halte mich auf dem Laufenden, wie es mit deinem Plan weitergeht.“

„Halt, wo willst du hin. Ich meine das doch nicht ernst.“ Loewenstein fuhr sich mit den Händen über das Gesicht. ‚Weshalb habe ich das bloß gesagt?‘, dachte er. ‚Ich bin auf die Karten angewiesen.

Es ist eine Sucht, vollkommen irrational, aber trotzdem orientiere ich mich daran.'

„Die Karten sind das Leuchtfeuer in stürmischer See, das mir den Weg weist, damit ich nicht auf den Klippen zerschelle", sagte er so leise, dass Alegra nähertreten musste, um auch jedes Wort zu verstehen.

„Dann lass mich dein Leuchtfeuer sein." Sie küsste ihn zart, und er wusste, dass sie sich wieder in diesem Netz des Lebens verfangen hatten. Immer versuchte einer von ihnen, ein Loch in die engen Maschen zu reißen, um vor ihm flüchten zu können, aber es gelang weder ihm noch ihr. So war es immer, er brauchte ihre Zukunftsprognosen, und sie brauchte diese Gewissheit, dass er ohne sie orientierungslos in einem schwarzen Ozean treiben würde. Beide konnten sie nicht voneinander lassen, würden entweder den Gipfel der Macht erreichen oder gemeinsam untergehen.

„Lass mich jetzt alleine, ich muss noch arbeiten." Als Alegra gegangen war, griff Loewenstein zu dem Satellitentelefon und wählte die Nummer von David Stein.

45

PRIVATTERMINAL FLUGHAFEN WNUKOWO BEI MOSKAU

Als der Jet sich bereits auf der Rollbahn befand, versuchte David erneut, Leyla zu erreichen, kam aber wie zuvor nur auf ihre Mailbox. Wo war sie? Wieso schrieb sie nicht endlich das vereinbarte Codewort: KISS. Sie hatten sich doch mit diesem Codewort verabredet, damit er wusste, dass ihr Ablenkungsmanöver erfolgreich gewesen war. In seinem Unterbewusstsein ahnte er bereits, dass mit Leyla etwas Schlimmes passiert sein musste.

„Schalten Sie jetzt bitte Ihr Telefon aus!"

Die energische Stimme des Flugkapitäns riss David aus seinen Überlegungen. Er musste sich entscheiden. Mit dem Film zurück nach Deutschland fliegen oder hierbleiben, um herauszufinden, ob mit Leyla etwas passiert war? Wolkow, der Sanitäter mit den weißen Haaren, kam David in den Sinn. Wolkow, der Wolf, der sofort auf Konfrontation mit David gegangen war.

Die Triebwerke des Jets begannen immer lauter zu surren und der Kopilot streckte den Kopf durch die Türöffnung.

„Wir starten jetzt. Wenn Sie sich bitte sofort anschnallen."

Als er den Sicherheitsgurt festgezurrt hatte und das Flugzeug immer schneller zur Startbahn rollte, blickte er nach draußen in die Dunkelheit, sah sein Gesicht in dem ovalen Fenster des Jets gespiegelt, das ihm sorgenvoll entgegenblickte. War er jetzt im Begriff, sein Glück mit Leyla wegen einer Operation zu verspielen?

Aber war es nicht gerade dieser Auftrag, der dieses Glück sicherte? Er konnte es drehen und wenden, wie er wollte, es war von allen Seiten gleich gut oder gleich schlecht, ganz, wie man es betrachtete. Die Abteilung hatte ihn unter Druck gesetzt und würde ihn auch das nächste Mal unter Druck setzen. Aber diesmal war das Druckmittel so, dass er dem nichts entgegenstellen konnte. Für Leyla würde er alles tun.

Das Flugzeug beschleunigte und raste über die Startbahn. Plötzlich wurde die Dunkelheit von Dutzenden blinkenden rot-blauen Lichtern durchbrochen. Es waren Polizeifahrzeuge, die auf die Rollbahn fuhren und versuchten, das Flugzeug am Starten zu hindern. Doch dazu war es zu spät. Er wurde in den Sitz gepresst, als das Flugzeug abhob und schnell an Höhe gewann. Unter sich sah er die Polizeifahrzeuge, und er konnte nur hoffen, dass sie nicht durch ein russisches Kampfflugzeug zum Landen gezwungen würden.

Pass auf Leyla auf! Dieser Satz von Jessenin ging ihm nicht mehr aus dem Kopf. Jessenin war zwar ein Verräter, aber da hatte er ausnahmsweise einmal das Richtige gesagt: Er musste Leyla beschützen, um sie nicht zu verlieren. Noch nie hatte er eine Operation so sehr hinterfragt wie jetzt. Natalia opferte ihr Leben, nur damit dieser Film veröffentlicht wurde. Und er verhinderte das. Das war absolut nicht korrekt.

Er schnallte sich ab und holte aus der Minibar einen Whiskey. Die goldgelbe Flüssigkeit funkelte in dem Glas und schwappte gegen die Ränder, wenn eine Turbulenz den Jet ins Schwanken brachte. Bald hatte er den Auftrag ausgeführt und war dabei, den Film nach Deutschland zu bringen. Seine Mission war mehr oder weniger erledigt. Es ging ihn nichts an, was auf dem Film zu sehen war. Er wusste nur so viel: Es hatte mit der nationalen Sicherheit zu tun. Das musste genügen. Es war nicht sein Job, sich über den Inhalt den Kopf zu zerbrechen. Hier ging es um sein Land, aber sein Land hatte ihn zu dieser Operation gezwungen.

Ärgerlich klopfte er mit den Fingerknöcheln auf die Tischplatte. Was zum Teufel hatte sein Land damit zu tun. Man hatte ihn zu diesem Auftrag gezwungen, hatte ihn mit einem dubiosen Haftbefehl erpresst. Hier ging es ausschließlich um Leyla und um seine Selbstachtung. Mit einem Seufzer nahm er das Glas und trank es in einem Zug leer. Er nahm den Kaugummi aus dem Mund, pulte den Chip heraus und steckte ihn anstelle der SIM-Card in sein präpariertes Smartphone. Obwohl Bild und Ton ziemlich schlecht waren, wusste er schon nach wenigen Minuten, was Natalia gemeint hatte, als sie prophezeite: Dieser Film wird Regierungen stürzen.

Er sah Menschen über einen niedrigen Hügel laufen. Die Landschaft wirkte heiß, staubig, es konnte der Irak oder Afghanistan sein. Plötzlich waren Schüsse zu hören und einige der Menschen stürzten zu Boden und rührten sich nicht mehr. Die Kamera drehte sich, und man sah Männer mit dem Logo eines Waffenproduzenten, die Gewehre in der Hand hielten. „Funktioniert absolut tödlich auf 100 Meter“, sagte einer von ihnen. Ein Mann nahm prüfend das Gewehr in die Hand. Es war ein General in Uniform. Noch mehrere Uniformierte aus den unterschiedlichsten Ländern kamen ins Bild, jeder von ihnen nahm das Gewehr und schoss auf die Menschen, die hektisch wie Ameisen den staubigen Hügel hinaufkletterten, um zu entkommen, um zu überleben.

Schnitt. Ein Jeep mit einem Geschütz auf einer Lafette näherte sich. Militärs und Zivilisten tranken Sekt und hielten sich die Ohren zu, als gefeuert wurde. Die Granate riss einen tiefen Trichter in den Hügel, auf dem soeben noch Menschen gelaufen waren. Es gab auch eine Filmsequenz, in der Militärs und Regierungsbeamte mehrerer Länder geheime Besprechungen abhielten und vereinbarten, an welchen Punkten der Welt neue Konfliktherde entfacht werden sollten.

Und so ging es weiter. Wenn dieser Film an die Öffentlichkeit gelangte, dann war nichts mehr so, wie es gewesen war. Deutsche, französische, amerikanische und russische Militärs im trauten Gespräch mit internationalen Waffenhändlern, die ihre tödlichen Erfindungen an lebenden Zielen ausprobierten. Ihre grinsenden Gesichter waren deutlich zu erkennen. David hätte am liebsten gekotzt, so sehr widerte ihn dieser Film an. Als er den Chip wieder in den Kaugummi steckte, summte sein Smartphone. Es war eine Nummer, die er nicht kannte.

46

WEIẞRUSSISCHES HOHEITSGEBIET – PRIVATER LEARJET

Überrascht blickte David auf das Display seines Smartphones. Es war eine unbekannte Nummer mit einer fremden Zahlenkombination, die er so noch nie gesehen hatte.

„David Stein. Es freut mich, dass wir uns einmal persönlich sprechen", hörte er die abgehackte Stimme eines älteren Mannes.

„Wer sind Sie?"

„Mein Name ist Nelson Loewenstein. Sie haben sicher schon von mir in den Medien gelesen."

„Ja, ich kenne Ihren Namen. Woher haben Sie diese Nummer und was wollen Sie von mir?"

„So viele Fragen auf einmal. Wo befinden Sie sich im Augenblick? Irgendwo über Belarus, nehme ich an."

„Was wollen Sie?"

„Sie haben etwas, das ich gerne hätte."

„Ich weiß nicht, wovon Sie reden."

„Doch, das wissen Sie sehr genau. Es geht um einen Film, der sich auf einem Chip befindet."

„Ich lege jetzt auf“, sagte David und wollte bereits die Verbindung trennen, doch Loewenstein redete einfach weiter.

„Ich habe natürlich auch etwas, das Sie interessiert. Wir sind ja schließlich Geschäftsleute und hier geht es um ein großes Geschäft.“

„Ich kann mir nicht vorstellen, dass Sie mir etwas bieten können.“

„O doch, das kann ich.“ Loewenstein brach in ein leises Lachen aus. „Glauben Sie mir, das kann ich wirklich.“

„Lassen wir doch diese Spielchen und reden Klartext“, sagte David und bemühte sich, unbeteiligt zu klingen. Was in aller Welt konnte dieser Mann besitzen, das für ihn einen Wert hatte, dachte er, hatte aber keine Idee.

„Wundert es Sie nicht, dass Sie nichts mehr von Ihrer Partnerin hören?“ Die Stimme von Loewenstein klang jetzt salbungsvoll und triefte vor Genugtuung. „Fragen Sie sich nicht schon längst, ob ihr etwas zugestoßen sein könnte?“

„Lassen Sie gefälligst meine Partnerin aus dem Spiel“, zischte David und fuhr sich mit dem Handrücken über die schweißnasse Stirn. Plötzlich war es in dem Flugzeug unerträglich heiß geworden und er hatte das Gefühl zu ersticken. „Sie hat mit der ganzen Sache nichts zu tun.“

„Aber Leyla Khan ist doch die Königin in diesem Spiel, die kann man nicht einfach weglassen“, ätzte Loewenstein. „Leyla Khan, was für ein schöner Name, er passt zu dieser hübschen Frau. Da tauchen sofort Bilder aus Tausendundeiner Nacht auf, stimmt's, David? Ich darf Sie doch David nennen?“

„Haben Sie Leyla in Ihrer Gewalt? Wenn Sie Leyla auch nur ein Haar krümmen, dann sind Sie ein toter Mann, Loewenstein.“

„Nicht Gewalt, wo denken Sie hin. Wir sind doch kultivierte Menschen. Sie ist auf Besuch bei mir. Übrigens, sagen Sie doch Nelson zu mir. Nelson, nach dem großen englischen Admiral." Wieder hörte David das zynische Lachen von Loewenstein.

„Haben Sie mich verstanden, sollte Leyla etwas passieren, dann sind Ihre Stunden gezählt. Glauben Sie mir, ich finde Sie, egal, wo Sie sich auf dieser Welt auch verstecken."

„Sehen Sie, so gefallen Sie mir. Ein Mann muss um seine Liebe kämpfen, sonst taugt er nichts, finden Sie nicht auch, David?"

„Worauf wollen Sie hinaus. Der Chip gegen Leylas Leben, verstehe ich das richtig?"

„Sie begreifen schnell. Deshalb sind Sie auch der Agent für die subtilen Spezialaufträge. Intelligent, knallhart, aber mit der nötigen Sensibilität ausgestattet, um nicht einfach eine Killermaschine zu sein. Also, kommen wir ins Geschäft?"

„Ich muss nachdenken", sagte David schnell und in seinem Kopf rotierten die Gedanken. „Ich brauche Zeit."

„Sie haben vierundzwanzig Stunden Zeit, David. Dann will ich den Film bei mir in Tanger haben. Sonst können Sie auch Ihre zweite große Liebe begraben und um sie trauern."

„Das wagen Sie nicht."

„Sie wissen überhaupt nicht, wozu ich fähig bin." Wieder lachte Loewenstein kurz und herzlos.

„Woher weiß ich, ob Sie Leyla überhaupt in Ihrer Gewalt haben? Vielleicht stimmt das gar nicht?"

„Eine gute Frage. Vielleicht ist sie auch schon längst tot. Das wissen Sie natürlich nicht. Sie müssen sich auf mein Wort verlassen."

„Das ist mir viel zu wenig."

„Genau, aber so ist es nun einmal. Das ist mein Wettbewerbsvorteil. Es gibt bei jedem Spiel einen Sieger und einen Verlierer. Ich bin ein Sieger und was sind Sie?“ Als David antworten wollte, würgte Loewenstein ihn unwirsch ab.

„Genug geredet. Denken Sie jetzt gründlich nach, wie Sie von Berlin mit dem Chip nach Tanger kommen. Ab jetzt läuft die Zeit.“

Als die Verbindung getrennt wurde und die hohntriefende Stimme von Loewenstein nur noch als fernes Echo in Davids Kopf nachklang, starrte er sekundenlang das Smartphone an, und die Gedanken rasten durch seinen Kopf, ohne dass er einen davon auch wirklich greifen konnte.

Plötzlich bekam er eine iMessage auf sein Handy. Es war das Foto eines schlichten ledergeflochtenen Armbandes mit den Initialen D & L am Verschluss. David und Leyla. Es war also kein Bluff gewesen. Das Armband war ein Geschenk von David zu Leylas Geburtstag gewesen.

Leyla war also wirklich in der Gewalt dieses mysteriösen Nelson Loewenstein. Er könnte natürlich die Piloten zwingen, sofort Kurs auf Tanger zu nehmen, aber das wäre zu auffällig, und so, wie David die Militärs einschätzte, würden bei der geringsten Kursänderung sofort Kampfjets aufsteigen und sein Flugzeug zum Landen zwingen, wenn sie es nicht sofort abschossen. Außerdem musste er das Gegenmittel für Natalia besorgen. Das war er dieser engagierten jungen Frau natürlich schuldig. Er hatte sie mit seiner Identität belogen, aber er würde sie nicht um ihr Leben betrügen.

Doch dann musste er wieder an die Nacht in der Finca denken, als Leyla neben ihm im Bett lag, plötzlich von Kindern redete und als sie sich zärtlich geliebt hatten. Schweißnass und glücklich waren sie dann nach draußen gegangen, hatten die Sterne betrachtet und die Sternschnuppen gezählt, die vom schwarzen Himmel fielen. Für einen kurzen Moment hatten sie geglaubt, ihre Vergangenheit hinter sich lassen und völlig neu beginnen zu können. Beide hatten sie plötzlich gespürt, dass es ein anderes Leben gab, jenseits der Gewalt und des Terrors, dass dieses Leben durch ihre Liebe wieder eine besondere Strahlkraft besaß. Das alles sollte er wegen eines verdammten Films aufs Spiel setzen?

Er wusste, jede Entscheidung war richtig und falsch zugleich.

47

MOSKAU – MILITÄRHOSPITAL SOMJONOW

Natalia schreckte aus einem düsteren Traum hoch und war schweißgebadet. Sie war unter den Trauergästen eines Begräbnisses gewesen und hatte schrecklich geweint. Als sie mit einer weißen Rose an der aufgebahrten toten Frau vorbeiging, sah sie plötzlich, dass es sie selbst war, die in den Sarg gebettet war. In diesem Moment war sie aufgewacht.

Boris lag unter dem Bett und schnarchte laut und zufrieden, so als wäre nichts geschehen, und für ihn stimmte das auch. Hunde haben kein Zeitgefühl, hatte Peter Rubin, der Journalist, zu ihr gesagt, als er ihr den Hund vorbeibrachte und damit sein Versprechen einlöste. Hunde leben im Hier und Jetzt. Boris freut sich, dich wiederzusehen, das sind ehrliche Emotionen.

Das stimmte, Boris hatte ihr das Gesicht geleckt und dabei vor Freude gejault. Aber auch Rubin hatte ehrlich betroffen gewirkt, als sie zu weinen begann. War er wirklich an ihrem Schicksal interessiert oder war es nur ihre Story? War es die richtige Entscheidung gewesen, ihm den Film zu überlassen? Würde er alles genau so machen, wie sie es besprochen hatten? Das würde sie nie erfahren, denn dann würde sie bereits tot sein. Aber es war müßig, weiter darüber nachzudenken, jetzt im Angesicht ihres Todes.

Das Wort „Tod" fuhr wie ein heißer Strahl durch ihren Körper und ihr Herz begann wild zu pochen. Konnte sich das überhaupt jemand vorstellen? Sie würde bald tot sein, da gab es nichts zu beschönigen.

„Hast du Angst vor dem Tod?", hatte sie Rubin gefragt und sie hatte bloß hilflos mit den Achseln gezuckt.

„Ich habe keine Ahnung." Sie hatte die blaue Strähne aus ihrem Gesicht geblasen. Ob sie wohl damit begraben werden würde? Vorsichtig strich sie mit den Fingern über ihre Haut, konnte die Unebenheiten spüren, die roten Flecke, die sie entstellten. Früher war sie immer so stolz auf ihre glatte weiße Haut gewesen, jetzt sah sie sicher aus wie ein pubertierender Teenager. Schon seit Tagen hatte sie in keinen Spiegel mehr geblickt. Sie wollte schön sein, wenn sie starb.

„Ich kann keine Auskunft über das Sterben geben. Ich bin ja noch nie gestorben", hatte sie zu Rubin gesagt und versucht ironisch zu klingen, aber es war ihr nicht gelungen.

„Natürlich kannst du das nicht. Es war eine dumme Frage von mir", hatte Rubin mit seiner beruhigenden Stimme gesagt und ihr dabei über die Hand gestrichen.

Sie hatte keine Ahnung, wie das war, so tot in einem anonymen Krankenzimmer zu liegen. Würde sie an der Decke schweben und sich selbst betrachten? Oder würde sie losgelöst durch ein schwarzes Universum segeln, ohne Ziel und ohne Hoffnung? Einfach nur dahinkreisen, jahrhundertelang, bis sie schließlich langsam erlöschen würde und im Nichts verschwand.

Am liebsten hätte sie alles rückgängig gemacht. Die letzten Wochen einfach zurückgespult. Dann wäre sie nicht in der Redaktion erschienen, hätte den Tag einfach blaugemacht, vielleicht mit dem Typen aus der Bar gevögelt, statt ihn blöde anzureden und auf intellektuelle Journalistin zu machen. Aber jetzt war es dafür zu spät, jetzt hatte sie den unglückseligen Film Rubin gegeben, dem Mann, dem sie vertraute, dem sie vertrauen musste. Jetzt konnte sie nicht einfach nach Maschkow rufen und das Gegenmittel verlangen. Sie hatte nichts mehr, was sich zu tauschen lohnte, denn ihr Leben, das begriff sie plötzlich schmerzlich, war einfach nichts mehr wert. Deshalb klammerte sie sich an die Hoffnung von einem posthumen Sieg der Wahrheit und Gerechtigkeit, wenn der Film gepostet werden würde.

„Ich will leben!", rief sie plötzlich laut heraus und der Wachposten neben der Tür schreckte aus seinem Halbschlaf hoch, rieb sich verwirrt die Augen, um Sekunden später weiterzuschlafen.

„Ich will einfach nur am Leben bleiben", wiederholte sie mit erstickter Stimme, doch niemand hörte Natalia in dieser eisigen Nacht.

48

POTSDAM – EHEMALIGER MILITÄRFLUGHAFEN DES WARSCHAUER PAKTS

„Warum landen wir nicht in Berlin?", fragte David den Piloten, während er sich an der Cockpittür festhielt, da sich der Jet bereits im Landeanflug auf Potsdam befand.

„Setzen Sie sich bitte wieder nach hinten", befahl der Kopilot, ohne Davids Frage zu beantworten.

„Zuerst will ich eine klare Auskunft. Haben Sie mich verstanden."

„Wir haben nur Order, Sie nach Potsdam zu bringen. Mehr wissen wir leider auch nicht", antwortete der Pilot und blickte dabei nervös zu seinem Kollegen.

Nachdenklich ging David wieder nach hinten in die Kabine, ließ sich schwer in den Ledersessel fallen und legte den Kopf gegen die Nackenlehne. Wieder und immer wieder überlegte er die Alternativen, die ihm zur Verfügung standen.

Als das Flugzeug endlich gelandet war, blickte David durch das Bullauge und sah eine trostlose Landschaft vor sich liegen. Es war ein ehemaliger Militärflughafen, der auf den ersten Blick verwaist und unbenutzt wirkte. Die roten Ziegel des Kontrolltowers waren mit braunen abgestorbenen Ästen überzogen und die geduckten Hangars wirkten verlassen, die Tore waren rostig und die Scheiben eingeschlagen. Aber als David aus dem Flugzeug stieg, bemerkte er, dass die Landebahn einen neuen Belag hatte und überall diskrete Neonlichter von höchstem technischem Standard installiert worden waren.

Eine große schwarze Limousine näherte sich dem Jet. David stand bereits auf der Rollbahn und sah dem Wagen entgegen, der schließlich in einiger Entfernung vor ihm hielt. Ein Mann mit Bürstenhaarschnitt stieg aus und ging auf David zu. An seinen zackigen Bewegungen erkannte man unschwer, dass es sich um einen Soldaten in Zivil handelte. In der Hand schwenkte er ein schwarzes Tuch wie eine Fahne.

„Wieso bin ich in Potsdam gelandet?", rief ihm David entgegen. „Ich muss sofort nach Berlin. So lautet mein Auftrag."

„Wenn Sie bitte mit diesem Tuch Ihre Augen verbinden würden", sagte der Soldat, ohne auf Davids Frage einzugehen.

„Was soll das? Das ist doch absolut lächerlich."

„Das zu beurteilen, entzieht sich meiner Kompetenz", antwortete der Soldat in geschraubten Wendungen. „Ich fordere Sie nur höflich auf, meinem Befehl Folge zu leisten."

„In wessen Auftrag handeln Sie?", fragte David aufs Geratewohl.

„Stellen Sie bitte nicht so viele Fragen, die ich nicht beantworten kann."

Jetzt wäre die Möglichkeit gewesen, den Soldaten zu überwältigen, ihm die Waffe zu entreißen und mit dem Auto zu verschwinden. Doch der Soldat agierte professionell und warf David die Augenbinde zu, ohne näher zu treten.

„Umbinden!"

Unsanft wurde David dann von ihm in den Fond des Wagens geschoben. Er wartete einige Sekunden, bis der Soldat vorne eingestiegen war, dann fuhr er schnell mit den Händen nach oben, um sich das Tuch herunterzureißen, doch plötzlich wurden seine Arme brutal nach unten gedrückt.

„Das ist nur zu Ihrer eigenen Sicherheit", hörte er eine fremde Stimme neben sich und spürte gleichzeitig den Lauf einer Pistole, der gegen seine Hüfte gedrückt wurde.

Es war also noch ein zweiter Mann im Wagen.

„Wohin bringen Sie mich?"

„Das werden Sie schon noch früh genug feststellen."

Der Wagen fuhr schnell an und David wurde in die Rückenpolster gedrückt. Unter dem Tuch begannen seine Ohren wieder zu rauschen, und er hatte Mühe, sich auf die Geräusche von außerhalb zu konzentrieren. Automatisch spulte er sein Survival-Programm für den Fall einer Entführung ab. Vom Ausgangspunkt langsam zu zählen beginnen, sich die Abzweigungen am besten mit einem Bild einprägen, etwa dem Muster auf einem Tuch. Links – rechts – rechts und so ging es weiter, bis sie auf einer schnurgeraden Straße beschleunigten.

Nach ungefähr einer Stunde wurde der Wagen wieder langsamer und es gab kaum Außengeräusche. Waren sie auf dem Land? Er konzentrierte sich, konnte aber keine eindeutigen Geräusche identifizieren. Schließlich blieb der Wagen stehen und er wurde über einen gekiesten Weg geführt. David musste dann einige Stufen nach oben steigen, hörte plötzlich Parkett unter seinen Schuhen knarren, dann wurde eine quietschende schwere Tür geöffnet und kalte Luft schlug ihm entgegen. Schweigend und von den beiden Soldaten geleitet, stieg er steinerne Treppen nach unten, bis sie in einen großen Raum kamen, der sehr hoch sein musste, denn ihre Schritte hallten von allen Seiten wider.

Plötzlich ließen die beiden Soldaten seine Arme los, und David hörte, wie sie sich langsam entfernten. Regungslos stand er da und lauschte auf jedes Geräusch. Nach einer Weile, als er vorsichtig die Hand hob, um das Tuch von seinen Augen zu ziehen, hörte er endlich eine Stimme:

„Sie können das Tuch jetzt ruhig abnehmen, David Stein."

Blinzelnd sah er sich um. Wie erwartet befand er sich in einem großen, fensterlosen Kellergewölbe, das indirekt beleuchtet wurde. In der Mitte des Raums stand ein riesiger Schreibtisch. Dahinter saß eine elegante Frau mit blonden Haaren und einem harten Zug um den Mund. Sie trug ein dunkelblaues Kostüm und kam David vage bekannt vor, aber er wusste noch nicht, wo er sie schon einmal gesehen hatte.

„Es freut mich, Sie hier zu sehen. Ich wusste, dass wir uns auf Sie verlassen können. Deshalb werde ich auch nach dieser Unterredung eine Generalversammlung einberufen", sagte sie und erhob sich. Sie drückte auf eine Fernbedienung und ein großer Bildschirm an der Wand flammte auf. David sah einen großen Besprechungstisch, an dessen Längsseiten Militärs aus Deutschland, Frankreich, den USA, Polen und Russland saßen. Dazwischen bemerkte er aber auch Männer in Anzügen.

„Sie sehen, Ihre Operation in Moskau ist von internationalem Interesse", sagte die Frau und schaltete den Bildschirm wieder aus.

„Was wollen Sie von mir und weshalb bin ich hier und nicht in Berlin?"

„Stellen Sie nicht so viele Fragen", antwortete die Frau unwirsch. „Es geht um die internationale Sicherheit. Mehr Informationen gibt es nicht."

„Ich gehe davon aus, dass Sie den Auftrag erfolgreich ausgeführt haben?", fragte die Frau und ging um den Schreibtisch herum. „Geben Sie mir bitte den Chip."

Sie winkte den beiden Soldaten.

„Halt! So war das nicht vereinbart. Man hat mir zugesichert, dass ich bei Übergabe ein Gegenmittel für die vergiftete Journalistin bekomme."

„Ich weiß nichts von einem Gegenmittel. Und jetzt her mit dem Film."

„So läuft das nicht." David zog sein Smartphone hervor und hielt es in die Luft. „Wenn ich eine Taste drücke, geht der Film online."

„Damit würden Sie Ihr Land verraten."

„Hier geht es nicht um mein Land, sondern um ein Versprechen. Wo ist das Gegenmittel?"

„Wie Sie wollen", seufzte die Frau und straffte die Schultern, ehe sie sich zu den beiden Soldaten wandte. „Bringt ihn nach draußen. Wir gehen in das Labor."

Sie kamen an einer großen Halle vorbei, in der auf verschiedenen Tischen Gewehre, Pistolen und andere Waffen wie in einem Verkaufsraum ausgestellt waren. An den Wänden hingen große Bildschirme, auf denen Live-Bilder von unterschiedlichen Kriegsschauplätzen zu sehen waren.

Eine Verkaufsshow des Todes, ging es David durch den Kopf und für einen Augenblick war er fassungslos über eine derartige mörderische Geldgier.

Vielleicht würde man ihm das Gegenmittel für Natalia geben, aber er glaubte nicht so recht daran. Vielleicht würde man ihn am Leben lassen, aber auch das war unwahrscheinlich. Er wusste zu viel, hatte die Gesichter dieser Tafelrunde des Todes kurz auf dem Bildschirm gesehen. Im Grunde hatte er keine Chance, also hatte er auch nichts zu verlieren.

„Das Handy war nur ein Bluff. Hier ist der Chip", sagte er und zog mit zwei Fingern seinen Kaugummi aus dem Mund. „Es ist ein ideales Versteck."

„Sie sind widerlich." Die Frau rümpfte die Nase und griff dennoch spontan nach dem Kaugummi, den ihr David auffordernd entgegenstreckte. Ihre Hände berührten sich, und in diesem Moment wusste die Frau, dass sie in eine Falle gegangen war. „Festnehmen!", rief sie. Doch es war bereits zu spät. David packte ihren Arm, zog sie zu sich, wirbelte sie herum und drückte zwei Finger gegen ihre Schlagader.

„Rufen Sie die Soldaten zurück", flüsterte er und drückte ein wenig gegen den Hals der Frau. „Sonst sind Sie innerhalb weniger Augenblicke tot, oder noch schlimmer, Sie fallen in ein Wachkoma und können bis zum jüngsten Tag über Ihr Schicksal nachdenken."

„Zurück und legt die Waffen auf den Boden", krächzte die Frau, und er sah, wie der Schweiß ihre dicke Schicht Make-up durchfurchte und tiefe Faltentäler hinterließ. „Sie sind ein toter Mann, das ist Ihnen ja hoffentlich klar."

„Aber Sie begleiten mich auf diesem Weg in die Hölle", zischte David und zog mit dem Fuß eine Pistole zu sich heran, die einer der Soldaten auf den Boden gelegt hatte. Zusammen mit der Frau bückte er sich, um sie aufzuheben.

„Jetzt will ich das Gegenmittel für die Journalistin."

„Niemals. Ich denke nicht daran, Ihnen das Mittel zu geben."

„Gut, wie Sie meinen." David drückte ein wenig fester zu und sah, wie die Lider der Frau zu flattern begannen.

„In Ordnung, gehen wir in das Labor."

David hob die Pistole und winkte die beiden Soldaten näher heran.

„Ihr fesselt euch mit den Kabelbindern." Er deutete auf die Plastikkabel, die an ihren Gürteln hingen.

„Los, hinsetzen", befahl er, und als sie fertig gefesselt waren, trat er hinter sie und schlug sie mit dem Knauf der Pistole bewusstlos. Dann packte er die Frau und zerrte sie nach draußen auf den Korridor.

„Wo ist das Labor?"

„Dort hinten." Mit zitternden Fingern deutete sie auf eine offen stehende Tür.

„Gehen wir hinein!" David schob die Frau in den nüchternen Raum, der mit weißen Resopalmöbeln ausgestattet war. Auf einer Arbeitsplatte standen mehrere Ampullen. Nervös betrachtete David die Etiketten, aber er hatte keine Ahnung, welche Ampulle die richtige war.

„In welcher Ampulle ist das Gegenmittel?", fragte er die Frau, aber sie zuckte nur mit den Schultern.

„Ich, ich weiß es nicht", stotterte sie.

„Denken Sie nach!" David verstärkte den Druck seiner Finger an dem Hals der Frau.

„Ich habe keine Ahnung, wirklich!" Im letzten Moment zeigte die Frau mit ihrem Kinn auf eine grünliche Ampulle, und gerade als David das Fläschchen in seine Jackentasche stecken wollte, betrat ein bewaffneter Soldat das Labor.

49

TANGER – STADTHAUS VON NELSON LOEWENSTEIN

Ein schwarzer Porsche Cayenne fuhr aus der VIP-Zone des internationalen Flughafens von Tanger. Die Scheiben des Wagens waren verspiegelt, deshalb konnte man auch die Insassen nicht erkennen. Vor dem Polizeiposten, der die Ausfahrt bewachte, hielt der Wagen und der Fahrer streckte dem Uniformierten die Pässe zusammen mit einem Bündel Euroscheine entgegen. Der Polizist blickte durch das geöffnete Fahrerfenster kurz in den Wagen und sah eine Frau, die ihren Kopf an die Schulter eines jungen Mannes mit weißen Haaren gelehnt hatte. Die Frau hatte die Augen geschlossen und schien zu schlafen. Sie wirkte wie ein zerbrechlicher schwarzer Vogel.

Dreißig Minuten später bahnte sich der SUV seinen Weg durch die überfüllten und engen Gassen der Medina von Tanger, kam schließlich vor einem weißen, schmucklosen, weitläufigen Haus zum Stehen. Der Fahrer hupte mehrmals laut, ein massives Eisentor öffnete sich und der Wagen verschwand in einem dunklen Innenhof.

„Was willst du jetzt mit Leyla Khan anfangen? Wird der Agent auf deine Wünsche eingehen?“ Alegra stand auf einer Terrasse und beobachtete Wolkow, der die bewusstlose Leyla aus dem Wagen hob.

„Hörst du mir zu?“ Alegra drehte sich zu Loewenstein, aber dieser war völlig gefesselt von der Situation, die er beobachtete.

„Wolkow ist wie ein gut abgerichteter Hund“, sagte er dann mehr zu sich selbst und strich sich über das Gesicht. „Wenn man ihm einen Knochen hinwirft, dann schnappt er gierig zu. Auch wenn kein Fleisch mehr daran ist.“

„Wie meinst du das?“

„Wolkow ist müde geworden. Er hat bereits zu viele Menschen getötet und zu viele Kreuze auf seiner Brust. Deshalb war Geld auch nicht mehr die richtige Motivation für ihn. Aber mir ist für ihn etwas viel Besseres eingefallen.“

Alegra holte ein zerfleddertes Kartenspiel aus den Untiefen ihres schwarzen Kaftans hervor.

„Bevor du mir sagst, womit du ihn motiviert hast, ziehe noch schnell eine Karte, mein Geliebter“, forderte sie ihn auf. Loewenstein betrachtete sie eingehend. Er hasste es, wenn sie ihre verspiegelte Sonnenbrille trug, wenn er ihre Augen nicht sehen konnte, aber wusste, dass sie jede seiner Regungen genau beobachtete, analysierte und vielleicht gegen ihn verwendete.

„Du sollst eine Karte ziehen!“ Aus dem Mund von Alegra klang es wie ein Befehl, aber sie durfte sich das erlauben. Bis jetzt, denn bald würden die Karten neu gemischt werden, dann brauchte er niemanden mehr, dann war er im Besitz der unumschränkten Macht, ja, vielleicht würde er der nächste Präsident von Russland werden. Dann wäre er am Ziel seiner Wünsche, ausgestattet mit viel Geld und Macht. Jawohl, mit unumschränkter Macht. In diesem Moment wurde ein Sonnenstrahl von ihrer Spiegelglasbrille reflektiert und blendete Loewenstein für Sekundenbruchteile. Er zuckte zusammen und rieb sich die Augen. Konnte Alegra Gedanken lesen?

„Diese Karte habe ich gerade für dich gezogen." Er reichte Alegra die umgedrehte Karte. „Was hat es jetzt damit für eine Bewandtnis?"

„Es ist der Turm."

„Was ist damit?"

„Umbruch und stürmische Veränderungen." Alegra machte eine Pause und warf die Karte in den Innenhof, wo sie nach einigen eleganten Kreisen neben dem Land Rover auf dem Boden landete. „Diese andere Art von Belohnung, die du Wolkow so großartig in Aussicht gestellt hast, wird alte Strukturen stürzen. Die Karte stand auf dem Kopf, also ist diese Veränderung aller Wahrscheinlichkeit nach gegen dich gerichtet."

„Das ist alles ein großer Schwindel." Loewenstein verzog seinen Mund zu einem zynischen Grinsen und meinte: „Wenn du so weitermachst, dann lege ich keinen Wert mehr auf deine Ratschläge."

„Das ist nicht meine Meinung, das sind nur die Karten."

Loewenstein drehte sich abrupt um und ging auf die großen Flügeltüren zu, die nach innen in seine Büroräumlichkeiten führten.

„Wie auch immer. Wolkow tut, was ich ihm befehle. Denn er will sicher das große Geheimnis seiner Existenz lüften."

„Was ist das? Willst du ihn töten, damit er weiß, was ihn im Jenseits erwartet?"

„Aber nein. Genau das Gegenteil habe ich ihm versprochen. Es geht um die Geburt. Genauer gesagt: um seine Geburt. Wenn er diese eine Sache noch für mich durchzieht, dann verrate ich ihm ein großes Geheimnis."

Wieder machte Loewenstein eine Pause und blickte Alegra erwartungsvoll an. Doch in ihrem Gesicht war keine Regung zu erkennen. „Willst du nicht wissen, was ich ihm sage?"

„Es ist egal, denn es wird sich sowieso gegen dich richten."

„Ich kann deine negative Einstellung nicht mehr akzeptieren." Er trat schnell auf sie zu und zog ihr die Sonnenbrille herunter. „Ich will, dass du mich endlich mit Respekt behandelst. Haben wir uns verstanden?“, zischte er. „Es ist an der Zeit, dich in deine Schranken zu weisen.“

Unwirsch riss sich Alegra los und hob ihre Sonnenbrille vom Boden auf.

„Internationale Militärs und der deutsche Geheimdienst sind hinter diesem Chip her, aber ich werde ihn bekommen. Wolkow habe ich mit dem Versprechen geködert, ihm von seinem Vater zu berichten“, sagte Loewenstein und dachte an die Gespräche, die er mit Wolkow geführt hatte. Wolkow war auf der Suche nach seinen Wurzeln, seiner wahren Identität. Als das Wort „Identität“ gefallen war, kam Loewenstein der entscheidende Gedanke. Er wusste von Wolkows vergeblicher Suche nach seinem Vater, hatte belustigt mit angesehen, wie sich Wolkow an falsche Fährten heftete und immer mehr in einem Labyrinth der Hoffnungen und Enttäuschungen verrannte.

„Wenn du diesen Auftrag für mich erledigst, dann erzähle ich dir von deinem Vater“, hatte er gesagt. „Ich habe ihn gekannt.“ Auf der Stelle war er sich mit Wolkow einig geworden.

„Natürlich hatte ich nie vor, Wolkow die Wahrheit über seinen Vater zu erzählen“, meinte er grinsend zu Alegra.

„Das ist die dunkle und böse Seite an dir“, sagte Alegra. Der Wind frischte auf und blähte ihren schwarzen Kaftan. Für einen kurzen Moment erschien sie Loewenstein wie ein großer, schwarzer Vogel. Ein riesiger Vogel, der Unglück brachte.

„Ich habe dir schon so oft gesagt, dass die Karten nie lügen. Es sind immer die Menschen, die falsche Interpretationen abgeben“, hörte er ihre Stimme.

„Du redest Unsinn. Komm, sag mir, was ich heute Abend anziehen soll.“ Loewenstein versuchte die Diskussion auf eine leichtere Ebene zu bringen, aber Alegra blieb hartnäckig bei ihrem Thema.

„Es gibt immer den Schatten des Vaters, der über uns schwebt und uns manchmal erdrückt. Wolkow wird herausfinden, wer sein Vater ist. Er hat von seinem weißen Wolf gelernt, wie man eine Fährte interpretiert. Nicht umsonst heißt Wolkow Wolf auf Russisch. Du hast ihm den Köder hingeworfen und er hat ihn gierig aufgeschnappt. Jetzt will er sicher mehr davon."

„Wolkow ist ein Idiot", unterbrach sie Loewenstein und machte eine schneidende Handbewegung. „Er ist einfach dumm. Kann Leute töten, aber die Zusammenhänge, warum er das tut, sind ihm fremd."

Während sie miteinander sprachen, waren Loewenstein und Alegra einige Treppen nach unten gegangen und im Ankleidezimmer verschwunden.

„Du täuschst dich, mein Lieber." Alegra fasste ihre Haare mit einer Hand zusammen und drehte sie zu einem Knoten. „Wolkow ist die dunkle Materie, die alles in seiner Umgebung aufsaugt."

„Ich werde dir jetzt etwas von Wolkow erzählen, was ich noch keinem Menschen gesagt habe." Er wurde plötzlich ernst und begann zu reden.

„Das wird dein Untergang", sagte Alegra nach seinem Monolog mit einer Bestimmtheit, die ihn für einen kurzen Moment erschauern ließ.

Dann raffte sie ihren schwarzen Kaftan und ging langsam nach draußen in den großen Salon, in dem die Diener bereits die Kerzen angezündet hatten.

„Ich gehe niemals unter!", rief ihr Loewenstein noch wütend hinterher.

„Du bist schon tief unten."

50

POLEN – EHEMALIGE KASERNE AN DER DEUTSCH-POLNISCHEN GRENZE

Der Soldat, der das Labor betreten hatte, griff sofort nach seiner Pistole. Doch David war schneller und schlug ihn mit einem Handkantenschlag zu Boden. Noch immer hielt er die Frau am Genick gepackt, musste sie aber jetzt loslassen.

Er packte die Ampulle und steckte sie schnell ein. Dann drehte er sich wieder zu der Frau, doch die war einen Schritt zurückgetreten und lehnte an der Arbeitsplatte.

„Sie begleiten mich“, sagte David und ging auf sie zu.

Die Frau nickte und schlug ihm plötzlich ein Metalltablett auf den Kopf, das sie hinter ihrem Rücken versteckt hatte. Verblüfft zuckte David zurück und die Frau rannte an ihm vorbei.

„Hilfe!“, rief sie gellend und stolperte schreiend aus dem Labor. David lief ihr hinterher, aber sie verschwand in einem gegenüberliegenden Raum und schlug die Tür hinter sich zu. Sekunden später heulten Sirenen auf und er durfte keine Zeit mehr verlieren. Er rannte den Korridor entlang, kam in einen weiteren Verkaufsraum, in dem Geschütze präsentiert wurden. Auch hier liefen Filme, die in Zeitlupe in sich zusammenfallende Häuser, tote Zivilisten und brennende Flugzeuge zeigten.

David hörte laute Rufe und das Getrampel von Soldaten, die ihn verfolgten. Man würde kurzen Prozess mit ihm machen, wenn man ihn erwischte. Genauso wie Natalia war er nur ein Kollateralschaden in einem Spiel um Macht und Geld, einer Maschinerie, die künstlich kriegerische Konflikte heraufbeschwor, um sich an dem Leid und dem Elend der Bevölkerung zu bereichern. Es waren Menschen ohne die geringsten Skrupel und ohne Herz. In ihrer Gesamtheit waren sie die Bestie Mensch.

Plötzlich tauchte ein Wachsoldat mit angelegtem Gewehr vor David auf.

„Halt!“, schrie der Soldat, doch seine Stimme zitterte. Er war ein Junge von vielleicht achtzehn Jahren, und David sprang einfach auf ihn zu, schlug ihm den Gewehrschaft gegen den Hals, drehte sich um und feuerte eine Salve auf die um die Ecke stürmenden Verfolger.

In der allgemeinen Verwirrung gelang es ihm, sich in einem unbeleuchteten Tunnel zu verstecken, und er versuchte, mit Robyn Kontakt aufzunehmen. Zu seiner Überraschung bekam er in dem Tunnel ein Signal.

„Stein, das ist jetzt eine direkte Leitung; wenn ich entdeckt werde, trenne ich einfach die Verbindung.“

„Verstanden. Wo bin ich?“

„Sie sind in Polen. Eine Kaserne mit Tunnelsystem aus dem Kalten Krieg. Wurde von den Amerikanern und ihren Verbündeten im Golfkrieg als ‚Black Hole‘, als ‚Schwarzes Loch‘, reaktiviert, als sogenanntes unsichtbares Gefängnis außerhalb der Genfer Konvention.“

„Ich muss hier sofort raus.“

„Warten Sie, ich lotse Sie." Sekunden später flimmerte eine Karte über seinen Handy-Bildschirm, auf der das weitverzweigte Tunnelsystem wie ein Spinnennetz aussah.

„Es gibt in etwa 400 Metern einen stillgelegten Tunnel, in dem keine Überwachungskameras sind. Diesen Tunnel müssen Sie ungefähr zwei Kilometer weit durchqueren, dann sind Sie in einem sicheren Gelände."

„Man wird mich verfolgen."

„Keine Angst. Ich sende ein Signal, das man für Sie halten wird, und locke Ihre Verfolger auf eine falsche Fährte."

„Ich brauche sofort Infos über einen Mann namens Nelson Loewenstein. Leyla ist in der Gewalt dieses Mannes. Loewenstein will den Chip von mir, sonst stirbt sie."

„Setzen Sie Prioritäten, Stein", wich Robyn einer Antwort aus. „Jetzt geht es um Ihr Leben."

Plötzlich riss der Kontakt ab und David war wieder auf sich alleine gestellt. Kurz vor der Abzweigung in den stillgelegten Tunnel sprang plötzlich ein weiterer Soldat aus einer dunklen Nische und gab ohne Vorwarnung sofort Schüsse auf ihn ab. David versuchte auszuweichen, aber ein Projektil traf ihn in die Seite. Ehe der Soldat ein weiteres Mal abdrücken konnte, hatte David bereits zurückgeschossen, und der Mann sackte zusammen. Vorsichtig schob er sich an der Tunnelwand entlang und hielt sich die Hand an die Seite. Das Blut tropfte zwischen seinen Fingern hervor, und er wickelte seinen Schal über die Hand, um keine Blutspur zu hinterlassen, die seinen Verfolgern den Weg weisen würde.

Wieder leuchtete das Display seines Smartphones auf.

„Stein, Sie müssen sich schneller bewegen", hörte er Robyns Stimme.

„Wo sind meine Verfolger?"

„Ich habe sie bei einer Abzweigung in die andere Richtung geschickt. Aber sie werden bald das gesamte Tunnelsystem durchsuchen und auch diesen Fluchtweg finden. Sind Sie o. k.?“

„Mit mir ist so weit alles in Ordnung“, antwortete David und drückte seine Hand fest auf die Wunde. „Machen Sie sich keine Sorgen.“

„Ich mache mir keine Sorgen um Sie, Stein. Ich will nur nicht, dass der Chip in falsche Hände gerät.“

„Keine Angst, das wird nicht passieren.“

„Wenn Sie draußen sind, dann müssen Sie sich zunächst selbst durchschlagen. Ich melde mich, wenn ich wieder einen Satellitenslot bekomme.“

„Es gibt geheime Absprachen zwischen den verschiedenen Militärs, um Kriege anzuheizen, damit Waffen gekauft werden. Die Militärs verdienen daran Millionen. Das habe ich alles auf diesem Film gesehen. Über diese Ungeheuerlichkeit muss die Bundeskanzlerin informiert werden. Eine blonde Frau um die fünfzig spielt dabei eine entscheidende Rolle.“

„Diese Information gefällt mir aber gar nicht. Aber ich wiederhole mich nur ungern: Sie müssen jetzt Prioritäten setzen, Stein“, antwortete Robyn völlig ungerührt. „Zunächst müssen Sie einfach nur überleben.“

„Ich habe schon verstanden“, keuchte David, dem das Gehen immer schwerer fiel. Er riskierte einen Blick auf seinen Pullover unter der Lederjacke, der bereits mit Blut vollgesogen war. Vielleicht war er doch schwerer verletzt, als er zunächst angenommen hatte. Vorsichtig griff er in die Tasche seiner Jeans und überprüfte, ob die Ampulle mit dem Gegenmittel für Natalia noch heil war. Wie lang war dieser Teil des Tunnels? Fast zwei Kilometer, hatte Robyn gesagt. Das war verdammt weit. Er ging in die Knie und krümmte sich vor Schmerz.

Unter Aufbietung all seiner Kräfte zog er sich an der Tunnelwand hoch und stolperte weiter. Als er schon dachte, der Tunnel würde niemals enden, stand er plötzlich vor einer Betonwand, an der eine Leiter zu einer kreisrunden Öffnung nach oben führte. Mit einer Hand hielt sich David an der Leiter fest, um nicht abzustürzen, kletterte nach oben und öffnete einen verrotteten Holzdeckel. Als er sich mit schmerzverzerrtem Gesicht nach draußen wälzte, schlug ihm die feuchtkalte Luft entgegen und dichter Nebel hüllte ihn ein. Ganz langsam richtete er sich auf, konnte sich kaum auf den Beinen halten und blickte schwankend umher. Er stand auf einem Acker, mitten in einem trostlosen Niemandsland.

Die Gegend um ihn herum war hinter einem grauen, toten Schleier verborgen, und als David den Schal von der Schusswunde nahm, tropfte das Blut aus der Verletzung ungehindert auf den gefrorenen Boden. Er atmete tief durch, und trotz der Kälte rann ihm der Schweiß von der Stirn und ein Schmerzschauer nach dem anderen jagte durch seinen Körper. Mit einem Mal gaben seine Beine nach, und er sank in die Knie, fiel dann rücklings in die Furchen der steinharten Erde. Als er nach oben blickte, sah er einen großen, schwarzen Vogel in den grauen Himmel flattern. War es der Unglücksvogel, von dem Leyla so oft gesprochen hatte? Plötzlich änderte der Vogel seine Richtung und landete ein Stück neben David auf dem Boden, betrachtete ihn mit seinen schwarzen Augen, so als würde er auf Davids Tod warten.

51

TANGER – HAUS VON NELSON LOEWENSTEIN

Der Raum, in dem Leyla gefangen gehalten wurde, hatte keine Fenster und blassblau gestrichene Wände. Der Boden, auf dem sie lag, bestand aus glänzend blauen Fliesen, die ein wellenförmiges Muster ergaben, das ohne erkennbare Struktur wie ein Ozean bis an den Rand schwappte. An der seitlichen Wand befand sich das Gitter einer Klimaanlage, die aber nicht eingeschaltet war.

Sie hätte David von der SMS erzählen müssen, hätte ihm von dem Kind erzählen sollen, das langsam in ihrem Bauch wuchs und vielleicht niemals das Licht der Welt erblicken würde. Dieser Gedanke erfüllte sie mit einer unendlichen Traurigkeit, und sie fühlte sich wie eine Ausgestoßene, eine Frau, der es niemals vergönnt sein würde, eine glückliche Familie zu haben. Zärtlich strich sie über ihren Bauch und dachte an die Nacht, als David und sie nackt und glücklich vor der Finca standen und die unzähligen Sternschnuppen am schwarzen Himmel bewunderten. In dieser Nacht war es passiert, sie hatte es gewusst, gespürt und auch so gewollt. Sie wollte in ein anderes Leben wechseln, aber das Schicksal hatte anderes mit ihr vor.

Langsam richtete sie sich auf, schüttelte den Kopf. Ihre Glieder schmerzten, und als sie sich streckte, bekam sie einen Krampf in den Beinen. Mit zusammengebissenen Zähnen richtete sie sich auf und sah sich um. In dem Raum gab es nur eine Matratze auf dem Boden und zwei hölzerne Schemel.

„Wo bin ich nur?“, fragte sie sich leise und drückte die Türklinke der massiven Holztür herunter. Wie erwartet ließ sich die Tür nicht öffnen, und Leyla ging langsam an den Wänden entlang und versuchte sich zu erinnern. Ehe der Hubschrauber gelandet war, hatte Wolkow mit einer Betäubungspatrone auf sie geschossen. Wie in einer Taucherglocke hatte sie bruchstückhaft alles mitbekommen: den Hubschrauberflug, das Umsteigen in einen Jet, den Flug hierher. Immer war Wolkow als Bewacher an ihrer Seite.

Sie setzte sich in die Mitte des Raums und legte den Kopf auf die Knie. Die Übelkeit der letzten Tage hatte sich verflüchtigt und einer bleiernen Müdigkeit Platz gemacht. Das lag wahrscheinlich an der schlechten Luft in dem Raum, zu wenig Sauerstoff machte sie müde und das Denken fiel ihr schwer. Aber sie riss sich zusammen, jetzt hatte sie eine Verantwortung. Deshalb sprang sie auf und lief von einer Wand zur anderen, immer hin und her, bis sie ihren Kreislauf wieder in Schwung gebracht hatte. Dann überprüfte sie das fensterlose Zimmer. Die Tür war versperrt, das wusste sie. Mit den Fingern strich sie über die grob verputzten Wände, aber da gab es keine geheime Tür, die man vielleicht übersehen hatte. Schließlich blieb ihr Blick an dem Gitter der Klimaanlage haften und ihr Puls beschleunigte sich. Die Öffnung war schmal und weit oben an der Wand, aber es war vielleicht eine Möglichkeit zu fliehen.

Sie nahm einen Schemel, stellte ihn an die Wand, versuchte das Gitter zu erreichen. Sie war jedoch zu klein und erwischte es nur mit den Fingerspitzen. Schnell holte sie den zweiten Schemel, stellte ihn auf den unteren und kletterte vorsichtig hinauf. Jetzt erreichte sie das Gitter, aber zu ihrer Enttäuschung war es fest in der Wand verschraubt. Also musste sie wieder nach unten steigen und überlegen. Ihr Atem ging rasselnd, als sie die schwere Matratze sah, hochhob und untersuchte. Die Matratze war alt und verschimmelt, hatte aber Federn aus Draht im Inneren. Mit den Zähnen biss Leyla ein Loch in den Bezug, riss ihn dann weiter auf, bis eine der Federn heraussprang. Mit aller Kraft zerrte sie die Feder aus der Verankerung und kletterte wieder zu dem Gitter. Sie zog die Drahtfeder auseinander und versuchte, die Schrauben herauszudrehen, die sich aber nur sehr langsam lösten, denn der Draht war zu dick. Daher versuchte sie es mit den Fingernägeln und drehte an den Schrauben, bis ihre Hände ganz blutig waren. Dann steckte sie den Draht zwischen Wand und Gitter, nutzte die Hebelwirkung, um das Gitter aus der Verankerung zu reißen.

Der erste Teil wäre geschafft, dachte sie, als sie das Gitter auf den Boden legte. Schwer atmend stützte sie sich mit den Händen auf den Oberschenkeln ab. Dann nahm sie den Draht und bog ihn so zurecht, dass er ein behelfsmäßiges Florett war. Damit konnte sie sich zur Not verteidigen, wenn auch nur kurz, das war ihr schon klar. Mit einem Klimmzug schob sie sich dann in die Öffnung, robbte langsam durch eine enge Röhre vorwärts, bis sie in der Ferne wieder ein Gitter sah. So leise wie möglich kroch sie zu der Öffnung und spähte hinunter.

Sie sah einen älteren Mann mit buschigen Augenbrauen, der mit einer Frau in einem schwarzen Kaftan redete. Die Frau hatte pechschwarz gefärbte Haare und trug eine Sonnenbrille. Mit ihren langen dünnen Fingern spielte sie nervös mit einem Set Karten. Waren das Wolkows Auftraggeber?

„Stein wird nach Tanger kommen, um diese Frau zu retten und mir den Chip zu übergeben. Dann wird ihn Wolkow töten."

„Und wenn Stein ihn zuvor tötet?"

„Wolkow ist ein Idiot, aber er kann kämpfen bis in den Tod. Er ist mir treu ergeben wie ein Hund", sagte der Mann.

„Aber du hast gesagt, dass sich Wolkow nicht durch Geld motivieren lässt?"

„Habe ich das?" Der Mann blickte die schwarzhaarige Frau fragend an. „Ja, stimmt. Wolkow kann man nur mit seiner eigenen Geschichte motivieren."

„Wie wird er es aufnehmen, wenn du ihm von seinem Vater erzählst?"

„Oh, er wird mich lieben bis ans Ende seiner Tage."

„Bist du dir da absolut sicher, du Herrscher über Gott und die Welt?"

„Absolut!", sagte der Mann im Brustton der Überzeugung und erzählte der Frau in dem schwarzen Kaftan, welches Geheimnis er Wolkow über seinen Vater erzählen würde.

„Aber das ist gelogen", hörte Leyla die Stimme der Frau.

„Natürlich ist das gelogen." Der Mann lachte. „Aber er wird mir glauben."

„Warum sollte er das?", fragte die Frau.

„Weil ich ihn besser kenne als er sich selbst." Der Mann winkte die Frau zu sich und redete im Flüsterton mit ihr. Leyla musste sich anstrengen, um etwas zu verstehen, und schob sich noch näher an das Gitter. Mit ihren Ellbogen stützte sie sich in der Röhre ab, die ein wenig nach unten gebogen war. Einer ihrer Nägel war abgebrochen, und aus dem Nagelbett tropfte Blut, rann durch das Gitter an der Wand hinunter. Leyla hielt den Atem an und ihr Herz pochte wie verrückt. Gebannt starrte sie auf die beiden Personen in dem Zimmer, aber keiner der beiden schien das Blut an der Wand zu bemerken.

Doch! Die Frau in dem schwarzen Kaftan hatte kurz zu dem Gitter hochgeblickt, sich aber dann sofort wieder zu dem alten Mann umgedreht, der noch immer von Wolkow redete.

Leyla hörte wie gebannt zu und in ihrem Kopf formte sich ein Plan. Vorsichtig schob sie sich zurück, bis sie mit den Beinen wieder die Öffnung ihres Gefängnisses erreicht hatte. Plötzlich packte jemand ihre Beine und sie wurde unsanft aus der Röhre gezogen. Im letzten Moment gelang es ihr, sich mit den Händen abzustützen, um nicht mit dem Gesicht auf den Boden zu knallen. Doch sofort wurde sie brutal herumgerissen und starrte in die Mündung einer Pistole.

„Ich sollte dich einfach abknallen", zischte Wolkow. „Du wolltest wohl fliehen. Aber von hier aus führt kein Weg nach draußen. Hast du verstanden?"

„Ich wollte nicht fliehen, ich wollte auf dich warten." Leyla schob sich an der Wand langsam in die Höhe. „Ich habe ein Gespräch gehört, das ein Mann mit einer Frau in einem schwarzen Kaftan geführt hat."

„Das war mein Auftraggeber Loewenstein und seine Vertraute Alegra. Aber es interessiert mich nicht, was du mir erzählen willst." Sein Gesicht verzerrte sich zu einer hasserfüllten Fratze. „Es interessiert mich nicht. Du redest und redest und willst mich mit deinen Worten bloß verwirren."

„Sie haben über dich gesprochen."

„Über mich?" Wolkow sah sie erstaunt an.

„Jawohl, über dich." Leyla trat einen Schritt nach vorne und sah Wolkow in die Augen. „Möchtest du wissen, was sie über dich gesprochen haben?"

„Was?" Langsam ließ Wolkow die Pistole sinken. „Was haben sie gesagt?"

„Es geht um deine Vergangenheit."

Jetzt hatte sie Wolkows ganze Aufmerksamkeit erlangt, seine Züge verhärteten sich und seine Stimme klirrte wie Eis.

„Los, rede!"

Leyla wusste, dass sie nur wenige Minuten Zeit zur Verfügung hatte, und so erzählte sie atemlos, was sie zuvor gehört hatte. Sie redete und redete, bis Wolkow sich die Ohren zuhielt.

„Ich will davon nichts mehr hören! Es ist alles eine Lüge. Das hast du dir nur ausgedacht, damit ich dich freilasse. Du bist eine Hexe!" Er hob die Pistole, zielte auf Leyla, aber seine Hand zitterte so heftig, dass er sie wieder sinken ließ.

„Du lügst, verdammt, du lügst", flüsterte er.

Plötzlich machte er auf dem Absatz kehrt, schlug die Tür hinter sich zu und drehte den Schlüssel im Schloss um.

Leyla blieb zurück. Alleine und in absoluter Ungewissheit.

52

DEUTSCH-POLNISCHES GRENZGEBIET

„Es hätte nicht viel gefehlt und Sie wären erfroren", sagte der Mann, der sich mit seinem zerfurchten Gesicht über David beugte. „Zum Glück bin ich mit meinem Traktor hier entlanggekommen und habe Sie auf dem Acker liegen sehen."

David richtete sich mühsam auf, aber ein plötzlicher Schmerz ließ ihn erneut zusammensinken.

„Sie müssen wenigstens über Nacht hierbleiben. Damit sich die Wunde nicht entzündet."

„Wer bist du?"

„Ich heiße Wozniak und bin Bauer."

„Warum hilfst du mir?", fragte David mit schwacher Stimme und sah sich um. Er lag auf einer breiten Ofenbank und spürte die wohlige Wärme des Holzofens an seinem Rücken. Das Zimmer war niedrig mit schwarz gebeizter Tramdecke und kleinen Fenstern, vor die der Bauer dicke Vorhänge gezogen hatte.

„Weil mich die Leute aus der alten Kaserne von meinem Grund und Boden verjagen wollen. Sie haben mir eine Menge Geld geboten, damit ich verschwinde, aber dieser Hof ist schon seit Generationen im

Besitz unserer Familie, hat sogar die Kommunisten überlebt, und jetzt soll ich wegen dieser feinen Herrschaften verschwinden. Nicht mit mir. Das ist doch mein Zuhause."

Wozniak blickte ihn traurig an, klopfte dann aber mit seiner schwieligen Hand auf den Tisch und beugte sich verschwörerisch zu David hinunter.

„Ich sage dir, da geht es nicht mit rechten Dingen zu."

„Da hast du sicher recht", pflichtete ihm David bei und strich über den Verband auf seinem Bauch.

„Sie wollen meinen Hof, damit sie dort Schießübungen veranstalten können. Einer von denen, ein Militär, hat mir allen Ernstes gesagt, dass der Hof für Zielübungen bestens geeignet sei."

„Was wirst du jetzt machen?"

„Ich? Ich bleibe einfach hier, und wenn sie mich enteignen, dann verklage ich sie alle."

„Gute Idee", sagte David leise, den dieses Gespräch ziemlich erschöpfte. Dann fiel ihm ein, dass er sein Smartphone in seiner Lederjacke hatte, die völlig verdreckt über einem Stuhl hing. „Gibst du mir bitte meine Jacke."

„Aber du kannst noch nicht aufstehen. Du musst dich schonen. Es ist doch Abend", widersprach ihm Wozniak.

„Ich will auch noch nicht gehen. Ich muss nur telefonieren."

„Dann will ich dich nicht länger stören", sagte Wozniak und schlurfte aus der Kammer.

Mit dem Smartphone in der Hand ließ sich David auf die Holzbank zurückfallen und drückte den Button, der ihn direkt mit Robyn verband. Nur Sekunden später war sie auf dem Bildschirm zu sehen, und David erschien es, als hätte sie auf seinen Anruf gewartet.

„Stein, eine Sekunde, ich orte nur das Signal."

Ihre blonde Tolle verschwand und nur die nackte weiße Wand ihrer winzigen Wohnung in Berlin-Marzahn war zu sehen.

„Sie sind noch immer in Polen, aber bis zur deutschen Grenze sind es vielleicht zwanzig Kilometer", sagte sie kurze Zeit später. „Nehmen Sie einen Wagen bis zur Grenze, dort wird Sie ein Fahrer von uns erwarten."

„Das ist keine gute Idee", antwortete David und erzählte Robyn in Stichworten, was er erlebt hatte.

„Ihre Verletzung ist nicht lebensgefährlich", sagte Robyn, nachdem David geendet hatte. „Der polnische Bauer soll Sie im Morgengrauen bis zur Grenze bringen. Um den Rest kümmere ich mich."

„Woher wollen Sie wissen, dass meine Verletzung nicht schwer ist?"

„Sie reden, ohne zu stocken, und haben bisher nicht einmal das Gesicht verzogen. Außerdem empfange ich Ihren Pulsschlag über das Smartphone. Schon vergessen, dass es ein Mehrzweckhandy ist?"

„Ich habe den Chip noch bei mir. Und ich werde dafür sorgen, dass den Personen, die darauf zu sehen sind, das Handwerk gelegt wird." Dann erzählte er Robyn von seinem Vorhaben. „Sind Sie dabei, Robyn?", fragte er zum Schluss.

„Ohne mich sind Sie ja doch hilflos, Stein."

„Das werde ich Ihnen ewig danken."

„Keine Emotionen, Stein. Es ist nur eine interessante Aufgabenstellung, die ein gewisses Maß an Intelligenz erfordert."

„Dann ist ja alles in Ordnung", sagte David etwas beruhigt und dachte einen Augenblick lang nach. Gedanken schwirrten zunächst unkoordiniert durch seinen Kopf, er sah Leylas schönes Gesicht, er sah Natalia mit dem wirren Haarschopf und der blauen Strähne kraftlos in ihrem Bett liegen, er sah die Versammlung von Militärs, Politikern und Waffenhändlern in der aufgelassenen Kaserne, und er wusste, dass er Prioritäten setzen musste. Er wusste auch, dass Leyla stark wie eine Löwin sein konnte, wenn es darauf ankam.

„Im Morgengrauen bin ich an der Grenze“, sagte er und erklärte Robyn, was sie dann zu tun hatten.

„Ich brauche am Nachmittag sofort ein Flugzeug nach Moskau“, redete David weiter. „Natalia wird bald sterben, wenn ich ihr nicht das Gegenmittel bringe.“

„Meiner Berechnung nach hat sie noch ein bis zwei Tage“, korrigierte ihn Robyn.

„Von Moskau muss ich dann sofort weiter nach Tanger fliegen. Schaffen Sie das, Robyn?“

„Dafür ist jetzt aber keine außergewöhnliche Intelligenz nötig. Flüge organisieren kann doch jeder.“

„Aber Sie schaffen es, dass ich vor dem Abflug bereits am Ziel bin.“ David machte einen Scherz, den Robyn aber nicht verstand.

„Das ist physisch unmöglich.“

„Natürlich nicht.“

„Wenn Sie in Tanger sind, informiere ich unsere Außenstelle, nenne aber keinen Namen. Das ist doch in Ihrem Sinn?“

„Perfekt“, flüsterte David, den dieses Gespräch plötzlich anstrengte und der sich schlapp und müde fühlte. „Wo ist morgen unser Treffpunkt an der Grenze.“

„Ich finde Sie, Stein, das ist doch eine Kleinigkeit.“

Robyns Kopf mit den hochrasierten Schläfen und den hellblonden Haaren verschwand und David ließ das Smartphone sinken.

Er wusste nicht, wie lange er geschlafen hatte, aber als er erwachte, fühlte er sich ausgeruht und voller Tatendrang. Vorsichtig tippte er auf die Wunde an seiner Seite, sie schmerzte zwar noch, schien aber unter dem Verband nicht mehr zu bluten.

„Es war nur ein Streifschuss“, hörte er die Stimme von Wozniak, der soeben mit einer Tasse dampfenden Kaffees hereinkam. „Da hast du mächtiges Glück gehabt.“

„Ich weiß und ich bin dir auch dankbar für deine Hilfe.“

„Ach, nicht der Rede wert.“ Der Bauer winkte ab. „Ich habe übrigens den Wagen aus der Garage geholt.“

„Damit können wir bis zur Grenze fahren?“

„Mein Wagen ist zwar ein wenig altersschwach, aber zur Grenze schafft er es noch“, hatte der Bauer gestern Abend gesagt und kurz genickt.

Jetzt stand er schon fertig angezogen neben David und seine Augen glänzten abenteuerlustig.

„Mach diese Schweine in der alten Kaserne fertig.“ Er streckte seinen Daumen in die Höhe und griff wieder nach der Tasse mit dem heißen Kaffee. „Trink noch einen Schluck, das belebt deine Lebensgeister. Ist ein wenig Rum drinnen, denn es ist ziemlich kalt draußen.“

Als sie hinausgingen, hatte der Bauer seinen alten Tatra bereits gestartet und die Beifahrertür für David geöffnet.

„Die Heizung funktioniert leider nicht mehr“, meinte er entschuldigend.

„Egal, Hauptsache, der Wagen hält bis zur Grenze durch“, sagte David und stellte den Kragen seiner Lederjacke auf.

Langsam fuhren sie durch die neblige Landschaft, holperten über Feldwege und verschwiegene Landstraßen.

„Wie weit ist es noch bis zur Grenze?“, fragte er Wozniak. Er wollte noch etwas sagen, als plötzlich vor ihnen aus dem Nebel ein Jeep mit polnischem Kennzeichen auftauchte.

„Ist das Polizei?“, flüsterte David und spürte, wie das Adrenalin durch seine Venen schoss. In seinen Ohren begann es zu rauschen, wie kurz nach der Explosion in Moskau, und er musste mehrmals den Kopf heftig schütteln, um wieder besser hören zu können.

„Das ist keine normale Polizei", antwortete Wozniak, und David sah, dass er das Lenkrad des Tatras so fest umklammerte, dass seine Knöchel weiß wurden. „Das ist die Militärpolizei", flüsterte er aufgeregt. „Die kommen aus der Kaserne, da bin ich mir ganz sicher. Dort treiben sich ja ununterbrochen Soldaten herum, die alles Mögliche an Kriegsgerät ausprobieren."

„Die Straße gehört aber nicht mehr zu dem Militärgelände", warf David ein. „Außerdem sind wir Zivilisten, da hat die Militärpolizei keine Handhabe", fügte er hinzu, doch der Bauer warf ihm einen mitleidigen Blick zu.

„Wir sind hier in Polen", sagte Wozniak, als wäre das eine ausreichende Begründung. „Wer fragt da nach einer Bewilligung?"

In der Zwischenzeit war der Nebel dichter geworden und der Jeep verschwand beinahe hinter einer undurchdringlichen Nebelwand. David überlegte fieberhaft, während sie auf den Jeep zurumpelten, der quer über der schmalen Landstraße stand und ein Vorbeikommen unmöglich machte.

„Geh ein wenig vom Gas", kommandierte David. „Dann öffne ich kurz die Tür und springe aus dem Wagen. Wie weit ist es noch bis zur Grenze?"

„Die Grenze ist gleich hinter dem Wäldchen. Du musst dich links halten, dann kommst du zu einem schmalen Weg, der direkt über die Grenze führt."

‚Das sind vielleicht fünfzehn Minuten Fußmarsch', überlegte David und öffnete unauffällig die Wagentür, ließ sich seitlich auf den Wegrand fallen. Seine Schussverletzung schmerzte plötzlich wieder, doch er biss die Zähne zusammen, rappelte sich auf und lief gebückt auf das Wäldchen zu, das sich wie eine schwarze Insel aus dem Nebel abhob. Als er das Gebüsch erreicht hatte, lehnte er sich an einen Baum und atmete tief durch.

Aus dem Nebel drangen Wortfetzen zu ihm, die Stimmen wurden immer wütender, bis schließlich ein Schuss abgefeuert wurde, dann herrschte eine geisterhafte Stille, nur das Flackern des Blaulichts durchdrang wie ein Irrlicht das einförmige Grau.

53

BERLIN – HAUS DER DEUTSCHEN WIRTSCHAFT

David saß in einem Wartehäuschen in der Nähe des Reichstags und rieb seine Hände, um sich ein wenig aufzuwärmen. Ein seit dem frühen Morgen nicht nachlassender Schneeregen hatte in Berlin ein Verkehrschaos verursacht und deshalb waren auch sämtliche U-Bahnen komplett überfüllt.

Robyn hatte Wort gehalten und einen Wagen an die polnische Grenze geschickt, der David nach Berlin brachte. Im Wagen hatte ihr David über das Handy seinen Plan genauer erläutert und Robyn hatte nicht widersprochen.

„Ihr Plan hat aber einige Schwachstellen“, hatte sie zum Schluss gesagt. „Wie wollen Sie an den Sicherheitskräften vorbei und in das schwer bewachte Gebäude eindringen? Man wird Sie nicht vorlassen.“

„Ich dachte, dass Sie mir dabei helfen.“

„Ich überschreite laufend meine Kompetenzen Ihretwegen.“

„Na, da kommt es auf eine Verfehlung mehr oder weniger auch nicht mehr an.“

„Doch, darauf kommt es an. Menschen tolerieren Unregelmäßigkeiten und Abweichungen von der Norm bis zu sieben Mal. Ab dem achten Mal wird das Fehlverhalten entweder als Dummheit oder als Unbotmäßigkeit eingestuft. In beiden Fällen verfestigt sich eine negative Meinung über diejenige Person."

„Wie oft haben Sie wegen mir Ihre Kompetenzen bereits überschritten?"

„Niemals. Im Grunde war mein Verhalten immer korrekt."

„Sehen Sie. Das ist es auch diesmal."

Auf diese Weise hatte er Robyn von seinem Plan überzeugen können und sie hatten sich bei der Busstation verabredet. Langsam begann die Wirkung der schmerzstillenden Mittel, die ihm der polnische Bauer gegeben hatte, abzuklingen und die Wunde begann wieder zu pochen. Mit einem angespannten Gesichtsausdruck setzte sich David vorsichtig auf die Bank in dem Wartehäuschen und dachte an Leyla. Er hatte Robyn um einen File über den mysteriösen Nelson Loewenstein gebeten, hatte aber noch keine Zeit gehabt, es zu studieren. Loewenstein war auf dem Film nicht zu sehen, sein Name wurde auch nicht erwähnt. Warum wollte er unbedingt den Chip?

Immer wieder blickte er auf seine Uhr. Die Zeit raste dahin und das Leben von Natalia näherte sich unerbittlich dem Ende. Aber auch das Ultimatum von Loewenstein lief unaufhaltsam weiter, und wenn es ablief, ohne dass David auftauchte, dann würde Leyla wahrscheinlich sterben. Den Film konnte er nicht veröffentlichen, aber vielleicht Natalias Leben retten. So würde er wenigstens einen Teil seines Versprechens halten.

„Sie sehen krank aus."

David schreckte hoch, denn plötzlich stand Robyn vor ihm. Trotz des Schneematschs trug sie nur ihre unterschiedlichen Sneakers und einen dünnen abgewetzten Ledermantel, der auf den Schultern bereits völlig durchnässt war. Der Schneeregen hatte ihre blonde Tolle eng an den Schädel geklatscht und sie wirkte mit ihrer zarten Figur wie ein Schulmädchen.

„Es ist alles o. k. Ich bin nur ein wenig übermüdet", wiegelte David ab und stand auf.

„Starten wir."

„In diesem Zustand kann ich Sie nicht gehen lassen." Robyn kramte in ihrer Umhängetasche und holte eine beschriftete Schachtel hervor. „Das sind neuartige Schmerztabletten aus unserem Labor. Nehmen Sie zwei davon und Sie fühlen sich sofort wieder besser."

„Sind das Drogen?", fragte David und musste lächeln.

„Drogen dienen nur zur kurzfristigen Stimulation, das hier aber bedeutet eine längerfristige Stimulation der Endorphine. Sie müssen sich das so vorstellen, dass ..."

„Danke", unterbrach sie David. „Geben Sie die Pillen schon her."

Gehorsam schluckte er das Schmerzmittel.

„Heute gibt es in diesem Haus einen Vortrag der Kanzlerin, das ist unsere einzige Chance", informierte ihn Robyn, während sie durch den Schneeregen auf ein unscheinbares Gebäude zugingen. „Ich habe meine Verbindungen genutzt", redete sie weiter, als sie das Foyer betraten. „Eine Staatssekretärin wird uns den Kontakt herstellen."

„Kenne ich Ihre Kontaktperson?"

„Nein, es ist Staatssekretärin von Weber. Sie ist auch mit der Operation vertraut. Ach, ehe ich es vergesse, hier ist Ihre Akkreditierung, Sie gehören zur Delegation und sind für den Softwarebereich zuständig." Sie steckte David eine laminierte Karte mit seinem Foto an den Kragen seiner Lederjacke.

„Wie kommen wir an der Security vorbei?“ David wies mit einer Kopfbewegung auf mehrere schwer bewaffnete Polizisten, die jeden Teilnehmer der Konferenz genau überprüften.

„Wollen Sie mich beleidigen?“ Robyn blickte ihn von der Seite an und fuhr sich mit der Hand mehrmals durch die nassen Haare, um sie wieder in Form zu bringen.

Am Security-Counter wurde sein Ausweis durch ein Lesegerät gezogen, und Sekunden später tauchte auf dem Bildschirm sein Gesicht auf, mit überzeugendem Lebenslauf und jeder Menge Diplome und Referenzen im IT-Bereich.

„Sehen Sie, so einfach ist das“, sagte Robyn emotionslos und steuerte auf eine Treppe zu. „Ich habe die Security-Software umprogrammiert, das war nicht weiter kompliziert. Schwieriger war es, die Staatssekretärin zu überzeugen. Menschen reagieren so anders als Computer.“

„Stimmt, Menschen sind keine Maschinen“, antwortete David und verzog das Gesicht, als ihn plötzlich die Wunde wieder schmerzte.

„Aber als ich bei der Staatssekretärin die Operation in Moskau erwähnt habe, da ging es plötzlich ganz einfach“, redete Robyn weiter, so als hätte sie Davids Äußerung überhaupt nicht wahrgenommen.

Als sie im ersten Stockwerk angelangt waren, steuerte Robyn zielgerichtet auf eine Tür am Ende eines breiten Korridors zu.

„Sie kennen sich hier ja sehr gut aus“, sagte David.

„Ich habe mich natürlich vorab mit den Örtlichkeiten vertraut gemacht“, antwortete Robyn, ohne sich nach ihm umzudrehen. Vor der Tür blieb sie stehen und senkte den Kopf.

„Stein?“, sagte sie leise. „Können Sie bitte die Tür öffnen.“

„Wäre es nicht besser, Sie würden das tun. Schließlich kennen Sie ja die Staatssekretärin.“

„Im Prinzip haben Sie recht, aber eine chemische Verbindung in meinem Kopf hindert mich daran, diese Logik zu erkennen."

„Sie haben also Angst, wenn sie geschlossene Türen öffnen müssen?"

„Wie gesagt, es ist eine chemische Verbindung, die ein Gefühl hervorruft, das im Allgemeinen mit dem Begriff Angst umschrieben wird."

David schüttelte den Kopf. Er wurde einfach nicht schlau aus Robyn. Auf der einen Seite war sie ein Genie in der Analyse, auf der anderen Seite aber durchaus ein Fall für den Psychiater. Aber im Augenblick war das egal. Er öffnete die Tür und trat ein, Robyn folgte ihm. Ein junger Mann in einem formellen Anzug blickte von seinem Schreibtisch auf.

„Ach ja, die Analytikerin aus der Abteilung", sagte er geschäftsmäßig. „Staatssekretärin von Webern wird Sie gleich empfangen."

In diesem Moment wurde die Tür nebenan geöffnet und eine elegante Frau mittleren Alters trat heraus. In der Hand hielt sie einen dünnen blauen Ordner. Mit ihren perfekt frisierten blonden Haaren hätte man sie als attraktiv bezeichnen können, wäre da nicht der harte Zug um ihren Mund gewesen.

„Können Sie das bitte sofort in den Teleprompter eingeben", sagte sie zu ihrem Assistenten, ohne David und Robyn zunächst zu bemerken.

„Frau Staatssekretärin", sagte Robyn leise, „wir sind schon hier."

Die Staatssekretärin blickte kurz auf und wurde kreidebleich, als sie David sah.

54

BERLIN – HAUS DER DEUTSCHEN WIRTSCHAFT

Staatssekretärin von Webern drehte sich auf dem Absatz um und riss die Tür auf.

„Security!“, schrie sie nach draußen, doch da war David schon bei ihr, zerrte sie in das Zimmer zurück und schlug die Tür zu.

„Wir haben uns schon kennengelernt, nicht wahr, Frau Staatssekretärin?“, zischte David und stieß sie zu einem Schreibtisch. „Erzählen Sie uns doch, was Sie in der polnischen Kaserne so treiben.“

„Sie sind verrückt, Stein. Komplett wahnsinnig.“

„Stein, was machen Sie?“, hörte er Robyn hinter seinem Rücken erstaunt fragen.

„Frau Staatsekretärin ist der Kopf einer europaweit operierenden Organisation, die sich mit Tod, Krieg und illegalen Waffengeschäften eine goldene Nase verdient.“

„Sie können mir nichts beweisen.“

„O doch, Sie sind auch auf diesem Film zu sehen. Menschen in Krisenregionen dienen als Zielscheibe, um neue Waffensysteme auszuprobieren.“

„Dieser Film ist eine Fälschung, um mich zu diskreditieren. Verstehen Sie das nicht? Man will mich fertigmachen."

„Ach, was reden Sie da. Sie widern mich an", sagte David und machte eine abfällige Handbewegung. „Wir werden jetzt diesen Film der Bundeskanzlerin zeigen."

„Was glauben Sie, was dann passiert!" Die Staatssekretärin wich zurück und ihre blonden Haare lösten sich aus dem Schildpattkamm und hingen ihr wirr ins Gesicht. „Sie denken doch nicht im Ernst, dass dieser Film jemals veröffentlicht wird."

„Frau Staatssekretärin!", rief plötzlich eine Männerstimme von draußen und gleich darauf wurde heftig gegen die Tür gepocht. „Ist alles in Ordnung?"

David sprang auf die Staatssekretärin zu, die panisch zurückzuckte, und packte sie am Hals.

„Sagen Sie, dass es ein Fehlalarm war und alles in Ordnung ist."

„Es ist alles gut", stammelte Staatssekretärin von Webern. „Sie können wieder auf Ihre Posten gehen."

Langsam entfernten sich die Schritte und David nahm die Hand vom Hals der Staatssekretärin.

Sie schluckte und atmete heftig aus und ein. Mit fahrigen Handbewegungen schob sie ihre Haare hinter die Ohren zurück.

„Sie begreifen nichts. In Ihrer kleinen Welt existieren nur Gut und Böse. Aber es gibt Graubereiche, in denen wir Politiker uns bewegen. Es gibt diese gut ausgerüsteten Terrorzellen, die Anschläge planen. Wir müssen die Waffen live ausprobieren, um uns vor diesen Terroristen zu schützen. Diese Menschen in dem Film, das sind Terroristen, verstehen Sie."

„Das ist absolut zynisch. In dem Film sind auch Frauen und Kinder zu sehen, die um ihr Leben rennen."

„Kollateralschäden. Hier geht es um die Sicherheit unserer Bevölkerung. Es ist eine internationale Runde. Natürlich bin ich dabei, denn es muss ja alles seine Richtigkeit haben. Alles muss der Kontrolle unterliegen, wir organisieren nur Vorführungen in Krisengebieten."

„Das ist eine Ungeheuerlichkeit." David schüttelte angewidert den Kopf. „Für den verdammten Profit werden Menschen getötet?"

„In welcher Welt leben Sie eigentlich? Wie sollen wir unseren Staat finanzieren, wenn nicht auch durch Waffenexporte."

„Waffenexporte in Konfliktregionen sind verboten. Sie stiften bewusst Brandherde für weitere Kriege in diesen Regionen an. Ich habe auf dem Film alles gehört."

„Machen Sie sich doch nicht lächerlich."

„Sie sind ja krank. Wir werden sehen, was die Bundeskanzlerin dazu sagt, wenn ich ihr den Film präsentiere, oder vielleicht sollte ich den Willen der todgeweihten Journalistin erfüllen und den Film veröffentlichen."

„Das ist Hochverrat. Dafür wandern Sie lebenslänglich ins Gefängnis."

„Aber ich kann dann noch in den Spiegel schauen, was Sie nicht mehr können."

„Ja, ich kotze jeden Tag über die Ungeheuerlichkeiten, mit denen ich konfrontiert werde. Doch mittlerweile habe ich mich daran gewöhnt."

Sie blickte David direkt in die Augen. „Sie sind doch Agent des BND. Sie haben einen Eid geschworen, Ihrem Land zu dienen. Jetzt geht es um die nationale Sicherheit."

„Sie haben recht, Frau Staatssekretärin. Ich diene unserem Land und deshalb müssen Personen wie Sie auch unschädlich gemacht werden." Wieder drehte er sich zu Robyn. „Haben Sie alles aufgezeichnet, was uns die Frau Staatssekretärin so freimütig erzählt hat?“

„Selbstverständlich und die Aufnahme ist bereits verpackt und in einer sicheren Cloud geparkt.“

David wandte sich zu Staatssekretärin von Webern.

„Wir wollen sofort zur Bundeskanzlerin.“

„Das wird nicht so einfach sein.“

„Es wird einfach sein, wenn Sie es mit dem nötigen Nachdruck verlangen.“

Seine Wunde begann erneut zu schmerzen, und er sah das Blut, das zwischen seinen Fingern hervorquoll. Aber er hatte keine Zeit mehr zu verlieren.

„Sie informieren die Bundeskanzlerin, dass wir dringend mit ihr sprechen müssen.“

„Ich kann nicht so einfach bei der Kanzlerin hineinplatzen. Wie stellen Sie sich das vor.“

„Natürlich geht das. Sie sagen einfach: Es geht um die nationale Sicherheit.“ Er griff nach seinem Smartphone und schwenkte es vor dem Gesicht von Staatssekretärin von Webern hin und her. „Oder wollen Sie, dass in den nächsten fünf Minuten die ganze Welt von Ihren menschenverachtenden und kriminellen Machenschaften erfährt?“

55

MOSKAU – INTERNATIONALER FLUGHAFEN SHEREMETYEVO

Am Abend landete Davids Maschine im VIP-Bereich des Moskauer Flughafens Sheremetyevo.

Während das Flugzeug in die vorgesehene Parkposition eingewiesen wurde, rekapitulierte er die Ereignisse der letzten Stunden. Mit Robyn und Staatssekretärin von Webern war er im Haus der Wirtschaft bis in den hermetisch abgeriegelten Bereich vorgedrungen, in dem sich die Bundeskanzlerin befand. Dort hatte die Staatssekretärin eine längere Diskussion mit dem Kanzlerbeauftragten, der schließlich fünf Minuten für ein Gespräch in Aussicht stellte. Als sie in den Besprechungsraum kamen, versuchte die Staatssekretärin noch einen Befreiungsschlag, indem sie von einem terroristischen Akt sprach und David und Robyn als angebliche internationale Terroristen hinstellte.

Aber sowohl David als auch Robyn hatten mit einer derartigen Aktion gerechnet, und Robyn startete sofort das mitgeschnittene Gespräch, das David zuvor mit der Staatssekretärin geführt hatte. Nachdem die Kanzlerin auch noch den Film auf Davids Smartphone gesehen hatte, waren alle Zweifel ausgeräumt. Die Kanzlerin sprach während dieser ganzen Zeit kein Wort, sondern hörte nur zu, um sich selbst ein Bild von dem Sachverhalt zu machen.

Als der Film zu Ende war, blieb sie kurz vor der Staatssekretärin stehen und maß sie schweigend von oben bis unten. Dann drückte sie eine Taste der Telefonanlage auf dem Schreibtisch und zwei Beamte vom BND erschienen.

„Frau von Webern bleibt unter Aufsicht", sagte sie kurz angebunden und drehte sich dann zu David. „Ich danke Ihnen. Diesen Chip lassen Sie bitte hier!"

„Kann ich Sie unter vier Augen sprechen", fragte David.

„Das ist völlig unmöglich", mischte sich der Kanzlerbeauftragte ein. „Wir sind mit unseren Terminen schon überfällig, Frau Bundeskanzlerin."

„Nein, warten Sie. Ich will wissen, was mir David Stein zu sagen hat."

David hatte viel zu erzählen, und als er die wichtigsten Punkte umrissen hatte, kam das Gespräch auf Natalia.

„Ich habe noch eine Bitte", sagte David, als die Kanzlerin bereits den Raum verlassen wollte.

„Was kann ich für Sie tun?"

„In Moskau liegt eine Journalistin im Sterben, der man Gift verabreicht hat. Ich besitze das Gegenmittel, aber es kann sein, dass die Frau die heutige Nacht nicht überlebt."

„Weshalb setzen Sie sich so für eine russische Journalistin ein?", fragte die Kanzlerin interessiert. „Wer ist sie?"

„Sie heißt Natalia Romanowa. Sie hat mir den Chip überlassen. Im Gegenzug habe ich versprochen, ihr Leben zu retten."

„Dann sollten Sie nicht länger warten, sondern Ihr Versprechen einlösen", sagte die Kanzlerin und winkte einem Unterstaatssekretär. „David Stein erhält einen vorläufigen diplomatischen Sonderstatus.

Damit sollte es keine Schwierigkeiten mit unseren russischen Freunden geben."

Mit dem Diplomatenpass hatte er keine Probleme mit der Polizei und dem russischen Zoll. Da er unter seinem richtigen Namen reiste, gab es auch keine Verbindung zu dem Journalisten Peter Rubin und dem Autounfall auf der Ringautobahn.

Im Fond des Taxis versuchte sich David ein wenig zu entspannen. Aber immer wieder sah er auf die Uhr, denn die Zeit drängte. Wie er Robyns Ausführungen verstanden hatte, konnte man das Nervengift so dosieren, dass es an einem bestimmten Tag zum Tod führen würde. Laut den Berechnungen von Robyn und den Experten würde Natalia in dieser Nacht sterben.

Doch wie immer war die Ringautobahn um Moskau völlig verstopft und der Verkehr kam zum Erliegen. Es war kein Weiterkommen möglich.

„Fahren Sie auf den Pannenstreifen", sagte David und hielt dem Taxifahrer einen Hundertdollarschein hin. „Ich habe es verdammt eilig."

„Aber wenn mich die Milizionäre erwischen, dann verliere ich meine Lizenz", gab der Fahrer zu bedenken.

„Das lassen Sie ruhig meine Sorge sein", antwortete David. „Und jetzt los, drücken Sie aufs Gas."

Mit eingeschalteter Warnblinkanlage raste das Taxi auf dem Pannenstreifen entlang, machte Kilometer um Kilometer gut. Schon war die Abzweigung nach Semjonow zu sehen und dann waren es nur noch ungefähr zwei Kilometer bis zu dem Militärhospital. Als das Taxi die Ausfahrt erreicht hatte, vibrierte Davids Handy.

„Stein, die russischen Militärs wissen noch nicht, dass alles aufgeflogen ist und dass Staatssekretärin von Webern mit General Brock bereits von ihren Posten abberufen worden sind."

„Ich kann also noch immer als Peter Rubin in das Gebäude gelangen?“

„Es ist zwar riskant, aber ich würde Ihnen dazu raten.“

„Haben Sie mittlerweile herausfinden können, wo genau Leyla festgehalten wird?“, fragte er weiter, während das Taxi auf den Wachposten vor dem Kreisverkehr zusteuerte.

„Sie wird direkt im Haus von Nelson Loewenstein gefangen gehalten. Diese Information bekam ich gerade von einem unserer Männer vor Ort.“

„Kann sie nicht eine Spezialeinheit befreien?“

„Stein, Leyla Khan existiert für uns überhaupt nicht. Sie ist zwar Ihre Partnerin bei der Operation gewesen, aber wir wissen von nichts.“

„Verdammt, mir läuft langsam die Zeit davon.“

„Das ist Ihre emotionale Seite, Stein. Sie wollen immer alle Menschen retten.“

„Das ist aber kein schlechter Charakterzug. Und Leyla ist nicht jeder Mensch!“

„Das habe ich auch nicht gesagt.“

Er trennte die Verbindung und legte den Kopf in den Nacken. Es war zu schaffen, alles war zu schaffen. Irgendwo hatte er gelesen, dass Menschen unter Stress zu Höchstleistungen fähig sind. Nun, jetzt war er unter Stress, und das Adrenalin schoss ungehindert durch seine Venen, sein Herz pochte, die Ohren, die noch immer von der Explosion in Mitleidenschaft gezogen waren, rauschten, aber als er die kleine Ampulle mit dem Gegenmittel in seiner Manteltasche spürte, da wusste er, dass er richtig gehandelt hatte.

56

MOSKAU – MILITÄRHOSPITAL SEMJONOW

Natalia Romanowa darf nicht sterben! Dieser Satz stand als riesige Leuchtschrift vor dem luxuriösen Kaufhaus GUM im Zentrum von Moskau. Dort, wo sonst immer für die neueste Markenmode geworben wurde, sah man jetzt das bleiche, fleckige Gesicht von Natalia und ihren Hund Boris, der seinen großen Kopf auf ihre Bettdecke legte. Die Menschen vor dem Platz entzündeten Kerzen und stellten sie mit Ikonen und Bildern von Natalia in den Schneematsch. Viele Passanten beteten und in den großen Kirchen von Moskau wurden Gottesdienste abgehalten, in denen um ein Wunder gefleht wurde. Eine Flut von Kommentaren in den sozialen Netzwerken brachte die Server der Hauptstadt bis an die Grenzen ihrer Leistungsfähigkeit, und der russische Präsident sah sich genötigt, in einer Fernsehansprache zu versichern, dass alles Nötige veranlasst werde, um Natalias Leben zu retten.

Aber die Wirklichkeit sah anders aus, denn als Natalia die Augen aufschlug, lag sie noch immer in ihrem Bett und der Wachsoldat döste neben der Tür. Der Traum war so intensiv gewesen, dass sie sich im ersten Moment überhaupt nicht zurechtfinden konnte. Plötzlich bekam sie einen Erstickungsanfall und ihr Herz raste wie verrückt. Genauso schnell, wie er gekommen war, war der Anfall auch schon wieder vorüber, und sie konnte wieder atmen. Aber jetzt hatte sie fast kein Gefühl mehr in den Beinen und auch ihre Fingerspitzen waren bereits kalt und leblos.

„Ich will nicht sterben“, murmelte sie und strich sich unter größter Anstrengung mit den gefühllosen Fingern die blaue Haarsträhne aus dem Gesicht. Sie konnte einfach nicht mehr in diesem Bett liegen und auf den Tod warten. Alles andere war besser, nur das nicht. Aber was konnte sie machen? Der Film war weg und damit auch die Chance auf das Gegenmittel. Sie hatte den Chip dem Journalisten Rubin anvertraut, und insgeheim hoffte sie doch, dass er sein Versprechen nicht nur in Bezug auf die Veröffentlichung des Films wahr machte, sondern rechtzeitig mit einem Gegenmittel für das Gift zurückkam. Sie hatte keinen Zugang zum Internet, um wenigstens zu sehen, ob ihr Schicksal hohe Wellen schlug oder ob es jedem gleichgültig war. Sie war so verdammt einsam.

Der Wachposten begann laut zu schnarchen und hatte seinen Stuhl nach hinten an die Wand gekippt. Seine Zeitschrift flatterte auf den Boden, aber er reagierte nicht. Natalia betrachtete die Flüssigkeit, die langsam durch den Infusionsschlauch in ihre Venen sickerte. Plötzlich hatte sie eine Idee, die ihr wie eine Erlösung erschien, eine Erlösung von diesem elenden Dahinvegetieren. Sie drehte sich zur Seite, riss sich die Kanüle aus dem Handrücken und setzte sich im Bett auf. Boris hob den Kopf und betrachtete sie interessiert. „Hier werde ich nicht sterben!“

Der Hund wedelte, so als würde er ihre Worte verstehen, und als sie aufstand, erhob auch er sich geräuschlos. Ganz langsam schwankte Natalia zu dem weißen Schrank in der Ecke des Zimmers und holte ihre Kleider heraus. Als sie in die Jeans schlüpfte, schlotterten sie um ihre Beine. In den letzten Tagen hatte sie also ziemlich abgenommen, das war aber kein Wunder.

„Boris!" Sie schnippte nach dem Hund und deutete auf den schlafenden Wachsoldaten. Der Hund blickte sie fragend an, und als sie ihm ein Zeichen gab, sprang er auf den Soldaten, riss ihn mitsamt dem Stuhl zu Boden und stellte sich über ihn.

„Geben Sie mir Ihre ID-Karte", sagte Natalia und bückte sich zu dem Wachmann hinunter. „Machen Sie schnell, sonst beißt Sie der Hund!"

„Aber Sie kommen doch hier nie hinaus", stotterte der Wachsoldat und drehte sein Gesicht ängstlich von dem Hund weg. „Wohin wollen Sie denn? Niemand wird Sie verstecken."

„Ich brauche kein Versteck. Ich brauche die Luft der Freiheit", antwortete Natalia. „Das ist etwas, das Sie nicht verstehen. Also, wo ist die ID-Karte, bitte!" Nervös schnippte sie mit den Fingern.

„Hier, aber mach damit keinen Unsinn, mein Kätzchen."

„Ich bin nicht dein Kätzchen", fauchte Natalia und riss dem Soldaten die ID-Karte aus der Hand. Als sie die Karte an den Sensor halten wollte, zitterten ihre Finger so stark, dass sie ihr beinahe aus der Hand gefallen wäre. Doch bei einem weiteren Versuch klappte es und das Display wurde sichtbar. Sie deaktivierte den Alarm und öffnete die Tür. Als sie draußen im Korridor stand, pfiff sie leise nach ihrem Hund, und Boris huschte durch die Tür, die Natalia sofort hinter ihm schloss. Wieder hielt sie die ID-Karte an den Sensor und deaktivierte auch hier den Alarm. So bekam zumindest für eine Weile niemand mit, dass sie nicht mehr in dem Zimmer war und den Wachsoldaten eingesperrt hatte.

Schwankend ging sie den Korridor entlang, musste sich an der Wand abstützen, um nicht umzukippen. Ihr Magen krampfte sich zusammen, und sie hatte das Gefühl, als würde sie innerlich brennen.

Sie stellte sich das Gift wie eine große, graue Muräne vor, die sich langsam durch ihre Eingeweide fraß, bis nichts mehr davon übrig war, und die dann durch die Haut nach außen drang.

Sie hatte den Wachsoldaten öfter mit den Sanitätern reden hören und wusste, dass sich am Ende des Korridors eine Tür befand, durch die man in den Innenhof ins Freie gelangte. Durch diese Tür verschwand auch immer das Wachpersonal, wenn es eine Rauchpause machte.

Als Natalia auf der schneebedeckten Wiese stand, starrte sie auf ihre völlig durchnässten Doc Martens und klapperte mit den Zähnen. Boris hatte sich in einen Schneehaufen gelegt und blickte interessiert auf die blinkenden Lichter in der Dunkelheit. Die Leine hing locker um ihren Arm, denn sie wollte ihren Hund nicht freilassen. In ihrer letzten Stunde sollte er bei ihr bleiben. Es war so einfach gewesen, das Militärhospital zu verlassen, dass Natalia es kaum glauben konnte.

Plötzlich sackte sie mit einem Ruck zusammen, als wären ihre Beine aus Gummi. Sie versuchte aufzustehen, aber es gelang ihr nicht. Sie hatte auf einmal überhaupt kein Gefühl mehr in ihren Beinen, und als sie ihre Hand heben wollte, um sich die schweißnassen Haare aus der Stirn zu streichen, hing ihr Arm bloß leblos nach unten, so als wäre er ein Fremdkörper. Wie hatte ihr Maschkow die Wirkung von dem Gift erklärt? „In der letzten Phase haben Sie keine Kontrolle mehr über Ihre Gliedmaßen, dann setzt die Atmung aus und Sie ersticken. Das kann bis zu fünfzehn Minuten dauern. Fünfzehn Minuten können sehr lang sein", hatte er zynisch hinzugefügt, aber sie hatte damals bloß trotzig den Mund verzogen.

Es begann leicht zu schneien, und die dicken Flocken erinnerten sie an Zuckerwatte, die sie als Kind so gerne gegessen hatte. Ja, sie wollte auf einem Hügel im Schnee sterben. Aber noch immer lag sie in der Nähe des Gebäudes, und wenn jemand auf eine Zigarettenlänge nach draußen trat, dann würde er sie unweigerlich sehen und sie wieder zurück in ihr Zimmer bringen, wo sie dann einfach verlöschen würde.

Das Atmen fiel ihr zusehends schwerer, es war, als würde ein unsichtbares Gewicht auf ihrer Brust liegen, und panisch sog sie die Luft ein. Jetzt wurde auch Boris unruhig und erhob sich. Die Leine, die noch immer an ihrem unnützen Arm hing, spannte sich.

„Boris! Los, lauf!", keuchte sie und gehorsam drehte sich der Hund um, stapfte durch den Schnee und zog Natalia wie ein Bündel hinter sich her. Als sie endlich aus dem Lichtkegel der offenen Tür gelangt war, blieb der Hund stehen, drehte den großen Kopf zu ihr, so als würde er sie verstehen. Mit einem verhaltenen Jaulen leckte er ihr das Gesicht und legte sich dann ganz eng neben sie. Immer wieder stupste er sie mit seiner feuchten Nase an, während Natalia hektisch die Luft einsog, die immer weniger wurde.

Das traurige Winseln von Boris wurde lauter und vermischte sich mit Geräuschen aus dem Hospital zu einem gleichmäßigen Rauschen. Mit weit aufgerissenen Augen sah Natalia die dicken Schneeflocken, spürte sie aber nicht mehr, als sie ihr Gesicht bestäubten und als kaltes klares Wasser wie Tränen über ihre Haut liefen. Weit oben am nachtschwarzen Himmel blinkten die Positionslichter eines Flugzeugs, so als würde es ihr die Rettung bringen.

Plötzlich setzte ihre Atmung komplett aus und panisch riss sie den Mund weit auf und schnappte hilflos nach Luft. ‚So ist also das Sterben, einsam und ohne Liebe', waren ihre letzten Gedanken.

57

MOSKAU – MILITÄRHOSPITAL SEMJONOV

Dreißig Minuten lang war David von einem übereifrigen Adjutanten des Generalstabs befragt worden, ehe er zu Natalia vorgelassen wurde. Zu seiner Überraschung aber war Natalia nicht in dem Zimmer, nur der eingesperrte Wachposten erzählte den alarmierten Soldaten stockend, dass sie aus ihrem Zimmer geflohen sei.

„Wo kann sie nur hin sein?"

Überall heulten die Alarmsirenen und das Wachpersonal lief hektisch durch die Gänge.

„Die Frau ist todkrank, wohin ist sie verschwunden?", fragte David zum wiederholten Mal den Soldaten.

„Ich weiß es doch nicht", sagte dieser und zuckte hilflos mit den Schultern.

David lehnte den Kopf an die Wand und dachte nach. Versuchte sich an die Gespräche mit Natalia zu erinnern, um einen Anhaltspunkt zu finden, wo sie sich versteckt haben könnte, denn sie konnte das Hospital nicht verlassen, das hatte man ihm versichert.

„Wenn ich sterbe, dann will ich, dass es im glitzernden Schnee ist." Das hatte sie einmal kurz gesagt, als sie über den Tod gesprochen hatten. Schnee, Kälte und unberührtes Weiß, das hatte Natalia geliebt.

„Kann sie nicht doch unbemerkt nach draußen gelangt sein?"

„Niemals!" Der Soldat war sichtlich nervös und fischte eine Zigarettenpackung aus seiner Uniformjacke. Er klopfte eine Zigarette heraus und steckte sie sich in den Mund.

„Die Raucherterrasse", rief er plötzlich hektisch und drehte seine Zigarette zwischen den Fingern. „Jetzt fällt es mir wieder ein. Sie hat ja meine ID-Karte gestohlen und kann damit auf die Terrasse gelangen", sagte der Soldat und blickte verlegen zu Boden.

„Wo ist diese Terrasse?", fragte David und winkte einen Sanitäter mit einem Erste-Hilfe-Koffer zu sich. „Kommen Sie mit mir. Begleiten Sie mich bitte."

Beide liefen zu dem Ausgang und sahen, dass die Tür offen war. ‚Hoffentlich kommen wir nicht zu spät', dachte David.

Er stand auf der Terrasse und versuchte, in der Dunkelheit etwas zu erkennen.

„Schalten Sie alle Scheinwerfer in dem Innenhof ein", schrie er einem der Soldaten zu, die jetzt über die Terrasse schwärmten.

Es herrschte dichtes Schneetreiben und er konnte die Hand nicht vor Augen sehen. Doch dann hörte er das Winseln eines Hundes.

„Boris! Bubu!", rief er und rannte los. Das Winseln wurde lauter und dann sah David den Hund, der neben einem im Schnee liegenden Körper saß, so als würde er diesen regungslosen Menschen bewachen.

„Bubu", flüsterte er und der Hund trottete mit hängendem Kopf langsam auf ihn zu. Jetzt durfte er keine Zeit verlieren. Er packte den leblosen Körper von Natalia, fühlte ihren Puls. Aber da war nichts, kein Puls, kein Atem mehr. Er gab dem Sanitäter ein Zeichen.

Hastig stach dieser die Spritze in die Ampulle, die David ihm hinhielt, und zog das Gegenmittel auf. Dann schob er den Ärmel von Natalias Anorak hinauf und jagte ihr eine Spritze in die Vene.

„Ich gebe ihr auch noch eine Dosis Adrenalin." Der Sanitäter stieß die Spritze durch Natalias T-Shirt direkt in ihre Brust. Doch sie zeigte keine Regung. David packte sie, hob ihren schmächtigen Körper hoch und trug sie zurück in das Militärhospital.

„Du darfst nicht sterben", flüsterte er. „Alles wird gut."

Auf der Terrasse stand bereits eine ausgeklappte Trage, und in Windeseile wurde der leblose Körper von Natalia in einen hell erleuchteten Operationssaal geschoben, wo man versuchte, sie mithilfe von Elektroschocks wieder zum Leben zu bringen.

„Bleiben Sie draußen!" Ein Militärarzt schob David hinaus und machte die Tür hinter ihm zu.

„Wieso sind Sie zurückgekommen?" Es war die Stimme von Dr. Maschkow, der mit offener Uniform und wirren Haaren plötzlich vor ihm stand. Er roch durchdringend nach Alkohol und seine Augen waren gerötet.

„Weil ich Natalia retten wollte."

„Sie sind so sentimental. Ist sie tot?"

„Ich weiß es nicht."

„Das Nervengift ist doch noch im Erprobungsstadium. Es hätte nicht so schnell tödlich wirken dürfen." Er klammerte sich an David. „Sie sollte doch bloß unter Druck gesetzt werden. Jetzt ist alles aus. Werden Sie den Film online stellen?"

Angeekelt löste sich David aus der Umklammerung. Es stimmte, wenn er Robyn das vereinbarte Codewort DEVIL gab, dann war für einige Mitglieder des russischen Generalstabs alles vorbei, dann würden sie unter Ausschluss der Öffentlichkeit als Hochverräter vor Gericht gestellt werden und wahrscheinlich diskret in einem Arbeitslager in Sibirien verrotten.

Aber selbst diese Genugtuung brachte Natalia nicht wieder zurück. Sie war eine tapfere Frau, die für ihre Überzeugung den Tod in Kauf genommen hatte. Aber niemand würde von ihrer Heldentat erfahren, der Film würde niemals an die Öffentlichkeit gelangen, und das war bitter. David ballte die Fäuste und schlug gegen die Wand.

Es war kurz nach Mitternacht, als der Arzt, der Natalia intubiert hatte, die Tür des Schockraums aufschob und David zu sich winkte.

In diesem Moment vibrierte sein Handy und eine SMS ging ein. Sie bestand nur aus drei Worten: „KISS. WEISSER WOLF."

KISS, Leylas Codewort. David spürte, wie sein Herz heftig zu schlagen begann. Er wusste, dass Leyla zumindest am Leben war, aber „Weißer Wolf" konnte nur bedeuten, dass sie in der Gewalt von Wolkow war. War er der Verbündete von Loewenstein?

Er würde es bald herausfinden. Doch jetzt ging es um das Leben von Natalia und er folgte dem Arzt in den Schockraum.

58

TANGER – STADTHAUS VON NELSON LOEWENSTEIN

„Loewenstein wird nichts erfahren. Es bleibt unser Geheimnis", sagte Leyla und nahm das Handy, das ihr Alegra zögernd entgegenstreckte. Wenige Augenblicke später hatte sie „KISS. WEISSER WOLF" als SMS an David verschickt und sofort wieder von Alegras Handy gelöscht.

„Danke!" Sie gab Alegra das Handy wieder zurück, die es sofort in der Tasche ihres Kaftans verschwinden ließ.

Alegra musterte sie mit einem finsteren Blick, und Leyla hatte das Gefühl, als würde sie es bereuen, ihr geholfen zu haben. Sie war kurz zuvor überraschend bei Leyla aufgetaucht und hatte ihr einen Kaftan auf die Matratze geworfen. Leyla erkannte sie sofort wieder. Sie war die Frau, mit der Loewenstein geredet hatte, als sie oben in dem Lüftungsrohr gelauscht hatte.

„Zieh das an", hatte Alegra gesagt. „Loewenstein gibt heute Abend ein Essen und du bist sein Ehrengast. David Stein kommt mit dem Chip und dann bist du frei. Diesen Geschäftsabschluss will er feiern."

Während sich Leyla ausgezogen hatte, lehnte Alegra mit verschränkten Armen an der Wand und hatte sie lange und intensiv betrachtet.

„Diese Ähnlichkeit ist kaum zu glauben“, hatte sie gemurmelt und dabei den Kopf geschüttelt. „Genauso würde Alina jetzt aussehen.“

„Wer ist Alina?“, hatte Leyla gefragt.

„Ich habe nicht genug auf sie aufgepasst, dann ist es passiert.“

„Du sprichst in Rätseln.“

„Meine Schwester Alina ist in Spanisch-Sahara von den islamistischen Rebellen nach Mali entführt worden. Sie war vierzehn Jahre alt und eine Schönheit, aber etwas in ihrem Kopf war nicht in Ordnung, deshalb musste ich als ältere Schwester auf sie aufpassen.“ Alegra hatte stockend erzählt, dann wieder geschwiegen, den Kopf nach hinten geworfen und den Blick starr an die Decke gerichtet. Auf Leyla hatte sie den Eindruck gemacht, als würde sie die Erinnerung an ihre Schwester mühsam aus dem hintersten Winkel ihres Gedächtnisses hervorkramen und müsste kämpfen, um nicht die Fassung zu verlieren.

„Ich erinnere dich an sie?“

„Sie hatte das gleiche Profil wie du, auch deine Augen.“ Alegras Miene verdüsterte sich, aber sie redete trotzdem weiter: „Alina hatte ganz weiße Zähne, ein wunderbares Lachen, und sie lachte viel, denn in ihrer ganz eigenen Welt war sie glücklich.“

„Hast du jemals etwas über ihr Schicksal erfahren?“

„Ja. Man hat einige Wochen später ihre Leiche neben der Autopiste gefunden. Die Polizei hat gesagt, dass sie mehrfach vergewaltigt wurde. Die Islamisten hatten ihr alle Zähne ausgebrochen, denn ein schönes Lachen sei nicht gottgewollt, sagten sie. Dann hat man sie einfach aus dem Auto geworfen.“

Alegra hatte wieder geschwiegen, während Leyla den Kaftan auseinanderfaltete, um ihn anzuziehen.

„Was ist das?“, fragte Alegra dann und deutete auf die sternförmige Narbe, die sich von Leylas Schlüsselbein hinunter bis zu ihrer Brust zog.

„Das ist eine alte Verletzung aus Kairo.“ Leyla zuckte mit den Schultern, wollte nicht mehr daran erinnert werden. Im Gefängnis in Kairo war sie verletzt worden und niemand hatte sich um die Wunde gekümmert. In der libyschen Wüste hätte sie beinahe einen Arm verloren, der Wundbrand war weit fortgeschritten, aber David hatte in dem verschütteten Bus eine Reiseapotheke gefunden, ihre Wunde gesäubert und die entzündeten Ränder mit einem Messer weggeschnitten. Das war so schmerzhaft gewesen, dass sie erneut ohnmächtig geworden war. Als der Sandsturm vorüber gewesen war, hatten sie die Tuaregs gefunden und mit ihren traditionellen Kräutern und Salben wieder ins Leben zurückgeholt.

Die Tuaregs hatten sie dann quer durch die Sahara von Libyen und Algerien bis nach Marokko gebracht, von wo aus sie mit dem Bus von Agadir die Küste entlangfuhren und schließlich nach Tanger gelangten. In Tanger, der weißen Stadt, hatten sie sich wochenlang in einer verschwiegenen Pension in der Rue Maimuni einquartiert, die in der Nähe des großen Fährhafens lag. Dort hatte David sie dann zu einem Arzt gebracht, der erstaunt die Heilkünste der Tuareg bewundert hatte und ihr nur noch Antibiotika verschrieb. Schweigend hatte sie in dem kühlen Innenhof gelegen und stundenlang den Wolken bei ihrem rasenden Ritt über den blauen Himmel zugesehen, und wenn die Schmerzen wieder zu stark waren, hatte sie sich gewünscht, auch dort oben zu sein und endlich alles zu vergessen. Aber sie war wieder gesund geworden.

„Das muss scheußlich geschmerzt haben“, hatte Alegra gemurmelt. „Hast du sehr gelitten?“

Leyla war mit den Fingerspitzen versonnen an dem Narbengeflecht entlanggestrichen. „Ich bin beinahe daran gestorben. Aber die Liebe eines Mannes hat mich am Leben erhalten.“

„Gibt es überhaupt so etwas wie Liebe?“, hatte Alegra gefragt und sich verstohlen eine Träne aus dem Gesicht gewischt.

„O ja, die gibt es. Ich habe es lange nicht glauben wollen und mich dagegen gewehrt.“ Versonnen strich sich Leyla über den Bauch. „Aber es ist schön zu wissen, dass es auf der Welt jemanden gibt, von dem man geliebt wird.“

„Du hast die Sicherheit einer großen Liebe und ich die Sicherheit des Geldes. Was ist mehr wert?“

„Bist du hier glücklich mit deinem ganzen Reichtum?“, antwortete Leyla mit einer Gegenfrage, denn sie wollte Alegra nicht sagen, dass kein Geld der Welt eine echte Liebe aufwiegen konnte. Mit Geld konnte man sich zwar vieles kaufen, aber keine wahre Liebe.

„Glück? Was ist das?“ Alegra zuckte mit den Schultern und zog die Karten aus der Tasche ihres Kaftans. „Ich mache mir nichts aus dem Geld von Loewenstein. Mein Glück sind die Karten.“

„Legst du mir die Karten?“, fragte Leyla.

„Nein“, antwortete Alegra. „Ich muss jetzt nach unten zu Loewenstein und war jetzt schon viel zu lange hier bei dir“, sagte sie und öffnete bereits die Tür, vor der ein schweigender Wächter in einem weißen Kaftan stand.

„Warte!“ Leyla winkte Alegra wieder herein. „Schließ die Tür.“

„Was ist los?“, fragte Alegra.

„Leihst du mir dein Handy?“ Leylas Stimme hatte einen flehentlichen Unterton. „Bitte!“

„Loewenstein wird nicht sehr erfreut sein, wenn er das mitbekommt." Alegra zog ihr Handy aus dem Kaftan, zögerte aber, es Leyla zu geben.

„Der Mann, dessen Liebe mein Leben gerettet hat, wartet auf eine Nachricht von mir."

59

TANGER – STADTSTRAND BEI DER NEUSTADT

Die weißen Apartmentblöcke warfen ihre Schatten weit auf den breiten Strand hinaus. Davor reihten sich, nur durch eine Straße von den Hochhäusern getrennt, dicht an dicht Verkaufsstände, Restaurants und Bars. Jetzt im Januar waren allerdings viele der Lokale geschlossen und auch der breite Strand war fast menschenleer, denn nur wenige Strandläufer trotzten dem kalten Wind.

In einem der geöffneten Verkaufsstände boten geschäftstüchtige Tuaregs aus der Sahara ihre Waren an, die in der Mehrzahl aus blauen Schals und bunten Kameltaschen bestanden. Vor dieser windschiefen Hütte saß David auf den verwitterten Stufen und starrte auf das Meer hinaus. Immer wieder trank er aus einem geschliffenen Glasbecher starken Minztee und hielt sein Handy in der Hand, als würde er jederzeit einen Anruf erwarten.

„Das wurde für Sie abgegeben." Ein Tuareg, der seinen intensiv leuchtend blauen Schal gegen die Kälte fest um den Kopf gewickelt hatte, legte ein in Zeitungspapier gewickeltes Päckchen neben David auf die Stufen.

„Danke!" Ohne einen Blick darauf zu werfen, steckte David das Päckchen in seine Lederjacke und stand auf. Langsam wie ein Tourist ging er die Promenade an der Bucht von Tanger entlang, bis er nach einigen hundert Metern die Ausläufer der Altstadt erreicht hatte. Hier war nichts mehr von dem ansonsten allgegenwärtigen Tourismus zu spüren, denn hier waren die Gassen eng, stanken nach Benzin und Abfällen und vermittelten mit ihren dunklen Ecken und verwitterten Häusern die gefährliche Seite Tangers.

Davids Handy summte, und er setzte sich schnell in eine fast leere Eckbar, wo er ungestört telefonieren konnte.

„Stein, ich habe etwas herausgefunden, was Sie interessieren wird."

Sekunden später sah er ein Foto auf dem Display. Ein stattlicher Mann um die fünfzig, der eine zarte Frau mit einem Baby umarmte. Es war das Bild einer glücklichen Familie, aufgenommen irgendwann in den neunziger Jahren des vorigen Jahrhunderts.

„Was soll ich damit, Robyn?"

„Ich habe ein Dossier mitgeschickt. Lesen Sie es sich durch. Vielleicht können Sie das später noch verwenden."

„Was können Sie mir zu der Örtlichkeit sagen?"

„Ein Grundriss des Hauses befindet sich schon auf Ihrem Handy. Es ist übrigens nicht ein Haus, sondern es sind mehrere Häuser der Altstadt, die man zusammengelegt hat. Deshalb ist alles ein wenig unübersichtlich. Aber ich denke, Sie werden sich schon zurechtfinden."

„Gibt es noch etwas?", fragte er, da Robyn noch nicht aufgelegt hatte.

„Ich habe ein Telefonat von Moskau nach Tanger abgefangen und es analysiert. Wolkow ist abhängig von diesem Loewenstein."

„Wie meinen Sie das, Robyn?", fragte David.

„Nun, er fragt in dem Telefonat ständig, ob Loewenstein mit seiner Vorgehensweise zufrieden ist. Er will immer gelobt werden. Ich würde sagen, Wolkow hat einen ausgewachsenen Vaterkomplex, das hängt wahrscheinlich mit seiner Biografie zusammen. Aber lesen Sie selbst, es steht alles in meinem Dossier."

„Wolkow ist also ein Psychopath."

„Stein, Sie vereinfachen wieder einmal komplexe psychische Vorgänge. Aber im Prinzip haben Sie mit Ihrer Küchenpsychologie recht."

Nach dem Telefonat lief David die steilen Stufen in die Altstadt hinauf und betrat die einfache Wohnung, die Robyn für ihn gemietet hatte. Er öffnete das Fenster und blickte auf die Dächer der Altstadt. Von hier aus hatte er auch einen ungehinderten Blick auf das Haus von Loewenstein. Er trat zurück, schloss die Fensterläden und legte sich in dem schummrigen Zwielicht auf das Bett. In acht Stunden lief das Ultimatum von Loewenstein ab, dann musste er den Film gegen Leyla tauschen. Er wusste, dass Loewenstein irritiert sein würde, weil David in keiner der Maschinen nach Tanger gewesen war.

Aber David war von Gibraltar aus mit dem Schnellboot direkt nach Tanger gefahren und wollte Loewenstein in seinem Haus überraschen. Das Ultimatum lief um vierundzwanzig Uhr aus, er hatte also genügend Zeit, um seinen Plan umzusetzen. Er war sich auch sicher, dass Leyla vor Ablauf des Ultimatums keine Gefahr drohte, denn nur wenn sie am Leben blieb, hatte Loewenstein ein echtes Druckmittel in der Hand.

Als sich die Dämmerung über Tanger senkte und mit Einbruch der Dunkelheit der vielstimmige Chor der Muezzins auf den Minaretten mit dem Abendgebet begann, öffnete David das Päckchen, das ihm der Tuareg gegeben hatte, und wickelte eine Pistole aus einem öligen Lappen. Die Waffe war eine halb automatische SIG SP 2022 von SIG Sauer mit einem Magazin für fünfzehn Schuss und noch zwei Reservemagazinen, also mit genug Munition, um sich bei Bedarf den

Weg freizuschießen. Mit geschlossenen Augen zerlegte David die Waffe, baute sie wieder zusammen, lud sie durch, drückte den Abzug und war zufrieden. Jetzt brauchte er nur noch den richtigen Zeitpunkt abzuwarten.

Die Nacht brach übergangslos herein und es war sofort stockdunkel. David kletterte aus dem Fenster seines Zimmers und sprang auf die Dachterrasse des darunterliegenden Hauses. Er trug schwarze Jeans und eine schwarze Nylonjacke und war in der Dunkelheit nur noch eine schemenhafte Gestalt, ein schwarzer Schatten, eine flüchtige Erscheinung, die den Tod brachte.

Über zwei weitere Dachterrassen gelangte er zu einer schmalen Gasse, die er sich bereits am Nachmittag genauer angesehen hatte. Die Gasse war vielleicht zwei Meter breit und auf der gegenüberliegenden Seite war wieder eine Dachterrasse, allerdings mit einer niedrigen Brüstung zur Gasse hin. Das war die Schwierigkeit an der Sache, denn er konnte nicht einfach über die Gasse springen, sondern musste sich etwas anderes einfallen lassen. In einem Laden für Hochseefischer hatte er ein dünnes Nylonseil und einen kleinen, aber kompakten Anker gekauft, den er am Ende des Nylonseils befestigte.

Er wartete, bis in der Gasse unter ihm Ruhe eingekehrt war, dann warf er das dünne Nylonseil mit dem Anker auf das Hausdach gegenüber und bereits beim zweiten Versuch verfing sich der Haken an der Balustrade. Vorsichtig ließ sich David nach unten gleiten und zog sich mit den Händen auf die andere Seite der Gasse. Dort schwang er sich über die Brüstung und lief gebückt das Dach entlang, bis er an die hohe Mauer von Loewensteins Haus stieß. Diese Mauer hatte er auf den Fotos nicht gesehen, sie musste also erst kürzlich errichtet worden sein. Hastig aktivierte er sein Smartphone.

„Wieso weiß ich nichts von dieser Mauer?“, flüsterte er und wartete auf eine Antwort von Robyn.

„Die Mauer muss gestern errichtet worden sein. Das Foto, das ich Ihnen gemailt habe, ist zwei Tage alt. Moment, ich überprüfe das."

„Wie viele Personen sind in dem Haus?", fragte David, während Robyn die Daten checkte.

„Stein, ich bekomme in fünfzehn Minuten einen Satellitenslot, so war das doch vereinbart. Dann kann ich mit dem Wärmebildsensor das Haus screenen."

„Aber ich stehe unter Zeitdruck. Das Ultimatum läuft bald aus."

„Erst in zwei Stunden", korrigierte ihn Robyn. „Aber ich habe jetzt Details zu der Mauer. Sie ist keine normale Steinmauer, sondern aus Stahl mit einem technischen Innenleben."

„Was heißt das?"

„Wenn Sie sich aufrecht mehr als einen halben Meter der Mauer nähern, wird ein lautloser Alarm ausgelöst."

„Wie soll ich dann in das Haus gelangen?", fragte David und spürte, dass die Schussverletzung wieder zu pochen begann.

„Sie müssen flach auf den Boden nach vorne kriechen und dann seitlich über die Hauswand an der Mauer vorbei. Die Sensoren beginnen erst ab dreißig Zentimeter Höhe, sonst würden ja die streunenden Katzen jedes Mal den Alarm auslösen."

„Wünschen Sie mir Glück, Robyn."

„Glück ist ein irrationaler Begriff und hängt auch von der Einstellung des Einzelnen ab. Das heißt, wenn ich Ihnen Glück wünsche und Sie nicht an das Gelingen Ihrer Mission glauben, dann ..."

„Ich habe Sie schon verstanden", unterbrach David sie und wollte die Verbindung trennen.

„Noch etwas, Stein. Das passt in diesem Zusammenhang. Eben kommt eine Meldung aus Moskau herein. Natalia Romanowa hat überlebt."

„Gott sei Dank. Sie hat wirklich unwahrscheinliches Glück gehabt."

„Stein, reden Sie nicht ständig vom Glück, es war unser Gegenmittel, das sie gerettet hat, und vielleicht auch Ihr Mut."

David freute sich über die Nachricht und steckte sein Smartphone weg. Er legte sich auf den Bauch, dann schob er sich, soweit es möglich war, über den Rand des Dachs. Unter ihm war ein enger Hinterhof, der wie ein schwarzer Schlund wirkte. Vorsichtig drehte er sich zur Seite. Wie Robyn gesagt hatte, war die getarnte Mauer nicht um den Rand gezogen worden, sondern hörte mit der Dachkante auf. Er brauchte also nur an der Fassade entlangzuklettern, um die Sensoren der Alarmanlage zu umgehen und unbemerkt auf das Dach von Loewensteins Haus zu gelangen.

Schnell überprüfte er die Regenrinne, die an der Hauswand entlangführte. Sie war aus Blech und leicht angerostet, wirkte aber stabil und musste auch nur für kurze Zeit sein Gewicht aushalten. Er holte tief Atem und schwang sich über den Rand des Dachs, baumelte über dem schwarzen Innenhof. Der scharfe Blechrand schnitt in seine Finger, als er sich an der Regenrinne entlang zum Nachbarhaus zog. Kleine Verputzteile rieselten auf ihn herab und die Verankerung bog sich immer tiefer. Die Rinne war stabil, aber die Halterungen waren komplett durchgerostet, und es war nur noch eine Frage der Zeit, bis die Rinne aus der Halterung rutschte und David in den Hof stürzte. Plötzlich lösten sich zwei der Halterungen und die Rinne bog sich unter Davids Gewicht völlig durch. Er schwang vor und zurück, schaffte noch einen halben Meter, dann knickte die Rinne ab und David rutschte nach unten. Im letzten Augenblick konnte er sich mit einer Hand festhalten, hing über dem Innenhof, der schwarz und gierig wie ein riesiges Maul nur darauf wartete, ihn zu verschlingen.

Seine Kräfte ließen bereits nach, doch da sah er ein geöffnetes Fenster, das auf den Hinterhof hinausging. Er zog die Beine an, schaukelte vor und zurück, um mit Schwung in den Raum dahinter zu gelangen. Lautlos schwang er sich hinein, landete in der Hocke auf einem Steinboden. Während er seine Pistole zog, versuchte er sich zu orientieren. Es war ein spartanisch eingerichteter Raum, der sich zu einer Galerie hin öffnete. Von unten waren undeutlich Stimmen zu hören, Fackeln warfen ein schwaches Licht nach oben und ihre Flammen zeichneten bizarre Ornamente an die Wände. Seitlich stand eine Tür offen, die in ein Badezimmer führte. Dort brannte Licht, und vor dem Spiegel stand ein Mann mit nacktem Oberkörper, der gedankenverloren über kreuzförmige Narben auf seiner Brust strich. Im Neonlicht glänzten seine Haare wie frischer Schnee.

‚Wolkow!', dachte David und in diesem Moment sah Wolkow auf und ihre Blicke trafen sich.

60

TANGER – STADTHAUS VON NELSON LOEWENSTEIN

„Fühlen Sie sich wohl in meinem Haus?“, fragte Loewenstein am Abend, als Leyla an der langen Tafel saß und ein schweigsamer Diener eine Reihe Sushi-Variationen vor ihr auf einen schwarzen minimalistischen Steinteller drapiert hatte. Während Loewenstein über die Geschichte des Hauses und die frühere Besitzerin, die Woolworth-Erbin Barbara Hutton, redete, blickte sie unauffällig umher. Der Speisesaal war an drei Seiten von Arkaden eingefasst, in denen dutzende Fackeln an den Wänden hingen und den Raum mit ihren Flammen in ein märchenhaftes Licht tauchten. Die breite Front zum Meer hin war offen und führte auf eine Terrasse hinaus, von der aus man einen fantastischen Blick bis zum spanischen Festland hatte. Aber im Januar zogen Nebelschwaden über die Stadt und abends wurde es empfindlich kalt. Diener hatten zwar Wärmelampen aufgestellt, doch diese halfen nur bedingt gegen die kühle Feuchtigkeit.

Die Tafel war für vier Personen gedeckt, aber außer Leyla, Loewenstein und Alegra war niemand hier. Die Security hielt sich diskret im Hintergrund und auch von Wolkow war nichts zu sehen.

Hatte Wolkow ihr geglaubt? Natürlich hatte sie keine Beweise gehabt, aber vielleicht war es ihr gelungen, einen winzigen Samen des Zweifels zu säen, der in seinem Denken langsam wuchs und Gestalt annahm. Einen Versuch war es immerhin wert gewesen. Sie schreckte hoch, als sie merkte, dass Loewenstein aufgehört hatte zu reden.

„Was haben Sie gesagt?"

„Ob Sie sich hier wohlfühlen?", wiederholte Loewenstein ungehalten.

„Ich bin hier eine Gefangene, wie sollte ich mich denn fühlen?"

„Aber Sie können sich doch frei bewegen." Loewenstein zog die buschigen Augenbrauen zusammen, die ihm das Aussehen eines Werwolfs verliehen. „Wenn David Stein kommt, dann sind Sie frei und können meine Gastfreundschaft jederzeit aufkündigen."

Mit den Stäbchen stocherte er lustlos in den Sushi-Stückchen herum. „Wir werden ja sehen, wie viel Sie ihm wert sind", meinte er beiläufig. „Was sagen denn die Karten dazu, meine Schöne?", wandte er sich dann Alegra zu, die schweigend gegenüber von Leyla an der Tafel saß und ebenfalls noch keinen Bissen gegessen hatte.

„Die Karten sind kein Orakel. Außerdem habe ich keinen Appetit", meinte sie und schob ihren Stuhl zurück, um aufzustehen, doch Loewenstein hielt sie am Handgelenk zurück.

„Du bleibst so lange hier sitzen, wie ich will. Hast du mich verstanden? Was ist das für ein Benehmen einem Gast gegenüber?"

„Was ist in dich gefahren", zischte Alegra und ihre Augen blitzten vor Wut auf. „Lass mich gefälligst los!"

„Du warst auffällig lang bei Leyla, unserem Gast. Was habt ihr denn so Wichtiges zu besprechen gehabt?"

„Das geht dich nichts an. Frauengespräche eben." Alegra wand ihre Hand aus Loewensteins Umklammerung und rieb sich das Handgelenk. „Wovor hast du Angst?"

„Angst? Wie kommst du darauf?“, fragte Loewenstein irritiert. „Wovor sollte ich denn Angst haben.“ Er drehte sich zu Leyla. „Sehe ich aus wie ein Mann, der sich fürchtet?“

„Sie sehen aus wie jemand, der ahnt, dass er das Spiel verliert“, konnte sich Leyla nicht zurückhalten.

„Vielleicht ist es aber so, dass Sie das Spiel verlieren? Was ist, wenn David Stein nicht auftaucht, um Sie auszulösen?“

„Er wird kommen. Er hat es versprochen!“, sagte Leyla und musste plötzlich wieder an den Abend beim Leuchtturm denken, als ihr David versprochen hatte, keinen Auftrag mehr anzunehmen. Aber diesmal war es etwas anderes. Diesmal ging es um ihr Leben. David liebte sie und würde sie nie im Stich lassen. Weshalb zweifelte sie daran?

Loewenstein wollte gerade etwas sagen, doch ein Securitymann tauchte plötzlich lautlos auf und reichte ihm ein Handy. Hastig stand Loewenstein auf und ging ein paar Schritte zur Seite, um ungestört reden zu können, doch Leyla konnte jedes Wort hören.

„Er ist nicht angekommen? Sie haben die Liste überprüft?“ Seine Miene wurde immer finsterer. „Sind noch irgendwelche Privatjets gelandet?“, bellte er in sein Handy.

„Nein? Was soll das heißen. Haben Sie alles gründlich überprüft?“

Wieder hörte er eine Weile zu.

„Heute kommt kein Flugzeug mehr? Dann sind die vierundzwanzig Stunden um.“ Loewenstein warf das Handy zu dem Securitymann, der es geschickt auffing und damit verschwand. Unschlüssig blieb er stehen, ging dann aber doch wieder zu der Tafel und setzte sich. Konzentriert griff er nach den Essstäbchen, richtete sie sorgfältig nach der Tischkante aus und starrte regungslos ins Leere.

„Schlechte Nachrichten?“, fragte Alegra und der Schein der Fackeln überzog ihr Gesicht mit einem rötlichen Schimmer. „Gibt es ein Problem?“

„Nein, wie kommst du darauf?" Loewenstein straffte die Schultern und drehte die Stäbchen mit dem Finger im Kreis, bis sie mit den Spitzen auf Leyla deuteten. „Es gibt keine Probleme. Ich habe noch nie ein Problem gehabt. Aber unser Gast wird bald ein Problem haben", sagte er zu Alegra, so als wäre Leyla bereits nicht mehr existent. Schlagartig verstand Leyla, was Loewenstein damit ausdrücken wollte. David war nicht nach Tanger gekommen. Hatte er sie im Stich gelassen?

Kurz versank Loewenstein in tiefes Schweigen, doch dann blickte er amüsiert von Alegra zu Leyla.

„Alles ist gut-" Er klatschte in die Hände und stopfte sich mit den Fingern mehrere Sushi-Stücke in den Mund. „Esst doch, meine Lieben!", rief er mit vollem Mund. Mit dem Handrücken wischte er sich Reiskörner aus den Mundwinkeln.

„Sie sollten dieses Essen genießen, Leyla. Denn es wird vielleicht Ihr letztes sein. David Stein kommt heute Abend nicht mehr."

Dann wandte er sich zu Alegra.

„Schick die Security weg, ich will heute Nacht mit unserem Gast alleine sein und es genießen, wenn es Mitternacht schlägt und sie erkennt, dass sie sich in ihrem Geliebten so bitter getäuscht hat."

Als sie alleine waren, schien sich vor Leyla plötzlich ein schwarzer Abgrund zu öffnen, so tief und kalt, dass sie erschauderte und in sich zusammensackte. Hatte sie sich die Liebe zu David nur eingebildet? Wollte sie bloß mit jeder Faser ihres Herzens geliebt werden, weil sie das noch nie erlebt hatte? Was geschah jetzt mit ihrem ungeborenen Kind. Es war doch ein Kind der Liebe, sie konnte sich doch nicht so in David getäuscht haben?

Von fern hörte sie das Krächzen einer Möwe, und als sie auf die Terrasse hinaussah, entdeckte sie einen weißen Vogel, der über die Brüstung balancierte und dann im Dunkel verschwand. Nein, sie hatte sich nicht in David getäuscht. Ihr Körper straffte sich, und sie setzte sich wieder aufrecht, ließ den Blick durch den Speisesaal schweifen, auf der Suche nach einer Möglichkeit zu fliehen. Sie sah die tanzenden Schatten, die von den Fackeln auf die Mosaikwände projiziert wurden, blickte nach oben auf die Galerie, wo aus einem offenen Zimmer ein heller Lichtstreifen an die Brüstung geworfen wurde. Dann hörte sie von dort einen wütenden Schrei und wusste, dass David gekommen war, um sie zu retten.

61

TANGER – STADTHAUS VON NELSON LOEWENSTEIN

Mit einem lauten Schrei warf sich Wolkow herum und stürzte auf David zu. David riss die Pistole hoch, konnte aber nicht mehr schießen, denn Wolkow stieß ihn mit seinem ganzen Gewicht zu Boden und warf sich sofort auf ihn. Durch die Wucht des Aufpralls hatte David die Pistole verloren, bekam sie aber schnell wieder zu fassen und schlug Wolkow mit dem Kolben gegen die Schläfe. Doch Wolkow schien keinen Schmerz zu spüren, sondern versuchte, Davids Arme nach unten zu drücken.

„Ich wusste, dass du kommst", zischte Wolkow und umkrallte Davids Arme. „Jetzt wird sich zeigen, wer von uns beiden der Leitwolf ist."

Während er redete, lockerte er seinen Griff, und David nutzte die Chance, riss beide Arme nach oben und schlug sie Wolkow gegen den Hals. Dann stieß er ihm das Knie in den Rücken und drehte sich seitlich weg. Wolkow war viel zu überrascht für eine effiziente Gegenwehr und David schlug ihm mit der Handkante auf den Kehlkopf. Wolkow kroch stöhnend über den Boden und suchte hektisch seine Pistole, doch David war schneller und beförderte sie mit einem Fußtritt außer

Reichweite. Dann lief er geduckt hinaus auf die Galerie und blickte hinunter in einen großen offenen Speisesaal. Er sah eine lange Tafel, an deren Ende Leyla, Loewenstein und eine Frau, die er nicht kannte, standen. Loewenstein hatte Leyla am Arm gepackt und hielt ihr eine Pistole an die Schläfe.

„David Stein. Es freut mich, Sie endlich in meinem Haus begrüßen zu dürfen. Wir dachten schon, Sie beehren uns nicht mehr mit Ihrem Besuch. Ihre Freundin begann schon an Ihrem Wort zu zweifeln."

„Ich halte immer mein Wort", sagte David und ging langsam die Treppe nach unten. Noch immer hielt er die SIG Sauer in der Hand und hatte den Finger am Abzug. „Ich habe meinen Teil der Abmachung erfüllt, lassen Sie jetzt Leyla frei."

„Nicht so hastig. Setzen Sie sich doch zunächst zu uns. Wir haben mit dem Essen auf Sie gewartet", sagte Loewenstein und machte eine einladende Handbewegung. „Sie haben Ihrer Freundin ja einen ziemlichen Schreck eingejagt, als Sie in keinem der Flugzeuge gewesen sind."

„Sparen Sie sich das Gerede, Loewenstein. Lassen Sie Leyla frei, dann bekommen Sie den Chip mit dem Film."

„Wir sind hier alleine und haben alle Zeit der Welt. Weshalb dann diese Eile. Zeigen Sie mir den Chip", sagte Loewenstein und hielt Leyla noch immer die Pistole an den Kopf. „Dann sehen wir weiter."

David wollte gerade in seine Tasche greifen, als er oben auf der Galerie ein Geräusch vernahm. Er hob seine Pistole und sah Wolkow, der sich mit beiden Händen an der Brüstung festhielt.

„Ich habe mit Stein noch eine Rechnung offen", hörte er die raue Stimme von Wolkow, der jetzt langsam die Stufen nach unten wankte. „Es kann nur einen Leitwolf geben und das ist eine Sache zwischen mir und Stein."

„Was soll das?“, fragte David und folgte Wolkow mit dem Lauf seiner Pistole. „Erschießen wir uns jetzt gegenseitig?“

„Lass es gut sein, Wolkow. Du hast ganze Arbeit geleistet, aber jetzt halte dich gefälligst an unseren Plan.“ Loewenstein verzog wütend das Gesicht. „Wir haben das alles doch besprochen.“

„Aber jetzt ändert sich der Plan“, sagte Wolkow. „Du warst bisher auch nicht besonders klug. Diesen alten Säufer Jessenin zu bestechen, damit er die Bombe in dem Wagen platziert, war keine Glanzleistung. Aber jetzt übernehme ich die Führung. Ab jetzt bin ich der Leitwolf.“

„Du widersetzt dich meinen Anordnungen?“, fragte Loewenstein verblüfft, hatte sich aber sofort wieder unter Kontrolle. „Geh mir aus den Augen und halte dich an unseren Plan.“

„Du wirfst mich hinaus?“ Wolkow blickte von David zu Loewenstein. Seine Lippe war durch einen Schlag aufgeplatzt, und ein dünner Blutfaden tropfte auf seine nackte Brust, versickerte zwischen den vernarbten Kreuzen. „Obwohl ich doch alles genauso gemacht, wie du es befohlen hast. Ich bleibe.“

„Na gut, von mir aus“, antwortete Loewenstein genervt und drehte sich wieder zu David. „Gib mir jetzt den Chip, sonst stirbt Leyla!“ Er drückte den Lauf der Waffe stärker gegen Leylas Kopf. „Ich zähle bis drei.“

David griff in die Tasche seiner Jeans und zog anstelle des Chips sein Smartphone hervor.

„Ich habe aber zuvor interessante Neuigkeiten für dich“, sagte er und warf Wolkow das Smartphone zu. „Schau dir das Foto an und dann vergleiche.“

„Was soll das?“ Loewenstein schlug Leyla den Lauf der Pistole gegen die Schläfe. Ihre Haut platzte auf und Blut tropfte auf den weißen Kaftan. „Willst du wirklich, dass deine Freundin stirbt?“

„Schau dir das Foto an!“, rief David mit insistierender Stimme, denn Wolkow drehte noch immer das Handy ratlos in seinen Händen.

„Gib mir sofort das Handy, Wolkow!“, zischte Loewenstein, doch Wolkow hörte ihn nicht. Er hatte das Handy aktiviert und starrte unentwegt auf das Display. Ungläubig schüttelte er den Kopf.

„Das ist meine Mutter“, flüsterte er fassungslos. „Und der Mann daneben, das bist du“, sagte er mit verzweifelter Miene und ging mit dem Handy in der Hand auf Loewenstein zu.

„Woher haben Sie dieses Foto, Stein?“, herrschte er David an. „Wollen Sie einen Keil zwischen uns treiben?“

„Bist du das?“, fragte Wolkow unsicher.

„Ja, das bin ich und das ist deine Mutter. Dieses Baby bist du. Was starrst du mich so an? Es stimmt, ich bin dein Vater.“

„Wieso hast du mir das nie gesagt?“, fragte Wolkow mit kläglicher Stimme. „Warum hast du mich jahrelang nach meinem Vater suchen lassen?“

„Weil es mir Spaß gemacht hat. Weil dich diese Suche so sehr beschäftigt hat, dass du an nichts anderes mehr denken konntest und mich als deinen Ersatzvater gesehen hast.“ Plötzlich wurde Loewenstein von einem Lachkrampf geschüttelt. „Das ist zu komisch. Du wolltest mich gerne zum Vater und in Wirklichkeit bin ich tatsächlich dein Vater.“

„Meine Mutter ist deinetwegen gestorben“, flüsterte Wolkow. „Sie starb an gebrochenem Herzen. Weißt du, wie das ist, wenn man ein gebrochenes Herz hat?“

„Nein, dieses Gefühl kenne ich nicht, denn ich habe kein Herz“, sagte Loewenstein mit einem mitleidigen Lächeln. Er stieß Leyla vor sich her und ging auf Wolkow zu.

„Ich wollte dich nie. Denn du wirst nie mein richtiger Sohn sein. Dafür fehlt dir alles. Du bist weder schnell noch intelligent noch hast du die nötige Skrupellosigkeit. Du bist ein einziges Nichts. Nur ein falscher Sohn, der zur falschen Zeit von der falschen Frau geboren wurde."

„Das stimmt nicht!", brüllte Wolkow und sprang auf Loewenstein zu und schlug ihm die Faust ins Gesicht. Überrascht ließ Loewenstein Leyla los, die zur Seite taumelte. David nutzte diese Chance und packte Leyla, versuchte Loewenstein mit einem gezielten Schuss außer Gefecht zu setzen. Aber Wolkow ging dazwischen.

„Das ist eine Sache nur zwischen mir und meinem Vater." Mit dem Arm wischte er sich über sein schweißnasses Gesicht und schlug erneut in das Gesicht seines Vaters. Dann packte er Loewenstein am Genick und zerrte ihn hinaus auf die Terrasse.

„Du hast mein Leben zerstört", kreischte er mit unnatürlich hoher Stimme. „Mein Leben ist nur noch ein Scherbenhaufen. Alles, wofür ich gelebt habe, löst sich in nichts auf."

Wieder schlug er mit der Faust in das Gesicht seines Vaters, wollte mit diesen Fäusten jede Ähnlichkeit aus ihm herausprügeln, wollte ihn töten. Doch Loewenstein ließ sich nicht einschüchtern, trotz seiner siebzig Jahre war er stark und durchtrainiert. Mit einem wütenden Knurren packte dieser Wolkow im Genick und versuchte ihn über die Brüstung zu ziehen.

„Da unten ist die Gosse!", zischte er. „Dort unten wirst du jetzt wieder landen!"

Wolkow stemmte die Arme gegen den Beton der Brüstung, dachte an Yuri, seinen weißen Wolf. Er dachte an die wenigen glücklichen Momente in seinem Leben, die er mit Yuri verbracht hatte. Dann zog ihn sein Gedächtnis wie eine tückische Strömung hinaus in das dunkle Meer der Erinnerung. Er dachte an seine Mutter, die von der großen Liebe zu diesem Mann geträumt hatte, die aber elend und mit gebrochenem Herzen verreckte. Er dachte an den

Mann, für den er getötet und den er so vergöttert hatte. Der Mann, der ihn so schmählich hintergangen und um sein Leben betrogen hatte. All diese Gedanken formten sich in Bruchteilen von Sekunden zu einem negativen Strudel und in seinem Inneren wuchs der Hass. Er sammelte seine ganze Kraft, seine Nackenmuskeln spannten sich und die gesträubten weißen Haare waren der einzige Lichtpunkt in der Dunkelheit. Mit einem wolfsähnlichen Geheul befreite er sich aus Loewensteins Griff, packte ihn unter den Armen und warf ihn über die Brüstung nach unten in die schmale Straße.

„Du bist es, der in die Gosse gehört!“, schrie er ihm mit überkippender Stimme hinterher. „Du bist die Gosse!“

Wolkow beugte sich weit über die Brüstung, sah hinunter in die Gasse, wo Loewenstein mit merkwürdig verrenkten Gliedern auf dem feucht glänzenden Pflaster lag und sich nicht mehr rührte. Er spuckte noch einmal voller Verachtung auf ihn, dann drehte er sich um und ging langsam auf David zu. Sein Blick war dunkel, und David hatte das Gefühl, als wäre er in eine andere Welt abgetaucht.

„Ich bin der Leitwolf“, sagte er mit müder Stimme und nahm ein Messer von der langen Tafel. Mit einer schnellen Bewegung schnitt er sich ein langes Kreuz in seinen Oberkörper. Versonnen betrachtete er das Blut, das aus der Wunde tropfte, verrieb es auf seinem Oberkörper. „Ich bin der Leitwolf“, wiederholte er leise und drehte sich um, um den Saal zu verlassen.

In diesem Augenblick zog Alegra eine silbrig glänzende Pistole aus der Tasche ihres Kaftans und feuerte mehrere Schüsse auf Wolkow.

„Du wirst niemals der Leitwolf sein!“, zischte sie, ließ die Pistole fallen und zog sich wie eine trauernde Witwe einen schwarzen Schal über den Kopf.

Wolkow stolperte nach vorne, riss dabei die weiße Decke vom Tisch, Teller und Gläser fielen zu Boden, zerbrachen in winzige Scherben.

Schwankend taumelte Wolkow durch diesen Scherbenhaufen, ging in die Knie und fiel dann vornüber. Seine Stimme war nur noch ein Wispern, das sich mit dem Kreischen der Möwen und dem Rauschen des Meeres zu einer Symphonie des Todes verdichtete. „Ich bin der Leitwolf."

62

BERLIN – GASOMETER SCHÖNEBERG

VIER MONATE SPÄTER

„Warum hast du mir nicht schon in Moskau gesagt, dass du schwanger bist“, sagte David und drückte die Hand von Leyla. Sie standen im Foyer des Gasometers in Berlin und warteten auf die Ehrengäste und Preisträger der Veranstaltung.

„Es war einfach nie die richtige Gelegenheit“, antwortete Leyla. Erst im Flugzeug, das sie von Tanger zurück nach Mallorca brachte, hatte sie David davon erzählt. Robyn hatte arrangiert, dass sie Tanger unbehelligt verlassen konnten, ohne von der marokkanischen Polizei verhört zu werden.

Wider Erwarten hatte Loewenstein den Sturz von der Terrasse überlebt, war aber vom Hals abwärts gelähmt und konnte nicht mehr sprechen. Schwer bewacht lag er in einer Klinik in Casablanca, und Alegra musste ihm jeden Tag von Neuem die Karten legen, da er sich an die Hoffnung klammerte, sie würde ihm eine Verbesserung seines Zustands prophezeien. Der Mord an Wolkow hatte keine weiteren Folgen für Alegra, denn sie hatte ihn in Notwehr erschossen und seinem Tod weinte niemand eine Träne nach. Allerdings hielt sich in Moskau hartnäckig das Gerücht, dass am Tag von Wolkows Tod ein weißer Wolf aus einem umzäunten Gehege ausgebrochen war und jetzt in den ländlichen Außenbezirken von Moskau umherstreunte und in Vollmondnächten traurig den Mond anheulte.

Natalia erholte sich nur langsam von den Vergiftungen, aber die Ärzte versicherten, dass sie keine bleibenden Schäden davontragen würde. Als es ihr wieder ein wenig besser ging, machte sie sich sofort an die Arbeit, um die geheimen Machenschaften zwischen Militär und Waffenhändlern aufzudecken. Auch ohne den Film zu posten, gelang es ihrem Blog „Blauer Vogel", eine Verbindung zwischen dem durch Waffenhandel reich gewordenen Nelson Loewenstein und dem Regierungsrat Teichgraben zu beweisen. In die Enge getrieben bot sich Teichgraben als Kronzeuge an, starb aber bei einem bis heute ungeklärten Autounfall auf dem Weg zum Gericht. Das alles wusste David von Robyn, die gemeinsam mit Müller in enger Absprache mit den europäischen Geheimdiensten das internationale Netzwerk aus Militärs, Waffenhändlern und Politikern mithilfe des Films enttarnte. Davon erfuhr man in der Öffentlichkeit natürlich nichts. Die russischen Militärs, die den Überfall auf die Redaktion geplant hatten, wurden wegen Hochverrats angeklagt und nach Sibirien geschickt. In der Öffentlichkeit war aber weiterhin von einem Anschlag die Rede.

Natalia jedoch wurde für ihre journalistische Leistung mit dem großen Investigations-Award ausgezeichnet, der in Berlin im Gasometer vergeben wird.

Deshalb hatten David und Leyla ihre Finca auf Mallorca für kurze Zeit verlassen und waren nach Berlin geflogen. Sie hatten sich mit Natalia in ihrem Hotel getroffen und ihr dort mitgeteilt, wer sie wirklich waren. Zunächst war Natalia enttäuscht gewesen, doch David und Leyla hatten sie von der Wichtigkeit ihrer Mission in Moskau überzeugen können. Dann hatte Natalia noch eine Bitte geäußert, die ihr Leyla nicht abschlagen wollte, obwohl David seine Bedenken hatte. Aber gegen zwei Frauen hatte er keine Chance, und so war er einverstanden.

„Da kommt sie“, sagte David und deutete auf die junge Frau, die in ihrem schwarzen Kostüm sehr dünn und zerbrechlich wirkte.

„Hallo, David“, sagte Natalia und küsste ihn auf die Wange. „Oder sollte ich Peter Rubin zu dir sagen?“ Sie lächelte leicht. „Aber ich kann dir dafür nicht böse sein. Schließlich hast du dein Versprechen gehalten und mir damals meinen Hund Boris gebracht.“

„Ich habe dir doch gesagt, dass ich Hunde liebe“, antwortete David und drehte sich zu Leyla. „Hast du dir das auch gut überlegt?“

„Auch ich habe Natalia ein Versprechen gegeben, dass ich während dieser Veranstaltung auf sie aufpassen werde“, sagte Leyla und steckte sich den winzigen Ohrstecker an. „Ich bin für heute Abend der Bodyguard von Natalia.“

Sie nahm Natalias Arm. „Wollen wir?“ Als sie weggingen, drehte sie sich noch einmal zu David um und schickte ihm einen schnellen Kuss.

„Stein, Sie sollten Ihre emotionale Seite nicht zu sehr ausleben.“

Überrascht drehte sich David um und sah Robyn, die hinter ihm stand. Sie hatte ihre Haare zurückgegelt und die Augen schwarz umrandet. Ein enges schwarzes Kleid und Doc Martens mit verschiedenfarbigen Schuhbändern vervollständigten ihren beeindruckenden Auftritt. Alleine ihr Anblick machte David sprachlos, aber noch mehr verwunderte ihn der Mann an ihrer Seite. Es war ein schlanker rothaariger Mann, der zu einem ausgeleierten Tweedsakko eine Klubkrawatte mit den Farben von Cambridge trug.

„Das ist Sebastian Trevor-Horn“, sagte Robyn. „Er ist vom MI6, also ein Kollege.“

„Wir arbeiten an Robyns zwischenmenschlicher Entwicklung“, sagte er mit einem ironischen Lächeln.

„Sebastian ist für meinen ausgeglichenen Hormonhaushalt zuständig", fiel ihm Robyn mit entwaffnender Ehrlichkeit ins Wort und die blasse Haut von Sebastian färbte sich purpurrot.

Die Veranstaltung begann, und David betrachtete Leyla, die auf der Bühne eine überaus elegante Erscheinung war. Unter ihrem engen schwarzen Hosenanzug waren noch keinerlei Anzeichen eines Bauches zu bemerken. Wie würde ihr gemeinsames Leben zu dritt aussehen? Würden sie tatsächlich eine richtige Familie werden? Hatte David endlich die Ruhe und Zufriedenheit gefunden, nach der er so lange gesucht hatte? Ja, es hatte den Eindruck, als wäre er mit Leyla endlich zu Hause angekommen.

Während der sehr emotionalen Ansprache von Natalia stand Leyla mit gesenktem Kopf neben ihr, aber David wusste, dass sie den ganzen Saal im Auge behielt. Als Natalia ihre Dankesrede beendet hatte, standen die Gäste auf, um ihr zu applaudieren.

„Für die Meinungsfreiheit, für Gerechtigkeit, für das Leben."

Mit Tränen in den Augen hielt Natalia den Award in die Höhe und in das Blitzlichtgewitter der Fotografen.

Plötzlich wurden die hinteren Türen aufgerissen und zwei Männer mit schwarzen Masken stürmten in den Saal Richtung Bühne. In den Händen hielten sie Maschinenpistolen und feuerten sofort auf Natalia. Wie in Zeitlupe sah David, dass sich Leyla zur Seite drehte, sofort ihre Waffe zog und schoss. Im Kugelhagel der Angreifer sprang sie vor Natalia, um sie mit ihrem eigenen Körper zu schützen, und riss sie gleichzeitig zu Boden, in Deckung.

„Leyla!", schrie David, sprang über Tische, stieß in Panik kreischende Gäste zur Seite, rannte auf die Bühne. Natalia hockte zitternd auf dem Boden, neben sich den zerbrochenen Award und stand unter Schock. Sie stammelte sinnlose Worte und deutete auf Leyla.

„Tot. Hilfe. Leben."

Leyla lag regungslos in einer Blutlache und starrte mit großen Augen an die Decke. Ihr Atem ging pfeifend und ihre Brust hob und senkte sich hektisch. Mehrere Kugeln hatten sie getroffen, aber noch lebte sie. Der Überfall hatte nur wenige Minuten gedauert und war so schnell passiert, dass die beiden Killer in der allgemeinen Panik unentdeckt entkommen konnten.

„Leyla hat mir das Leben gerettet", stammelte Natalia, als David sich neben Leyla kniete.

„Leyla, sieh mich an!" David nahm ihren Kopf in seinen Schoß und klopfte ihr auf die Wangen. „Du musst wach bleiben. Hast du verstanden."

Er bemühte sich, die wachsende Panik zu verbergen, die in ihm hochstieg.

„David, was ist mit dem Kind?", fragte Leyla mit schwacher Stimme.

„Dem geht es gut", sagte David mit erstickter Stimme. „Aber es braucht seine Mutter."

„Ich denke nicht, dass ich eine gute Mutter sein werde."

„Wieso sagst du so etwas?", flüsterte David und spürte, wie ihm die Tränen über die Wangen liefen. Leylas Atem ging stoßweise und ein dünnes Rinnsal von Blut sickerte aus ihrem Mundwinkel.

„Weil ich nicht bei ihm sein werde."

„Doch, das wirst du."

„Versprichst du mir etwas?"

„Alles, was du willst."

„Erzähle unserem Kind von seiner Mutter, erzähle von einer Frau, die einsam in einem weißen Haus am Meer gewohnt hat, ehe sie ihre große Liebe kennenlernte."

NACHWORT DER AUTOREN

Liebe Leserin,
lieber Leser,

wir möchten einmal recht herzlich DANKE sagen, dass Sie unseren Thriller „Russisches Mädchen" gelesen haben. Hoffentlich haben Sie spannende und dramatische Stunden mit David Stein und Leyla verbracht.

Wenn Ihnen dieser Thriller gefallen hat, dann freuen wir uns über eine Rezension bei Amazon.de.

Nicht vergessen: Ab sofort gibt's **B.C.SCHILLER-NEWS**. Sie brauchen sich nur auf unserer website anmelden:
www.bcschiller.com
Wir freuen uns immer über jede Nachricht von Ihnen an unsere B.C. Schiller Email Adresse: bc.schiller@blue-velvet.com

Das war's auch schon. Alles Liebe an Sie und bleiben Sie gesund und glücklich :)

Barbara & Christian Schiller

P.S. Natürlich freuen wir uns auch riesig, wenn Sie unser Fan auf Facebook und/oder Follower auf Twitter werden.

www.twitter.com/bcschiller

www.facebook.com/bc.schiller

MEHR THRILLER VON B.C. SCHILLER

DIE DAVID STEIN THRILLER-REIHE:

DER HUNDEFLÜSTERER – David Steins erster Auftrag

SCHWARZER SKORPION – David Steins zweiter Auftrag

ROTE WÜSTENBLUME – David Steins dritter Auftrag

DIE TONY BRAUN THRILLER-REIHE:

TOTES SOMMERMÄDCHEN – wie alles begann

TÖTEN IST GANZ EINFACH – Tony Brauns erster Fall

FREUNDE MÜSSEN TÖTEN – Tony Brauns zweiter Fall

ALLE MÜSSEN STERBEN – Tony Brauns dritter Fall

DER STILLE DUFT DES TODES – Tony Brauns vierter Fall

RATTENKINDER – Tony Brauns fünfter Fall

DIE PSYCHOTHRILLER-REIHE:

DIE FOTOGRAFIN

DIE SCHWESTER

14774987R00193

Printed in Poland
by Amazon Fulfillment
Poland Sp. z o.o., Wrocław